PARA SEMPRE

F.T. Lukens

PARA SEMPRE
F.T. Lukens

TRADUÇÃO
SARAH BENTO PEREIRA

SO THIS IS EVER AFTER © 2022 BY F.T. LUKENS
JACKET ILLUSTRATION © 2022 BY SAM SCHECHTER
JACKET DESIGN BY REBECCA SYRACUSE © 2022 BY SIMON & SCHUSTER, INC.
ALL RIGHTS RESERVED, INCLUDING THE RIGHT OF REPRODUCTION IN WHOLE OR IN PART IN ANY FORM.

PUBLISHED BY ARRANGEMENT WITH MARGARET K. MCELDERRY BOOKS, AN IMPRINT OF SIMON & SCHUSTER CHILDREN'S PUBLISHING DIVISION

COPYRIGHT © FARO EDITORIAL, 2022
TODOS OS DIREITOS RESERVADOS.

Nenhuma parte deste livro pode ser reproduzida sob quaisquer meios existentes sem autorização por escrito do editor.

Diretor editorial: **PEDRO ALMEIDA**
Coordenação editorial: **CARLA SACRATO**
Assistente editorial: **JESSICA SILVA**
Preparação: **GABRIELA DE AVILA**
Revisão: **CRIS NEGRÃO E OLIVIA FRADE ZAMBONE**
Ilustração do miolo: **TITHI LUADTHONG | SHUTTERSTOCK**
Adaptação de capa e diagramação: **CRISTIANE | SAAVEDRA EDIÇÕES**

Dados Internacionais de Catalogação na Publicação (CIP)
Jéssica de Oliveira Molinari CRB-8/9852

Lukens, F.T.
  Para sempre / F.T. Lukens ; tradução de Sarah Bento Pereira. — 1. ed. — São Paulo: Faro Editorial, 2022.
  256 p.

  ISBN 978-65-5957-198-7
  Título original: So this is ever after

1. Ficção norte-americana 2. Homossexualidade 3. Literatura fantástica I. Título II. Pereira, Sarah Bento

22-2313   CDD 813.6

Índice para catálogo sistemático:
1. Literatura norte-americana

1ª edição brasileira: 2022
Direitos de edição em língua portuguesa, para o Brasil, adquiridos por **FARO EDITORIAL**

Avenida Andrômeda, 885 – Sala 310
Alphaville – Barueri – SP – Brasil
CEP: 06473-000
WWW.FAROEDITORIAL.COM.BR

1

EU IMAGINEI COMO SERIA DECAPITAR O PERVERSO DESDE QUE O VELHO BRUXO apareceu na minha porta, no dia seguinte do meu aniversário de dezessete anos, e me contou o meu destino: eu seria a pessoa que acabaria com a sombra do mal que governava o nosso reino. Bem, não desde aquele momento especificamente, porque quem acreditaria em um estranho, bêbado, com um chapéu torto, carregando um cajado que zumbia? Ninguém. Ninguém mesmo! Pelo menos, ninguém deveria acreditar. É perigoso.

Deixe-me explicar melhor. Eu imaginei esse momento depois que tomamos chá, ele me contou algumas coisas e falou sobre *a profecia*. O que não me parecia real — tipo, bem impossível e totalmente improvável — até que puxei uma espada mágica de um pântano e um feixe de luz desceu do céu e me consagrou com um propósito sobrenatural.

Depois disso, eu continuei imaginando o que aconteceria quando eu separasse a cabeça do Perverso dos seus ombros na dramática batalha final. O corte seria preciso. Haveria sangue, então a cabeça rolaria pelos degraus do trono e pararia aos pés do meu melhor amigo. Todos aplaudiriam e eu finalmente seria o herói profetizado. Eu me *sentiria* diferente. Honrado. Incrível. Realizado. Enfim, adulto.

Mas como as coisas parecem ter acontecido desde o início de toda essa jornada, infelizmente, não foi o que aconteceu. Nem perto disso.

Guiado pela adrenalina e pela força, girei a minha espada para dar o golpe mortal, esperando remover a cabeça do Perverso de forma precisa. Em vez disso, a ponta cega afundou no meio do pescoço e parou na coluna vertebral. Huh. Quem imaginaria que armas de profecias não viriam prontas para uso? Ao que parece, as espadas mágicas que saltam dos pântanos não vêm afiadas.

Confuso com a mudança inesperada dos eventos, eu congelei por tempo suficiente para chamar a atenção do grupo de justiceiros que me apoiava.

— Arek! — Sionna gritou de algum lugar no caos. — Acabe com ele!

Arranquei a espada da garganta do Perverso, dando o meu melhor para ignorar a expressão surpresa em seu rosto — a boca aberta, os olhos arregalados, o jorro de sangue escorrendo por suas roupas negras —, ataquei de novo. E mais uma vez. Golpeei o corpo que se contorcia, caído para trás e afundado na frente do trono, escorado como um boneco grotesco, até ter a certeza de que ele estava morto e que nenhuma magia poderia trazê-lo de volta.

Enfim, o pescoço cedeu e a cabeça caiu no chão, espatifando como uma abóbora madura. Olhos mortos me olhando, lábios finos repuxaram os dentes amarelados em uma paródia de um grito. Uma imagem que, sem dúvidas, alimentaria meus pesadelos por pelo menos os próximos meses, e provavelmente pelo resto da minha vida.

Eu também havia imaginado erguer a cabeça do Perverso pelos cabelos e segurá-la como uma espécie de troféu, já que toda a feitiçaria que ele usou para roubar o trono e controlar o reino acabaria enquanto o povo aplaudia. Só que o Perverso era careca, e de jeito nenhum eu pegaria aquela cabeça porque *eca*.

Além disso, *nada aconteceu*. Nenhum clarão, nenhuma mágica, nenhuma música vitoriosa, nenhum alarde. Nada.

Huh.

De um jeito decepcionante, não me sentia diferente em nada, a não ser pegajoso. E completamente exausto, além de enjoado. Não houve aplausos dos espectadores, embora o som de vômito fosse nítido por cima de meu ombro direito.

Limpei meu rosto ensanguentado com a bainha da túnica, mas só consegui manchar ainda mais. Meu peito pesava, meus braços doíam. Eu me virei, cambaleando nos degraus, e examinei o caos da sala atrás de mim. A luta havia acabado. Meus amigos estavam todos de pé, espalhados como dados lançados, mas vivos. Os seguidores do Perverso — distinguíveis por suas vestes negras e tatuagens no pescoço, — estavam mortos, fugindo ou ajoelhados em sinal de derrota.

Apoiei-me pesadamente na espada, mal resistindo à vontade de cair ali mesmo nos degraus de pedra e tirar uma soneca. Em vez disso, cambaleei até o piso principal.

— Você tá bem? — Matt perguntou.

Ele tinha manchas de fuligem nas mangas, rasgos na roupa e um corte acima do olho que sangrava lentamente. Seu cabelo castanho grudava na cabeça com o suor. Ele cheirava a magia, e segurava seu cajado na mão — a joia verde brilhante na ponta como uma estrela —, mas enquanto estávamos juntos no pós-luta, seu poder enfraquecia.

Uma outra ideia que eu tinha criado na minha cabeça sobre a vitória incluía carregar Matt em meus braços e declarar a ele meu amor eterno. Mas, como estava literalmente coberto de sangue, não achei que Matt iria gostar de um abraço, nem de um grande gesto ou até mesmo de um tapinha no ombro. Não enquanto a adrenalina diminuía, e nós dois tremíamos de exaustão.

— É, estou bem. E você?

— Também. — Ele deu um sorriso fraco. — Acabou.

— Acabou mesmo. — Passei minha mão pelo meu cabelo. — Só que é supernojento.

— Com certeza. Foi, por falta de uma palavra melhor, cruel.

— Boa definição. — Estendi meu punho, e ele bateu os nós dos dedos contra os meus.

Bethany apareceu de um dos lados — a pequena harpa em uma das mãos — enxugando os fios de vômito da boca com a manga. Ela tirou uma mecha de cabelo ruivo e suado da bochecha, lançou um olhar para o trono, ficou verde e desapareceu outra vez. Os sons de sua ânsia de vômito ecoaram no silêncio assustador da sala do trono.

Sionna revirou os olhos e limpou a espada em um corpo deitado de bruços antes de embainhá-la. Sua pele negra estava salpicada de sangue, porém bem menos que a minha. Ela, sem dúvida, havia afiado sua espada. Seu cabelo preto ainda balançava no rabo de cavalo alto, os fios que escapavam emolduravam seu rosto e, embora seus ombros demonstrassem alívio, os passos eram enérgicos como sempre. Cada centímetro de seu corpo era de uma guerreira. Cada centímetro era maravilhoso. E cada centímetro era a razão de muitas das minhas ereções inconvenientes durante essa missão.

— Vou ver como ela está — avisou.

Eu limpei a minha garganta.

— Boa ideia.

Ela saiu da sala pelo mesmo arco que Bethany. Matt e eu nos entreolhamos, tenho certeza de que estávamos no mesmo barco em relação às ereções; mas, mesmo se não estivéssemos, pelo menos ele ainda estava ao meu lado. Ainda bem que essa parte da minha visão fora cumprida. Temos sido melhores amigos desde que éramos meninos, e seríamos melhores amigos para sempre se pudesse escolher, independentemente de bruxos estranhos, cajados brilhantes, profecias enigmáticas e paixões secretas.

— Vocês dois estão bem?

Assustado, eu me virei.

Lila estava no tapete roxo que conduzia ao trono. Normalmente suas botas de salto macio faziam pouco barulho, mas no tapete ela não fazia qualquer som. Com o capuz puxado para cima, seu rosto estava parcialmente escondido, mas eu conhecia a saliência familiar de seu queixo e o arco da boca. Ela tinha um saco cheio sobre um ombro.

— Sim, estamos bem. Exaustos e — Matt gesticulou em direção à forma sem cabeça — um pouco traumatizados, mas... — ele parou de falar, suas sobrancelhas se juntaram demonstrando sua confusão. — Você tem saqueado?

Ela encolheu os ombros.

— Um pouco. — Ela largou a bolsa abarrotada com um barulho alto.

— Lila! — Coloquei minhas mãos em meus quadris, uma tarefa difícil quando se segura uma espada. — Devolva tudo.

— Não.

— Agora.

— Não.

— Mas... mas... — eu gaguejei. — O que você tem aí?

— Ah, você sabe: pilhagem, espólios, riquezas, o de sempre.

Matt franziu os lábios.

— Isso é muito vago.

Ela deu um sorriso pretensioso.

— Exatamente.

— Aqui estão vocês! — A voz veio de trás de nós e, mais uma vez, me vi virando rápido com a espada erguida. Rion se apoiou nas pesadas portas de madeira por onde havíamos invadido minutos antes. Com exceção de sua armadura suja, ele parecia quase intocado pela batalha. Ele sorriu quando nos viu, inclinando sua espada manchada de sangue em reconhecimento.

Relaxei e soltei um suspiro.

— Vocês podem, por favor, parar de chegar sorrateiramente? Eu tive um *dia daqueles*.

— Acabou? — Rion perguntou, sem comentar nada sobre minha explosão. Em vez disso, seu olhar vagou ao redor da sala do trono até que pousou naquele corpo.

— Acho que sim? — Matt respondeu. — Quer dizer — ele gesticulou de maneira desamparada —, é isso. Certo?

Sionna voltou da sala ao lado com o braço enlaçado no de Bethany. Bethany vacilou, mas tinha parado de vomitar. Todo o nosso grupo estava agora na sala do trono. Olhamos um para o outro, ninguém falava, apenas existia naquele momento de súbita calma após a tempestade.

Inspecionei meus amigos, garantindo a mim mesmo que havíamos conseguido, que todos estávamos ali seguros. Bethany, nossa barda, estava encostada na parede, o olhar fixo na janela quebrada do outro lado da sala, bem longe do coto do pescoço ensanguentado ao pé do trono. Ela era carismática e mágica, essencial para o nosso sucesso com sua habilidade de entrar ou sair de qualquer situação. Sionna agarrava o braço dela, emprestando-lhe sua força. Sionna era uma lutadora, tranquila e mortal, tão destemida quanto perigosa. Lila, a trapaceira, estava de pé no tapete, a bolsa de saque aos seus pés. Ela era habilidosa e conspiratória, seu passado envolto em mistério, assim como suas motivações. Matt, o mago, meu melhor amigo, meu confidente, minha paixão secreta e o lançador de feitiços arcanos, segurava seu cajado na curva suave de sua mão. E Rion, o cavaleiro, estava no final do nosso círculo. Ele era corpulento e forte, o mais velho do grupo, só que mal se tornara um adulto, unido ao nosso grupo por um juramento sagrado.

Então havia eu: Arek, o Escolhido. O cumpridor da profecia, em pé, desajeitado, na frente do trono. De alguma forma, essa bagunça desordenada de personalidades, experiências duvidosas e higienes questionáveis se juntaram e completaram o impossível. Nós salvamos o reino. *Puta merda. Nós* havíamos salvado o reino. *Esse* era o momento. *Essa* era vitória.

Lila acenou com a cabeça de um jeito brusco, e então agarrou sua sacola e jogou-a sobre o ombro.

— Ótimo. Bem, isso tem sido divertido, mas tô fora.

— Você tá fora? — Matt mancou pra frente dela. Estreitei meus olhos. Ele não havia mencionado um ferimento. Aquele pateta provavelmente torceu o tornozelo quando subimos correndo as escadas da entrada nos esquivando das flechas. — O que você quer dizer com isso?

Lila encolheu os ombros.

— A missão está concluída. Acabou. Nós vencemos. Eu ajudei. — Ela ergueu o saco. — Peguei minha recompensa. Estou indo.

— Espera — Bethany se endireitou do seu encosto perto da parede. — Você não pode simplesmente *ir*.

— Por que não?

— Você não quer estar aqui para o que acontece a seguir? — ela perguntou.

Lila ergueu uma sobrancelha.

— O que acontece a seguir?

O resto do grupo se entreolhou em silêncio, inseguro. A pergunta pairava sobre a sala, como as bandeirolas pretas que balançavam frouxamente com a leve brisa contra a pedra. Bethany encolheu os ombros, Sionna piscou, Rion bateu os dedos em sua armadura manchada, e a boca de Matt curvou-se naquela pequena carranca engraçada que ele sempre fazia quando estava pensando.

Bem, pelo menos todos nós sabíamos a pergunta, mas parecia que ninguém tinha uma resposta.

Perfeito.

Foi Rion quem quebrou o silêncio constrangedor quando pigarreou.

— Um novo governo precisa ser instalado. Ele — Rion disse, erguendo o queixo em direção ao corpo — era o governante do reino, por mais malvado que fosse. Ele matou toda a família real, exceto a...

— Oh — Matt interrompeu, endireitando-se de seu impressionante apoio em seu cajado —, devemos encontrar a princesa.

Franzi minha sobrancelha.

— Ela não está trancada em uma torre?

— Acham que precisamos acordá-la de um sono eterno? — Bethany perguntou. — Com um beijo de amor verdadeiro?

— Acredito que é uma missão diferente. — Lila deixou o saco cair, o conteúdo retinindo. — Ela não tem que jogar o cabelo pela janela?

— Não — Sionna respondeu. — Temos que adivinhar o nome dela.

— Todos vocês estão errados. — Matt acenou com a mão. — Nós só precisamos ajudá-la a sair de lá.

— Bem, isso não parece o certo — Bethany disse com as mãos na cintura. — Tem certeza?

Matt suspirou e vasculhou a bolsa ao seu lado.

— A profecia...

O grupo inteiro gemeu. Todos conhecíamos a profecia. Nós a havíamos lido. Matt nos deu uma extensa palestra sobre ela. Eu poderia recitá-la de cor com as mãos amarradas nas costas enquanto era espancado com varas por gnomos furiosos. Bem, quase tudo, exceto por uma seção que foi bastante manchada por vinho. Mas eu não mencionei isso porque era algo doloroso e eu não queria ser o alvo de um dos olhares fulminantes de Matt.

Implacável, Matt puxou o pergaminho de sua bolsa e agitou o rolo em nossa direção como se estivesse nos repreendendo.

— A profecia não menciona o beijo do amor verdadeiro, cabelo comprido ou adivinhação de nomes.

— Você a pegou apenas para nos dizer isso? — Lila cruzou os braços e ergueu uma sobrancelha.

Os lábios de Matt se torceram em uma carranca.

— Estou provando a vocês.

— Que você é pedante? — Bethany perguntou, com um sorriso falso estampado em seu rosto, apesar de parecer um pouco verde ao redor de suas guelras. — Porque estamos cientes.

— Você tem vômito no cabelo — Matt retrucou, colocando o pergaminho em sua mochila.

— Ok, ok. — Levantei minhas mãos e me dirigi ao grupo. — Vamos todos tirar um momento para respirar.

Lila torceu o nariz na minha direção.

— Antes de embarcarmos em qualquer missão paralela, todo mundo precisa de banho. E de comida.

— Ei! Acabei de matar o Perverso. — Apontei para o cadáver decapitado atrás de mim para dar ênfase. — Me dá uma folga.

Rion pigarreou.

— Antes de ser interrompido, eu tinha algo a dizer.

Gesticulei para ele.

— Continue então.

— Tão autoritário — Matt sussurrou, dando risadinhas.

Mordi meu lábio para impedir minha risada. Estava coberto de sangue e alguns dos residentes do castelo colocaram a cabeça para fora de seus esconderijos. Rir histericamente não passaria uma boa impressão.

— A questão é que, sem nenhuma família real para assumir o trono, e você sendo o indivíduo que cortou a cabeça do Perverso, a tarefa de governar o reino recai sobre os seus ombros.

Huh. Ele disse cortador de cabeças. O nome era bom, mas poderia haver um título melhor no futuro. Era melhor cortar a ideia pela raiz.

Cruzei meus braços.

— Não vamos usar "cortador de cabeças", por favor. E há uma princesa em uma torre que é a governante legítima. Eu sou apenas… um peão profético.

— Sim, mas até que ela seja libertada, você é o monarca de direito. — Rion acenou com a cabeça para o trono vazio.

Balancei a minha cabeça.

— Mas eu não quero ser o monarca de direito.

— Arek — Sionna falou, beliscando a ponta do nariz. — Não podemos deixar o trono livre enquanto completamos a missão paralela.

— Mas...

— Você realmente quer ter de fazer tudo isso de novo — Bethany choramingou enquanto acenava com as mãos de maneira enfática — se alguém ainda pior se sentar ali enquanto estivermos fora e assumir o trono? — Ela agarrou a harpa com mais força e sem olhar para o corpo sem cabeça caído nas proximidades. — Ou quer evitar tudo isso e se proclamar rei por algumas horas?

Lancei um olhar para Matt, que deu de ombros, a expressão nada tranquilizadora. Ugh, eu realmente desejava que tudo isso acabasse porque eu queria conversar com ele em *particular* e fazer toda a coisa de confessar o que estava me corroendo por meses. Colocar a coroa de um homem morto parecia o oposto de encerrar a missão, mas não podia negar que o ponto de Bethany era válido. Eu *não* queria fazer tudo aquilo de novo.

— Eu... hum... eu...

Rion interpretou minha gagueira como aceitação. Ele desembainhou a espada e se ajoelhou no chão de pedra.

— Todos saúdem o Rei Arek!

— Ah, não! — Ergui minhas mãos. — Não. Pare com isso. Não faça isso.

Bethany dedilhou sua harpa, seus lábios pálidos se curvaram em um sorriso malicioso.

— Todos saúdem o Rei Arek — ela cantou, e com a magia do instrumento, a declaração foi amplificada em um coro de vozes. *Vadia.*

A proclamação ecoou na pequena sala e, do nada, todos se ajoelharam: os poucos servos que haviam vagado durante a confusão, o restante dos seguidores do Perverso e meus companheiros de jornada, meus amigos, aqueles idiotas traidores.

— Pegue a coroa — Matt pediu, me cutucando com o ombro, bastante alegre com a situação. Seus lábios se curvaram em um sorriso presunçoso que se fixou em seu rosto incrível. Ele ajoelhou. — Coloque.

— Não. Está na cabeça... na cabeça *decepada*. Isso é nojento.

— Você está de luvas, vai dar tudo certo.

— E depois? Coloco na *minha* cabeça? Foda-se isso. Vai cair sangue no meu cabelo.

— Já tem sangue no seu cabelo. Tem sangue em você todo.

— Não seja covarde — Lila atiçou. Ela foi a última a se ajoelhar, mas o fez, o que foi surpreendente. Ela até puxou o capuz, revelando as longas tranças de seu cabelo loiro e suas orelhas pontudas. — Vai logo.

— Vai logo — Matt sussurrou, dando risada.

Lila estendeu a mão e pressionou um único dedo no meu braço.

— Pressão dos colegas.

— Ugh. — Eu marchei até a cabeça, pensei no que deveria fazer e... não. Colocar uma coroa ensanguentada não fazia parte da missão. Nem toda aquela história de governar. Não faz parte do acordo de forma alguma. Mas, pelas aparências, e até que a verdadeira herdeira da torre fosse libertada, imaginei que governar por algumas horas não seria tão ruim, especialmente se calasse os cantos irritantes.

Arranquei a coroa dourada da cabeça. Ela rolou até a beirada do degrau e balançou por um agonizante segundo antes de cair e atingir o piso com um estalo indutor de vômito. Engoli a bile, tentando desesperadamente não dar uma de Bethany na frente dos meus futuros súditos. Tirando a figura sem vida do caminho, subi as escadas restantes e fiquei em frente ao trono.

Ele era ornamentado de uma forma ameaçadora, com terríveis monstros gravados na decoração e intimidantes por si só. Não deveria ser, era apenas uma cadeira, mas hesitei diante da ideia de me sentar onde o cara que acabei de matar costumava se sentar.

Respirei fundo.

— Tudo bem, então. — Apesar das minhas dúvidas, coloquei a coroa na cabeça, virei-me rapidamente e me afundei no trono, que não era nada confortável.

Eu não sei o que de fato aconteceu naquele momento, mas algo na sala inchou e estalou, então quebrou sobre mim em uma onda de calor e potencial. Os pelos dos meus braços se arrepiaram e um tremor percorreu a minha espinha. Era como estar em um campo durante uma tempestade que se aproxima, enquanto a pressão e a expectativa de algo muito maior do que eu se manifestavam sobre mim, um lembrete do milagre inerente à magia e ao mundo e do meu lugar nele. Em um instante, fui inundado com a música de todos que vieram antes, e como todas as estradas me levaram até ali, para aquele lugar, para aquele momento, para aquele papel.

Durou o tempo de uma respiração, e então se evaporou.

O canto cessou. Eu me contorci, tentando encontrar uma posição que não machucasse minhas costas. Todos me encaravam. É, isso foi uma má ideia. Quase tão ruim quanto sair de casa no meio da noite, nove meses atrás, segurando o pergaminho profético que me trouxe até aqui, com Matt atrás de mim.

— Diga alguma coisa — Sionna sibilou.

— Oh. — Inclinei-me para a frente, sacudindo-me do estupor. — Hum. O Perverso está morto, eu o matei. Portanto, assumo o trono de Ere, no reino de Chickpea, e me declaro Rei Arek. — Lambi meus lábios rachados. — Mas só até libertarmos a princesa da torre. Meu reinado será por algumas horas, no máximo. Um rei interino, se desejarem. Eba. Uhull. E tudo isso.

Sionna bufou.

— Discursou como um verdadeiro estadista — Matt comentou com um sorriso.

Lila revirou os olhos. Ainda pálida, Bethany tocou algumas cordas em sua harpa, e minhas palavras ecoaram por todo o castelo e nos jardins.

Seguiu-se uma salva de palmas educadas.

— Podemos… uh… — Engoli em seco. — Podemos ficar com o cômodo, por favor? E talvez ter uma equipe de limpeza?

Os poucos intrusos se espalharam, incluindo os últimos seguidores vivos remanescentes do Perverso, e logo a sala estava vazia, exceto por nós e os mortos.

— Vocês sentiram isso?

Eles piscaram para mim.

— Sentimos o quê? — Bethany perguntou. Ela agarrava o estômago com uma das mãos. — Enjoos? Sim.

— Não. A magia? Matt, você fez alguma coisa?

Ele franziu a testa.

— Não que eu saiba.

— Huh. — Podia ter sido a liberação do estresse, o recuo da adrenalina, que me deixara com frio e tremendo, mas sabia que não. Após nove meses da porra profética, eu reconhecia a presença da magia. A forma como o calor e o poder tomaram conta de mim no trono foi como o choque formigante de quando Matt usa seu cajado ou o varrer da promessa mística quando toquei a espada pela primeira vez no pântano. Havia mais magia na sala do trono do que eu gostaria de fazer parte, e quanto mais cedo encontrássemos a princesa e a instalássemos como rainha, mais cedo eu terminaria de ser o peão do destino.

Bati minhas mãos nos braços do trono e me levantei. — Bem, vamos encontrar essa princesa então.

— Agora? — Bethany perguntou.

— Agora — concordei com um forte aceno.

Lila franziu a testa.

— Mas, banhos e comida.

— E descanso — Sionna acrescentou.

— Agora. — Eu apontei para a coroa. — Considerem este o meu primeiro ato como rei.

— Seu primeiro ato como rei é não querer ser rei — Matt disse, o sorriso espreitando a curva da sua boca. — Me pareceu...

Bethany deu uma risadinha.

— Venham — chamei, descendo do trono e saindo depressa do cômodo. — Quanto mais rápido encontrarmos essa princesa, mais rápido poderemos deixar tudo isso para trás.

2

— RION, EU JURO POR TODOS OS ESPÍRITOS NESTE PLANO E NO PRÓXIMO QUE se a princesa *não* estiver nesta torre, eu vou jogar um feitiço em você, e você vai sair por um canhão — Bethany ameaçou enquanto subíamos para o topo da torre. Ela xingava e bufava em voz alta. Bethany possuía curvas suaves, um busto grande e um rosto redondo. Ela não tinha vergonha de usar todos os seus recursos para conseguir o que queria, especialmente sua magia, se necessário fosse. Nesse caso, ela era o caminho mais rápido para subir a interminável escada em espiral.

Eu não a culpei, porque esta era a terceira torre que subíamos e estava exausto. Além de bastante pegajoso e ansioso para ter uma conversa com certa pessoa.

Matt continuava mancando, eu continuava observando-o, e ele não reclamava. Eu queria que reclamasse, seria melhor do que ver a leve careta e as linhas apertadas ao redor da boca toda vez que ele pisava mais firme.

— Esta será a torre certa — Rion afirmou. — Tenho certeza disso.

— Bom, já me arrependi de não trocar de roupa e tomar banho antes de embarcarmos nessa jornada.

— *Todos* nos arrependemos — Sionna murmurou.

Coloquei a mão em minha túnica pegajosa, bem sobre o meu coração.

— Você me fere.

— Não me tente.

— Ah, parem com isso. — A dor de Matt finalmente emergiu como irritação. — Nenhum de nós cheira a rosas agora. Todos estamos fedendo. Mas se pudermos convencer essa princesa de que somos os mocinhos e que estamos aqui para libertá-la, ela pode nos deixar ficar no castelo, pelo menos por esta noite.

— Oh! A porta! — Rion correu na frente, sua armadura tilintando, seu entusiasmo não exatamente contagioso. — E está trancada! Isso é um bom sinal.

— Não deveria haver guardas? — Lila semicerrou os olhos na escuridão.

Esfreguei o calcanhar por sobre a camada de poeira nos degraus de pedra. — Não se houver fechaduras. Certo?

Ela passou por mim na escada e espreitou à frente. Puxou o anel de ferramentas do cinto com a intenção de abrir a fechadura da porta, da mesma forma que nos fez passar pela ponte levadiça algumas horas antes, mas Matt se adiantou. Ele nivelou a joia de seu cajado com a fechadura, disse uma confusão de palavras mágicas e a porta se escancarou.

— Não precisamos ser sutis — explicou, batendo a ponta de seu bastão no chão. Um redemoinho de partículas soprou no ar. — Não é como se estivéssemos nos esgueirando desta vez.

Lila inclinou a cabeça, considerando o que ele tinha dito. Ela guardou as ferramentas em sua bolsa e deslizou silenciosamente de volta para uma posição perto da parede.

Havia uma camada espessa de sujeira no chão. Ninguém tem estado aqui em cima há muito tempo, mas aquela porta com certeza estava trancada por fora. Um pressentimento ruim tomou conta de mim e, apesar do entusiasmo do Rion, a apreensão também arrepiou o resto do grupo.

Abri caminho com meus passos, deixando pegadas distintas na poeira e empurrei a porta, que balançou para dentro alguns centímetros nas dobradiças rangentes. Teias de aranha se desalojaram e caíram em graciosas ondas para se juntarem à minha coroa emprestada. Uma brisa estranhamente fria passou soprando pelo meu ombro direito, seguida por um cheiro mofado que me fez levantar a manga até o nariz. Um nó se formou na minha garganta.

De alguma forma, isso era mais assustador do que irromper na sala do trono — o sangue fervendo, a espada mágica na minha mão — para enfim enfrentar o meu destino. Porque se meu instinto estivesse certo sobre o que pensava que estava mais no fundo desse quarto, então minha vida estava fodida. Minhas mãos tremeram, o suor gotejou ao longo da minha nuca, e empurrei a porta com mais força; ela raspou no piso.

Do outro lado tinha um esqueleto. Juro pelos espíritos, um esqueleto de verdade apoiado em uma cama baixa perto de um buraco de uma janela. Ela tinha anéis nos dedos, um vestido de brocado com buracos roídos por traças e um diário aberto na mão direita. A última princesa da família real havia morrido há muito tempo trancada em uma torre, e tudo o que restou foram seus ossos.

Bethany esticou o pescoço para olhar.

— Bem, sua princesa não está em outra torre, ela está morta.

Matt estava próximo a mim.

— Huh. Acho que você é o governante de direito.

O pânico apoderou-se do meu coração e congelei. *Merda!*

O grupo passou por mim arrastando os pés, vasculhando e remexendo o conteúdo do pequeno cômodo, aparentemente despreocupado com a grande revelação de que a princesa estava morta e eu era o rei.

— Bem, o que vamos fazer agora? — A pergunta irrompeu de mim em um grito, ecoando no espaço fechado, ricocheteando na pedra. Minha pulsação disparou com a ideia de ser *responsável* por todo um reino. Agarrei o punho da espada ao meu lado com um aperto mortal.

— Deveríamos fazer algo com este corpo. — Lila puxou um pedaço da roupa elegante, e o esqueleto tombou. Ela inspecionou uma mão ossuda, em seguida, deslizou um anel de ouro de um dedo.

— Tenha um pouco de respeito pelos mortos, Lila. — Rion cruzou os braços, seu tom severo.

— Tenho certeza de que ela não se importa.

— Lila.

Ela suspirou.

— *Tudo bem.*

A postura de Rion relaxou.

— Não deveríamos deixá-la aqui. — Lila cutucou o ombro do esqueleto.

— Os rituais fúnebres são importantes.

— Ok, mas e quanto ao nosso outro problema? — Apontei para a coroa ensanguentada que continuava deslizando em um ângulo inapropriadamente jovial na minha cabeça.

Ignorando a mim e a minha crise existencial, Matt afastou um par de cortinas esvoaçantes e espiou para fora de uma janela minúscula, que era mais como uma flecha cortada do que qualquer outra coisa. Ele ficou parado, e a ponta de seu cajado pulsou com um brilho quente.

— Matt? — Sionna chamou, cautelosa. — O que está acontecendo?

Ele gesticulou para a janela com um agitar frenético da mão.

— Ele.

— Ele? — Indaguei, a voz falhando quando meus pensamentos foram direto para o Perverso. Avancei, dando um passo ao redor de Rion, tentando ignorar o aumento na minha pulsação enquanto me apertava perto de Matt. Eu o decapitei, ele não poderia estar de volta. A menos que seu cadáver estivesse cambaleando do lado de fora. Esperava que não, porque *eca*. — Ele quem?

— *Ele*! O bruxo!

Como esperado, o velho que me declarou *o escolhido* agora cambaleava pelos jardins dentro das muralhas do castelo. Eu reconheceria o bastardo de chapéu pontudo em qualquer lugar. Se houvesse alguém que pudesse consertar minha situação atual, seria ele.

— Esse é o cara que lhe deu o pergaminho? — Bethany questionou, a voz alta em incredulidade.

— Sim — respondi com um forte aceno de cabeça.

— E vocês seguiram o que ele disse? Estão loucos? Eu sabia que vocês dois tinham pouquíssimas habilidades de autopreservação, mas caramba.

— Pareceu uma boa ideia no momento. E ei, deu certo no final; mais ou menos. Enfim, Matt, você o chamou? — Perguntei observando a ponta brilhante do seu cajado.

— Rá! Se eu soubesse como fazer isso, já teria pedido ajuda há muito tempo.

Eu não sabia como responder àquilo, então decidi seguir em frente.

— Olha, vocês cuidam da princesa. Matt e eu vamos conversar com o bruxo. Ele deve ter aparecido aqui para oferecer um conselho, outra profecia ou algo assim. Nós vamos descobrir. Ok? Ok.

Bati minha mão no ombro de Matt e o arrastei para fora do cômodo antes que alguém pudesse protestar.

Levamos alguns minutos para encontrar a porta que dava para fora do castelo e levava ao jardim correto, mas, quando finalmente encontramos, tropeçamos para fora com pressa. Esticando o pescoço, procurei a torre onde nossos amigos estavam e vi a mão pálida de Lila acenando de uma brecha cortada acima de nós. Bem, pelo menos tínhamos testemunhas de tudo o que iria acontecer.

— Ei! Ei, você! — Eu gritei, caminhando pelo gramado.

O velho bruxo se virou, suas vestes gastas balançando ao redor dos seus tornozelos. Seu longo cabelo com mechas grisalhas esvoaçava em uma brisa inexistente. Ele estava tão velho e enrugado que suas rugas tinham rugas e seus ombros eram curvados. Apesar da aparência fraca, ele irradiava poder. O ar brilhou com magia e formigou ao longo da minha pele.

— Eu? — ele indagou com inocência. Então apertou os olhos. — Oh! Olá.

— Olá. Oi. Como você está?

Ele fez um barulho de zumbido e, em seguida, voltou sua atenção para Matt e encarou a lenta luz intermitente que emanava do cajado na mão dele.

— Ah — declarou com um aceno de cabeça —, vocês conseguiram, então?

Matt piscou.

— Conseguimos o quê?

— Sucesso. Parabéns!

— Você... não está aqui para pegar o cajado de volta, está? — Matt o puxou para mais perto de seu peito.

Eu não queria falar para o meu amigo, mas tinha quase certeza de que, se o bruxo desejasse ter o cajado de volta, proximidade não seria um problema.

— Hum? Não. Não, não é por isso que estou aqui.

— Ótimo — eu disse batendo palmas, chamando a atenção de volta para mim. — Por que você está aqui? Porque adoraríamos ter alguma ajuda. Acabamos de encontrar a governante legítima morta em uma torre e, de alguma forma, fui nomeado rei, e não acho que quero ser rei, muito menos sei como ser rei. Então, você tem algum outro pergaminho pra gente? Palavras sábias? Alguma orientação?

Ele me fitou sob as sobrancelhas espessas, parecendo confuso.

— Ah, não.

Matt e eu trocamos um olhar.

— Não? — questionei.

O bruxo balançou a cabeça.

— Correto.

— Espere, o quê? — Matt perguntou.

— Exatamente.

Apertei minhas mãos com tanta força que meus punhos tremeram.

— Tudo bem, então por que você está aqui?

Ele piscou seus olhos milenares, então o olhar viajou por todo o comprimento do meu corpo, desde os arranhões das minhas botas até a monstruosidade dourada e espinhosa da coroa na minha cabeça. Ele riu. Não um tilintar ou uma risadinha, mas uma gargalhada profunda. Ele se curvou, agarrando os joelhos enquanto gargalhava alto, com entusiasmo e totalmente à minha custa.

— Sabe — interpus, de braços cruzados, aborrecido —, você foi muito mais falante quando me convenceu a fugir de casa nove meses atrás para cumprir meu destino que, devo acrescentar, incluiu quase morrer várias vezes.

O bruxo continuou rindo.

— Você se lembra, não é? Apareceu no dia seguinte ao meu aniversário? Contou ao meu melhor amigo que ele podia usar magia? Nos entregou um pergaminho profético? — Agitei minha mão na direção de Matt, e ele puxou o pergaminho ofensivo de sua bolsa. — Isso lhe parece vagamente familiar?

Ele, enfim, recuperou a compostura, limpando a garganta, e fitou o pergaminho com uma sobrancelha arqueada.

— Sim, claro que sim.

— E? — Incitei.

— Essa é a profecia que detalha o fim do tirano conhecido como *O Perverso*.

Ok, ele não está errado, mas isso nós já sabíamos. Eu me inclinei em sua direção.

— E?

O bruxo encolheu os ombros.

Eu esperei, pensando que poderia haver mais informações chegando, mas um sólido minuto se passou em silêncio. Joguei minhas mãos para o alto em indignação.

— Você pode pelo menos me dizer o que fazer em relação a ser o rei? Eu devo mesmo ser o rei?

Ele coçou o queixo.

— Não.

— Não, você não pode me dizer, ou não, eu não deveria ser o rei? — *Por favor, que seja a segunda opção. Por favor, que seja a segunda opção.* Esperava por uma resposta, mas quando outra longa pausa se estendeu entre nós, percebi

que não haveria uma, então minha frustração e fadiga chegaram ao limite.
— Isso não serve de nada! — gritei. — É absolutamente inútil! Vamos, Matt. Aposto que os outros estão morrendo de rir lá em cima.

O bruxo bufou. Com um aceno de mão, ele desenrolou seu próprio pergaminho e arrancou uma pena do nada. Apertando a pena entre os dedos, ele fez uma única marca no papel.

— O que é isso? — Matt perguntou, esticando o pescoço. — O que você está fazendo?

Suspirando, o bruxo estalou os dedos e o pergaminho e a pena desapareceram em uma faísca. Ele cruzou as mãos por dentro das mangas largas de seu manto.

— Existem milhares de profecias no mundo — falou —, mas nem todas são verdadeiras. Esta passou a ser, estou anotando em meus registros.

— Espere, *o quê?* — Matt indagou mais uma vez, sua voz um guincho. — Você mantém os resultados?

Embora tenha ecoado a indignação de Matt, senti que ele perdera o ponto principal:

— Você está querendo dizer que nós poderíamos *falhar?* — Nunca me senti tão traído em minha vida. O único alicerce de toda esta jornada era a profecia e ela poderia estar *errada?* Meu mundo inteiro virou de cabeça para baixo. — Nós poderíamos ter *morrido?* Que porra é essa?

— Vocês não morreram. — O bruxo ressaltou de maneira prestativa. — Esta profetisa tem uma precisão de 95%, é bastante impressionante.

Matt fez uma cara muito complexa com essa informação.

Eu senti como se minha alma tivesse deixado meu corpo. Tínhamos confiado nessa profecia como se fosse verdade e agora descobri que *poderia não ter sido*. Fiquei tonto e cambaleei até me inclinar contra a parede do castelo para evitar cair de cara no chão.

O bruxo ficou inabalável.

— Isto está sendo bom, mas tenho mais algumas visitas para fazer hoje, então é melhor eu ir.

— Espere — Matt deu um passo em direção ao bruxo, a mão estendida. Ele já havia guardado a profecia de volta em sua bolsa. — Você tem outra profecia sobre Arek? Ou sobre alguém do nosso grupo? A profetisa escreveu mais alguma coisa?

Bem pensado, Matt. Sempre ele quem faz as perguntas certas, uma das muitas razões pelas quais gosto tanto dele. No momento, não estava bem para fazer isso, eu estava no meio de um colapso mental, porque o bruxo afirmou de forma bem clara que tinha mais algumas visitas. Mais algumas visitas? Quantos esquemas proféticos esse cara estava executando? Quantos adolescentes ele enviou em aventuras possivelmente falsas?

As sobrancelhas do bruxo se curvaram de um jeito estranho.

— Não.

Matt murchou.

Ignorando-o, o bruxo me lançou outro olhar intenso.

— Aproveite seu reinado, Rei Arek.

Então ele deu um sorriso malicioso.

Oh, isso foi desnecessário. Eu me afastei da parede, agarrei o cabo da minha espada com a intenção de fazer algo ousado e majestoso, mas o bruxo apenas agitou as mãos e sumiu.

Matt sacudiu o punho para as faíscas que pairavam no ar após a partida do bruxo.

— Bem, vá se ferrar! — ele gritou.

— Uau. Se controla — comentei. — Quem é o maduro aqui?

Matt balançou a cabeça e, ah, sim, *ali* estava o olhar fulminante de que tanto gostava. Ele respirou fundo para se acalmar, uma mão pressionada no centro do peito, a outra enrolada em torno de seu cajado em um aperto mortal.

— Vamos encontrar os outros e lhes dar a maravilhosa notícia de que não temos um plano ou ajuda e que você de fato é o Rei de Ere no Reino de Chickpea.

— Uhul. Vida longa para mim, eu acho. — Eu lhe dei o melhor sorriso que pude forçar.

Matt estreitou os olhos, então balançou a cabeça enquanto sua expressão se suavizava. Ele até bufou uma risada enquanto caminhava para a porta. Eu o segui, porque a única coisa sólida em meu mundo era Matt e eu tinha certeza de que juntos encontraríamos alguma solução.

3

— ELE REINOU POR QUARENTA ANOS. — A LUZ DO FOGO ILUMINOU O ROSTO de Bethany e seus olhos refletiram as piras funerárias. — Não sei por que esperamos encontrar algo diferente.

— Algo diferente de uma pilha de ossos? Sério? — Ajustei a coroa, que era tão pesada que me dava dor de cabeça e apertava minhas orelhas quando escorregava demais. Considerei também jogá-la no fogo, mas Lila provavelmente a pegaria no ar e a levaria para longe antes que pudesse piscar. E jogá-la fora não aliviaria o fardo de governar aquele reino. Eu me declarei rei. Bethany transmitiu isso por todo o castelo e pela vila ao redor com sua harpa mágica. Eu estava majestosamente ferrado.

— Quer dizer, acho que quando se ouve o termo princesa presumimos, automaticamente, você sabe, uma típica princesa. — Matt fez um gesto desamparado.

— Vocês sabem o que dizem sobre presumir coisas. Isso nos torna idiotas. — Todos eles me encararam. Matt até gemeu. — O quê? Eu faço piadas em situações desconfortáveis, vocês já deveriam saber disso sobre mim. Não é como se não tivessem passado os últimos meses das suas vidas tentando evitar que eu me tornasse um cadáver.

Sionna esfregou o polegar entre os olhos.

— Sim, nós fizemos isso, apesar das suas piadas.

O fogo crepitava, e o suor descia pela minha espinha. O calor que emanava das chamas era implacável, mesmo com a noite fria. Passaram-se sólidas quatro ou cinco horas desde que invadimos a sala do trono e eu me tornei rei de maneira involuntária. O dia estava acabando; minha paciência e energia também, e ainda não havia encontrado uma banheira.

— E o bruxo não tinha nada a oferecer? — Rion perguntou. — Mesmo?

Matt e eu já havíamos fornecido os detalhes dolorosos da nossa conversa com o bruxo, mas eu podia entender como parecia inacreditável. Eu tinha de fato conversado com o cara e mal podia acreditar.

— Nada. — Matt respondeu com um suspiro. — Concluímos a missão e agora somos um marco em seus registros. — Ele jogou um galho no fogo.

— E Arek é o rei.

O grupo ficou em silêncio, o único som era o estalar e o crepitar do fogo. As brasas flutuavam em uma brisa suave. O céu avançava em direção ao crepúsculo. Precisávamos de um plano, pelo menos para esta noite, mas todos estavam exaustos e, no momento, contentes em apenas estar no mesmo lugar por um tempo.

— Sabem — Lila falou, quebrando o silêncio —, para uma senhora morta, ela era muito poética. — Ela ergueu o diário que encontramos na torre. — Escutem isso: "Se algum dia eu sair daqui, vou lhe confessar que a amo". — Ela pressionou o livro contra o peito. — Isso é tão doce. Triste como o inferno, mas doce.

Matt se mexeu ao meu lado, o bastão em sua mão, parecendo aflito. Seu tornozelo devia estar doendo de novo. Ele se recusou a se sentar quando me ofereci para puxar uma cadeira de uma das muitas salas do castelo para o jardim.

Eu bufei na direção de Lila.

— Você roubou o diário?

— O quê? Ela não vai sentir falta. — Ela inclinou o queixo em direção às piras duplas.

Bethany o agarrou de sua mão e o folheou.

— Isso pode ter informações de que podemos precisar para descobrir como governar este reino destruído.

Inclinando minha cabeça para o lado, considerei o grupo.

— Nós? Governar?

Ela piscou.

— Você é o rei.

— Sim. E?

— E isso significa que você está no comando.

— Entendo, mais ou menos. — Estava tentando não pensar muito nisso. — Mas o que isso tem a ver com vocês?

Zombando, Bethany lançou um olhar nem um pouco impressionado em minha direção. — Eu não vou embora. Isso é um castelo. Tem camas aqui. E comida.

— E o resto de vocês?

— Isso está ficando interessante — Lila comentou com um sorriso. — Eu vou ficar, pelo menos um pouco.

Sionna revirou os olhos para Lila, mas confirmou com a cabeça.

— Eu também.

— Eu fiz um juramento para você. — Rion lembrou e encolheu os ombros. — O deus dos Votos ouviu minhas palavras e não veria com bons olhos se eu as quebrasse.

— Mas a missão acabou, você não precisa mais me proteger.

A testa de Rion franziu.

— Você é o rei desta terra, precisa de proteção agora mais do que nunca.

Abri a boca para replicar, mas a fechei. Eu não tinha pensado nisso. Mal pensei em qualquer coisa além de cumprir a profecia desde que descobri sobre ela; e desde a nossa vitória, não pensei além dos próximos minutos.

— Eu não quero ser rei.

— Você não quer? — Sionna perguntou.

Lila cruzou os braços.

— Você literalmente colocou a coroa.

— Sob pressão!

Matt me cutucou com o ombro.

— Você vai ficar bem, todos nós ficaremos bem. Aqueles de nós que escolherem ficar irão ajudá-lo, como ajudamos até agora. Nós somos… nós somos um… — Matt pigarreou. — Bem, nós somos um time. Nós temos algo que funciona e não teríamos chegado tão longe se não tivéssemos isso.

— Matt está certo. — Sionna concordou, levantando-se de onde estava sentada de pernas cruzadas no pavimento de pedras no jardim. — Trabalhamos bem como um grupo.

Foi ideia dela queimar o Perverso e a última princesa como nossa primeira tarefa depois de encontrarmos os ossos. Lila e Sionna foram inflexíveis em aderir aos ritos fúnebres de acordo com as crenças da princesa. Eu queria garantir que o Perverso não pudesse ser ressuscitado por meio de sua própria feitiçaria. Mesmo sem cabeça, não podíamos arriscar que ele voltasse, isso seria aterrorizante e macabro, e eu tinha certeza de que sua primeira tarefa seria se vingar exatamente do indivíduo que o deixou sem cabeça.

— Vamos continuar nesta jornada, juntos. — Rion cruzou os braços sobre o peito, as proteções da sua armadura suja tilintando juntas. Com os pés separados na largura dos ombros e a postura ereta, ele assumiu o que eu apelidei de posição honrosa. Ele costumava fazê-la quando se dirigia a nós porque, embora tivéssemos quase a mesma idade, ele era o único com a bússola moral mais forte, enquanto o resto de nós corria ao redor como gatos selvagens de estábulo.

Não pude evitar a onda de afeto que senti por este grupo; surpreso, mas grato por sua amizade se estender além dos limites de uma profecia escrita. Esfreguei minhas mãos.

— Ok. Isso é ótimo. Está decidido. — Em uma tentativa de liderança, tentei infundir em minha voz a confiança de alguém que se sentia confortável com a ideia de governar uma nação. — Vamos analisar essa questão de governar, só que amanhã. No momento, estou exausto e nojento.

— Comida também — Bethany lembrou. Matt concordou, balançando a cabeça como se ela estivesse em uma mola.

— Ok, comida também. Devíamos encontrar lugares para descansar durante a noite. Ou um lugar. Ficaremos no mesmo quarto por segurança, apenas para prevenir. E banhos. E jantar. Isso, devemos fazer isso. Comer. Dormir. Ficarmos felizes porque, ei, nós vencemos. Nós ganhamos, porra! — Minha voz falhou na última palavra, mas minha falsa alegria melhorou o clima pesado. Porque, apesar das probabilidades, nossos meses de trabalho pesado não foram em vão. O Perverso estava morto graças a nós. A terra estava livre.

Tomei um fôlego profundo, purificador, e me engasguei com o cheiro de carne queimada e cinzas. Huh. Não foi uma boa ideia. Eu tossi em minhas mãos, e Matt bateu um punho entre minhas omoplatas até que recuperei minha compostura.

— Sim, nós vencemos — Rion declarou. — Nós merecemos descanso. Nossa situação será diferente à luz de um novo dia.

— Claro que será — concordei com todo o entusiasmo que pude reunir, o que não foi muito porque minha energia murchou. — Vai ser ótimo.

Lila deu um tapa no meu ombro.

— Belo discurso, majestade.

Os lábios de Sionna se curvaram em um sorriso. Bethany deu uma piscadela.

— Só para constar, eu odeio todos vocês — falei, dando meia-volta. — Vamos, isso é um castelo. Tem que haver regalias por aqui em algum lugar.

Voltei para o castelo, tomando cuidado para ficar um pouco à frente do grupo para que meu rosto ficasse obstruído de sua visão e eles não pudessem perceber a minha expressão. Por mais grato que estivesse por saber que eles estavam ao meu lado, pelo menos por enquanto, uma sensação de desconforto surgiu em meio à minha exaustão. Minha chance de contar a Matt como me sentia, livre e sem ligações a quaisquer obrigações de missões e profecias, estava diminuindo cada vez mais.

4

— **QUE PORRA ESTÁ ACONTECENDO?** — **GRITEI ENQUANTO ACORDAVA CAMBA**-leando ao som de alguém batendo na porta. Pulei da cama, tropeçando enquanto meus pés se enredavam nos lençóis. Seria cômico se eu fosse o único a se debater, mas meus amigos estavam igualmente atordoados.

— Ah, merda, estão vindo atrás de nós!

— Quem?

— Eu não sei!

— Onde está minha harpa?

— Onde está minha *espada*?

Na noite anterior, depois que todos nós nos banhamos em uma fonte no jardim e comemos o que pudemos encontrar, nos retiramos para um grande quarto no castelo. Trancamos a porta, arrastamos um guarda-roupa pesado para a frente dela, e Matt colocou uma barreira mágica. Mesmo com todas as nossas precauções, meses vivendo constantemente no limite — dormindo com nossas botas e as malas prontas para o caso de termos que correr no meio da noite —, significava que nós seis estávamos de pé com armas na mão antes até de percebermos o que estava acontecendo.

Bem, quase todos nós. Eu me desvencilhei dos cobertores, agarrei minha espada e a tirei da metade da bainha antes que a voz do outro lado dissesse:

— Bom dia, majestade. Estou aqui para servir o café da manhã!

Parei, interrompido pelas palavras.

— O quê?

— Café da manhã, majestade! Foi enviado das cozinhas.

Franzindo a testa, troquei um olhar com os meus companheiros desgrenhados.

— Não é um pouco cedo para isso?

— O sol já nasceu há duas horas.

Projetei meu queixo em direção à janela, e Lila saltou como uma raposa do chão para a beira da cama, dali para outra mesa, sem fazer barulho, e abriu as janelas com um rangido. Na verdade, o sol estava alto, forte e brilhando. Huh. O mundo não acabou durante a noite. Isso era um bônus.

— Sim, hum, bem, me dê um momento — pedi com voz baixa. — O que nós fazemos?

— Abrir a porta parece o mais apropriado — Rion respondeu, completamente sério. — É hora do café da manhã.

Tive que usar cada grama do meu autocontrole limitado para não revirar os olhos. A seriedade de Rion não merecia minha ira.

— Sim. Mas e se ele estiver aqui para nos matar?

— Você — Bethany corrigiu toda contente. Ela segurava a harpa em uma das mãos e a outra repousava em sua cintura, inclinada alegremente para o lado. — Se ele está aqui para matar alguém, é você. Não a gente.

Eu revirei meus olhos.

— Obrigado, oh, tão prestativa.

Sionna agarrou sua espada.

— Nós o protegeremos se ele estiver aqui para isso.

Eu queria acreditar nela; afinal, eles me protegeram por vários meses, mas a profecia fora concluída. Seus laços comigo não eram mais comandados por um poder superior, e Lila estava com uma perna para fora da janela.

Matt me cutucou com o cotovelo, bateu seu bastão contra o chão e a joia na ponta brilhou verde.

Limpei minha garganta.

— Pergunta rápida — chamei. — Como você sabia que eu estava aqui? Como sabe que sou o rei?

— Eu ouvi a proclamação ontem, majestade. O senhor se declarou Rei Arek. Todo o castelo ouviu, assim como os jardins e a aldeia. Devo admitir que demorou um pouco até que encontrasse o quarto que o senhor reservou como seus aposentos, e é por isso que o seu café da manhã está uma hora atrasado.

— Certo. A proclamação. — Fiz uma carranca para Bethany. Ela deu um sorriso sedutor. — Tudo bem. Hum... só mais um minuto.

Eu balancei a cabeça em direção aos outros. Sionna e Rion se aproximaram, armas em punho. Matt ergueu seu cajado e, com um sussurro, levitou o pesado guarda-roupa e o moveu suavemente para fora do caminho.

Com as mãos trêmulas, deslizei a tranca, agarrei o aro grande e respirei fundo. Abri uma fresta da porta e espiei pela borda gasta.

A visão que tive foi a personificação exata de tudo que esperava de alguém que entregaria o café da manhã a um rei: ele era minúsculo. Ok, não minúsculo *de verdade*. Diferente da pixie que encontramos na floresta e que nos fez responder a perguntas antes de nos deixar passar por seu prado. Mas pequeno para um humano. Baixinho. O topo da sua cabeça encostava no meu ombro. E ele era magro, como um galho de salgueiro, tinha cabelos grisalhos e rugas ao redor dos olhos e da boca, usava uma camisa fina com um colete de brocado sobre o peito e calças justas e segurava uma bandeja de prata com comida.

— Hum… olá.

— Olá, majestade. — Ele ergueu a bandeja. — Seu desjejum.

Abri mais a porta e me inclinei em direção à comida, a inalei. Cheirava a biscoitos frescos, queijo e linguiça. E isso era molho de carne? Meu estômago roncou. Resisti ao impulso de abrir a porta e mergulhar de cara no prato coberto, porque, embora parecesse um servo, ele poderia estar ali para me matar. Odiaria morrer por um biscoito.

— Posso entrar e colocá-lo na mesa?

Eu olhei por cima do ombro. Sionna me deu um forte aceno de cabeça, mas seus nós dos dedos estavam brancos onde ela agarrava sua espada.

— Uma coisa — eu disse pela fresta. — Quem é você?

Ele piscou seus grandes olhos azuis.

— Meu nome é Harlow e sou o mordomo deste castelo.

Matt me deu uma cotovelada nas costas.

— O mordomo administra o castelo. — Ele sussurrou.

— Ele era leal ao último cara? — Eu sussurrei de volta.

Matt encolheu os ombros.

— Acho que ele é leal a seja quem for o senhor do castelo.

— Que agora é você — Rion acrescentou, prestativo.

— Certo. — Esse era o cara que poderia nos dizer como andar pelo castelo sem morrer de fome ou cometer uma gafe que resultaria em nossa expulsão, mutilação ou assassinato. — Pode entrar.

Eu saí do caminho, e ele entrou rapidamente na sala, parando ao ver o grupo aglomerado atrás de mim.

— Oh — exprimiu um som curto de surpresa, embora seu tom permanecesse calmo. — Não acredito que trouxe o suficiente para alimentar a todos. — Suas sobrancelhas se ergueram. — Mas há mais nas cozinhas.

— Excelente. Hum… então, Harlow. — Eu coloquei minhas mãos nos bolsos das calças gastas e me balancei nos calcanhares. — Você pretende… — procurei as palavras certas — … me envenenar?

Ele parecia positivamente afrontado, e seu rosto já pálido ficou translúcido.

— Quero dizer — acrescentei depressa —, você é Time Perverso ou Time Arek? Está chateado por ter decapitado seu rei anterior? Eu literalmente cortei sua cabeça, foi nojento. Você pode estar bravo com isso. Só preciso saber porque, se estiver, prefiro não comer a comida que trouxe e morrer.

A boca de Harlow franziu-se com tanta intensidade que parecia que ele tinha chupado um limão.

As sobrancelhas de Bethany estavam na linha do cabelo.

— Nós realmente precisamos trabalhar o seu charme, Rei Arek. E a sua boca e o que sai dela.

— O quê? — Meus ombros se ergueram até as orelhas e abri as palmas das mãos. — Estou sendo honesto.

O olhar de Harlow vagou sobre o cajado de Matt, a espada de Rion e Lila, que cerrava a adaga entre os dentes, mesmo estando quase toda fora da janela.

— Bem — Rion incitou, descansando suavemente a ponta da sua espada no tecido da camisa engomada do mordomo —, onde está sua lealdade, Harlow?

Ele piscou.

— Com o Rei Arek, é claro. Minha lealdade é com o castelo. O Rei Arek derrotou o Rei Barthly e se tornou nosso governante legítimo.

— Barthly? — Matt perguntou, seu tom espelhando minha própria incredulidade. — O bruxo malvado que usou magia negra, usurpou o trono e manteve nosso reino nas sombras por quarenta anos se chamava *Barthly*? — Ele agitou as mãos. — Barthly!

Harlow semicerrou os olhos.

— Ele preferia não usar esse nome.

— Bem, você usaria? Se o seu nome fosse Barthly?

Eu pisei no pé de Matt, porque ele precisava mesmo se acalmar.

— De qualquer forma, você administra o castelo, correto?

— Sim, como tenho feito nos últimos vinte anos.

— E durante todo esse tempo, você não pensou em... não sei, tentar impedir o que estava acontecendo?

Harlow, enfim, passou por todos nós e colocou a bandeja sobre a mesa, então se virou firme para encarar nosso grupo.

— Não.

— Por que não?

— Não era minha responsabilidade.

Huh.

— Mas você continuou trabalhando aqui. Por que não encontrou outro emprego? Em outro lugar? Como na aldeia pela qual invadimos?

Harlow torceu o nariz.

— Encontrar outro emprego? Que pagasse bem? Nesta economia? Bem colocado.

Harlow continuou.

— Eu e meus companheiros servos não tínhamos para onde ir, embora soubéssemos que aqui não era seguro. Quando vocês seis atacaram os portões, quando cruzaram o fosso e entraram na fortaleza, quando subiram correndo as escadas para a sala do trono, meus companheiros servos e eu não impedimos seu progresso. Na verdade, nós aplaudimos o mais silenciosamente possível, no caso de vocês falharem, mas nós comemoramos. — Sua boca se contraiu em um pequeno sorriso. — Eu me escondi, orei aos meus deuses e esperei que tivessem sucesso. E vocês tiveram.

Limpei minha garganta.

— Bem, então, estou feliz por termos ajudado.

Harlow fez uma breve reverência ao grupo.

— Se os seus amigos desejarem, eles podem me seguir até a cozinha para o café da manhã.

Agarrei a manga da túnica de Matt entre o polegar e o indicador, mas acenei para os outros se vestirem e seguirem Harlow.

— Então, se vossa majestade desejar, poderíamos nos reunir depois na sala do conselho ao lado do grande salão — Harlow acrescentou.

— É claro! — exclamei. Harlow pareceu desconcertado, então corrigi. — Quero dizer, sua majestade assim deseja. Parece uma ótima ideia. Vamos nos encontrar na sala do conselho. Obrigado, Harlow.

Em meio a alguns resmungos, o grupo, exceto Matt, se preparou para o dia. Sentei-me na cama, de pernas cruzadas, e não olhei enquanto Matt se acomodava contra a cabeceira da cama, recostado nos lençóis. Também não fitei enquanto Sionna trançava seus longos cabelos escuros e vestia sua armadura de couro, seus músculos flexionando sob sua pele escura, nem quando Bethany se arrumava e aplicava sua maquiagem no grande espelho afixado na parede. Eu realmente não encarei Lila, porque ela me apunhalaria, e eu não perceberia até que ela já tivesse fugido e estivesse a léguas de distância. Nem admirei Rion porque, apesar dos músculos… ok, tudo bem, eu babei nos músculos. Quem estou tentando enganar? Seus antebraços eram esculpidos e seu abdômen era uma obra de arte. É claro que espiei. Quem não espiaria?

Mencionei que tinha dezessete anos e estava longe de casa, morando perto de cinco pessoas lindas nos últimos nove meses?

De qualquer forma, o grupo encontrou Harlow no corredor, e ele ergueu as sobrancelhas enquanto Matt não se mexia de seu lugar na cama.

— Oh, ele está machucado — eu expliquei. — Seu pé foi ferido em batalha. Ele não pode andar por aí.

— Então deve ver o médico da corte.

— Temos um desses?

Harlow cruzou as mãos na frente de seu corpo e eu só podia imaginar o que passava por sua cabeça. Provavelmente estavam na linha de *como raios fizeram esta criança camponesa ignorante derrotar o ser mais poderoso em séculos.*

— Sim — ele respondeu, se segurando. — Talvez Vossa Majestade queira conhecer a equipe do castelo depois da sua reunião com seus conselheiros.

— Isso seria ótimo.

Assim que eles saíram e a porta estava fechada, Matt caiu na gargalhada.

— Você viu a cara dele quando perguntou sobre o médico da corte? — Ele agarrou a barriga. — Esse homem vai ter um ataque de raiva quando perceber como você está despreparado para governar o reino.

— Obrigado. Está ajudando muito, Matt. — Caí para trás na cama de maneira teatral.

— Bem dramático? — Matt sorriu para mim e me cutucou na costela.

— Sim, muito.

Ele inspirou fundo.

— Então, você vai comer isso?

Acenei minha mão em direção à mesa, Matt mancou e puxou a tampa.

— Há comida suficiente aqui para você, para mim e para metade da nossa aldeia.

Uma pontada de dor atingiu meu estômago com a menção da nossa aldeia. Não voltamos lá desde que partimos. Ela realmente não significava mais nada para mim, já que meus pais e a mãe de Matt haviam morrido, mas era a única casa que conhecia e não conseguia acreditar que estivemos longe por tanto tempo.

Matt afundou no banco e tirou um biscoito da cesta com a mesma delicadeza com que seguraria um artefato de valor inestimável. Ele o segurou na palma da mão e inspirou.

— Magia, me salve — ele exprimiu. — Tem cheiro de manteiga.

O canto da minha boca se ergueu.

— Tem molho naquela jarra?

Matt ergueu a tampa, a cerâmica tilintando enquanto ele o fazia.

— Molho de linguiça.

— Passe para cá — pedi, saltando da cama e sentando ao lado dele. — Não como desde ontem.

— Eu definitivamente posso ficar e aceitar esses mimos de guerra.

Bati meu cotovelo no dele enquanto cada um de nós pegava comida.

— Quase faz com que toda a corrida e o medo valham a pena.

— Quase — ele concordou.

Um brilho de luz chamou minha atenção, e meu olhar parou na coroa que estava abandonada na mesa. Era uma tiara de ouro com cinco ornamentos verticais. Cada um tinha uma forma diferente, embora não conhecesse seu simbolismo, e no centro delas tinha uma joia distinta. Era linda, uma vez que fui capaz de superar o fato de que costumava ficar na cabeça do mal. Mas eu ainda desejava que não fosse minha.

E se Sionna o tivesse decapitado? Ela seria declarada rainha? Eu confiava nela mais do que em mim mesmo. E se fosse Matt? Estendi a mão e corri a ponta do meu dedo sobre um dos enfeites de ouro. Minha unha prendeu em uma joia.

— Ei — Matt chamou. — Estive pensando...

— Isso é perigoso — brinquei.

Ele me ignorou.

— Se você realmente não quer ser rei, podemos ir embora. Você poderia colocar a coroa no trono e sair. Deixe isso para o próximo aventureiro que se considerar rei.

— Eu não posso — respondi, a ponta do dedo caindo do ouro. — Quem nos garante que ele seria melhor do que aquele que derrotamos?

— Poderíamos deixar as pessoas decidirem — Matt sugeriu com a boca cheia de linguiça. — Ou deixar um conselho de lordes escolher.

— Não acho que funcione assim, Matt. — Lembrei daquela onda de magia que se abateu sobre mim quando me sentei no trono e me declarei rei. Parecia pesada, significativa, como se estivesse ligado àquele lugar.

— Por que não poderia? Você é o rei. Você pode escolher um sucessor e passar a coroa. Certo? Aí saímos e voltamos para a aldeia antes que comece a nevar. Ou para qualquer outro lugar. Para onde você acha que os outros gostariam de ir?

Isso parecia perfeito e exatamente o que esperava que acontecesse depois que completássemos a missão. Eu gostaria de poder caminhar com ele pelo mundo, com possibilidades infinitas se estendendo à nossa frente, incluindo a chance de um relacionamento. Isso parecia estar ao nosso alcance ontem, mas agora, parecia mais distante do que nunca.

Belisquei a ponta do meu nariz.

— Eu só... não vai funcionar.

— Por que não?

— Porque acho que estou preso? — Saiu mais como uma pergunta do que como uma afirmação. Peguei a coroa, minha impressão digital manchando o metal brilhante, meu reflexo se distorcendo nas curvas suaves da tiara. — Você não sentiu quando coloquei ela na cabeça e me sentei no trono. Eu não sei como você não notou. Foi uma explosão de magia, como se minha própria alma estivesse ligada àquele momento, à terra sob aquele local. Não sei que tipo de magia havia nisso, mas — eu me virei para ele e a ergui — ela me ligou ao trono.

— O quê? — Sua voz era um sopro de descrença. — Por que... por que você não me disse nada?

— Eu disse. Lembra? Perguntei se você havia sentido algo.

Matt engoliu seu pedaço de biscoito e esfregou a mão no peito.

— Eu não senti nada. — Ele examinou a bandeja de comida. — Você tem certeza?

— Não. Mas acho que se fizermos algumas pesquisas, provavelmente encontraremos algo sobre isso. Talvez Harlow saiba de algo e possa nos ajudar.

— Você pode não ser capaz de sair daqui. — Ele cerrou os punhos nas coxas. — Eu deveria ter percebido, deveria saber disso.

— Ei, não, não faça isso. Nós não tínhamos como saber. Eu nem sei se o que eu senti era *real*. Talvez fosse apenas a queda de adrenalina. Talvez possa ir embora, se eu quiser.

Ele ergueu uma sobrancelha.

— A profecia...

Eu reprimi um gemido.

— ... era explícita que você tinha que matar Barthly. Não tinha que derrotá-lo. Ou usurpá-lo. Prendê-lo e pedir com educação que entregasse a coroa. Matá-lo, Arek. Pensei que era porque ele era perverso, mas talvez seja porque é assim que a sucessão funciona. O trono tem que mudar de mãos por meio da morte.

Eita. Isso não era bom. Mas Matt não estava errado. A profecia deixava claro que Barthly tinha que morrer e até me deu uma espada para fazer isso, só não estava afiada.

— Você está sugerindo que se eu decidir não ser rei...

— Você pode ter que seguir o caminho de Barthly.

Um arrepio desceu pela minha espinha. Bem, isso era ruim. Uau. Eu realmente deveria ter lido as letras miúdas antes de enfiar a coroa na minha cabeça e me declarar rei interino.

— Huh. Esse é um sistema horrível para transições de poder.

Matt suspirou de frustração. Ele largou o pedaço de biscoito de volta no prato e passou a mão pelo cabelo castanho-escuro, puxando as pontas.

— Olha, não me leve a mal, mas depois que encontramos o cadáver da princesa e tudo saiu do controle, estava apostando na sua abdicação.

— Ei! — exclamei, um pouco ofendido, embora tivesse exatamente a mesma crença.

— Você não queria ser rei. Você nem queria colocar a coroa!

— Porque estava coberta com o sangue de um cara malvado decapitado! — protestei, mas Matt não estava errado. Eu não queria ser rei, mas o desrespeito em seu tom era um pouco afiado demais. — E devo lembrar que você me desafiou a fazer isso!

Matt me ignorou.

— Ontem à noite, eu pensei, ei, isso é divertido, meu melhor amigo é o rei, certo? Porque nós acordaríamos esta manhã e perceberíamos que é totalmente impossível que você fosse o governante.

Fiz um barulho estridente de ofensa, mas ele prosseguiu:

— Nenhum de nós está pronto para isso. Lila roubou o diário de uma mulher morta.

— Pra ser justo, Lila rouba tudo. E a princesa de fato não precisava mais dele.

— Bethany vomita ao ver sangue espirrado.

— Você realmente não pode culpá-la por isso. Foi nojento *de verdade*.

— Rion não é a espada mais afiada do nosso arsenal.

— Bem, agora você está sendo maldoso.

— E eu estava convencido de que brincaríamos de governantes por um dia, uma semana no máximo, e quando isso ficasse estranho, muito difícil, ou ficássemos cansados, iríamos embora. Que teríamos *opções*. Que poderíamos estar apenas esperando que outra pessoa cumprisse a profecia *dela* para se tornar rei e nos libertar, libertar *você* deste fardo. Que você seria um substituto de, bem, alguém mais preparado para essa enorme responsabilidade.

— Uau. — Ele não estava errado, mas um pouco de tato ajudaria muito. — Não foi você quem disse ontem à noite que nós éramos um grupo? Que dávamos certo?

Matt fitou a parede oposta.

— Foi para ficarmos juntos, não necessariamente para governar um reino. Não estamos preparados para isso.

— Obrigado pelo voto de confiança, Matt.

— Cala a boca. *Nenhum* de nós sabe o que está fazendo. Nós dois pensávamos que a princesa estava viva e ela assumiria o trono.

— Bem, ela está morta, então, não podemos fazer muito mais sobre isso. Não estou discordando de você que isso é uma má ideia. Eu estava totalmente preparado para entregar esta coroa estúpida para alguém que nasceu para fazer isso. Mas, no momento, não há outras opções. Há apenas nós.

— Isso não é justo. Nós seguimos a missão e cumprimos a profecia. Isso… — ele acenou com a mão ao redor do quarto — … está além de nossas obrigações. A profecia *acabou*, e nós deveríamos ter terminado. Achei que encontraríamos uma pessoa que fosse… um adulto responsável.

Estava claro que Matt estava pirando e, se me visse chateado, ele iria enlouquecer ainda mais, então nós dois perderíamos o controle. Só era possível um de nós se estressar, então tive que reunir a habilidade de ficar calmo pelo menos por fora. Foi surpreendentemente fácil quando pensei em como tudo o que eu queria era que Matt fosse feliz.

— Odeio ter que dizer isso, Matt, mas a coisa mais próxima que temos de um adulto responsável é Rion.

— Que os espíritos nos salvem.

— Não é?

— Mas você não pode sair. — Ele esfregou os olhos. — Você não pode sair. *Você não pode sair.*

Ok. Uau. Essa reação foi um pouco forte demais. Isso… isso significava que Matt queria ir embora? O pensamento me abalou profundamente e meu coração ameaçou se partir. A ideia de ficar preso aqui sem ele era demais para suportar. Tinha que fazer algo, mesmo que fosse uma má ideia. Limpei minha garganta.

— Matt…

Ele ergueu a mão, me interrompendo.

— Certo. Me dê um minuto. Tenho que pensar.

— Matt…

— Shh.

— Você está mandando seu rei se calar? — O olhar que ele me lançou valeu totalmente o comentário. — O que estava tentando dizer é que podíamos testá-la. Eu poderia abdicar de ser rei e ver o que acontece.

O queixo de Matt caiu.

— Testá-la? Testar uma magia sobre a qual não sabemos nada? Magia forte o suficiente para determinar o destino de um reino inteiro? Você quer simplesmente jogar esses dados?

— Sim?

— Oh, tudo bem. Claro, Rei Arek. Vamos desafiar o destino e talvez provocar um terremoto, destruir o reino ou matar todos no castelo! Ou, pior ainda, possivelmente matar você!

Ergui minhas mãos em sinal de rendição.

— Tudo bem. Ok. Eu não vou brincar com a magia.

Ele suspirou e baixou a cabeça entre as mãos.

— Se ao menos a princesa estivesse viva — ele murmurou.

— Espere — disse, estalando meus dedos. — Barthly não matou a princesa. Ela teria sido a herdeira depois que ele matou toda a sua família e a magia a teria reconhecido como a governante legítima. Mas ela pelo menos estava viva na torre por alguns anos enquanto ele se sentava no trono. O que significa que talvez a morte não esteja necessariamente envolvida com a sucessão.

Matt concordou devagar com a cabeça.

— Huh. Bom ponto. Ela era a herdeira de direito — ele murmurou. — Não estamos vendo algo importante, precisamos de mais informações.

— Certo. É claro. — Mais informações seriam úteis. Seria bom sabermos se estava verdadeiramente preso, caso não tenhamos pegado o jeito desse negócio de reinar. Na noite passada, todos pareciam dispostos a ajudar, mas foi quando estávamos todos tontos de vitória e exaustão. Quem sabe o que aconteceria hoje? Ou amanhã? Todos eles poderiam decidir partir, e aí? Não poderia governar um reino sozinho. Completamente sozinho. Sem eles. Sem *Matt*. Eu não aguentaria.

— Ok, então o plano: você analisa tudo isso e eu tento… governar.

Ele bufou.

Eu o ignorei desta vez.

— E devemos estudar a profecia mais uma vez. Juntos.

A boca de Matt se inclinou para baixo.

— Você literalmente geme quando eu a menciono, porque nós já a analisamos muitas vezes. Eu a estudei de trás para a frente.

— Eu sei — falei depressa. — Eu sei, mas talvez algo tenha mudado? Nós encontramos tanta magia que nunca pensamos que existisse, então talvez ela também seja mágica.

Uma linha apareceu entre as sobrancelhas de Matt, e eu resisti ao desejo de suavizá-la.

— Talvez — concordou, um tanto relutante. Ele sorriu, e meu coração se apertou. Eu conhecia Matt há muito tempo e poderia diferenciar seus sorrisos alegres e aqueles que ele forçava para apaziguar os outros. Esse foi um dos últimos. Ele cutucou um ovo cozido em direção ao meu lado da bandeja. — Coma. Você não iria querer que Harlow pensasse que você não gostou do seu café da manhã, eu acho que isso o arrasaria.

Meu apetite havia sumido, mas peguei o ovo mesmo assim e o engoli com a garganta seca.

5

SENTADO AO REDOR DE UMA GRANDE MESA NA SALA DO CONSELHO, MEU GRUPO de companheiros de missão me encarava. Harlow pairava atrás do meu ombro direito com uma jarra de vinho, esperando para encher a taça que magicamente havia aparecido diante de mim. Matt se sentou à minha esquerda, enquanto os outros se jogavam, reclinavam e se ajeitavam ao redor da mesa.

Matt e eu decidimos manter o fato de que posso estar preso a esse reinado por magia para nós mesmos até que tivéssemos mais informações. Mas não faria mal avaliar os sentimentos de todos sobre nosso plano inicial.

Com embaraço, limpei minha garganta.

— À luz de um novo dia em que todos estamos alimentados, descansados e vivendo o nosso melhor, Matt e eu pensamos em rever a proposta da noite passada.

— Sobre governar? — Sionna perguntou.

— Essa mesma.

O grupo trocou olhares. Lila encolheu os ombros.

— Com certeza não é a sua pior ideia. Não como quando você decidiu correr em direção às pessoas que tentavam nos matar, em vez de fugir delas.

Dei de ombros.

— Queria ver se uma estratégia diferente funcionaria, e não houve danos.

— Você foi esfaqueado — Sionna lembrou.

— Eu me curei.

— Oh, e quando...

— Tudo bem — disse, interrompendo Lila antes que ela pudesse recontar outro dos meus melhores erros. — Obrigado por isso.

Bethany riu de um jeito irritante quando ela e Lila bateram os punhos.

— De qualquer forma — continuei, batendo palmas. — Sobre governar. Pensamentos? Sugestões?

Matt suspirou daquele jeito sofrido dele.

— Nós achamos que o melhor lugar para começar é com a profecia — falou enquanto desenrolava o pergaminho em seu comprimento total. A escrita começava no canto esquerdo superior e se espalhava pela página parando no meio do pergaminho a pouco mais de trinta centímetros do final. As bordas estavam esfarrapadas por causa de nossa jornada, e havia uma seção, a cerca de um terço do final, manchada quando Matt derramou vinho nela logo após o bruxo tê-lo dado para nós.

Toquei o início, onde as belas letras da profetisa registravam a usurpação do trono por Barthly e o reinado da tirania em duas linhas sucintas. O resto do pergaminho detalhava a jornada que faria para derrotá-lo.

Bethany bateu com a unha em uma linha do manuscrito que mencionava "A Barda com a Harpa".

— Foi quando vocês me conheceram — comentou com um sorriso suave. Ela havia colocado um lindo vestido com um decote profundo e uma bainha ampla. Não tenho ideia de onde ela o encontrara, mas envolvia cada uma de suas curvas voluptuosas. — Eu te salvei de ser castigado em um pelourinho.

— Você salvou — Sionna concordou. Ela deu um tapinha no ombro de Bethany. — E você fez isso de um jeito maravilhoso.

Um leve rubor preencheu as bochechas de Bethany e ela abaixou a cabeça; eu tinha certeza de que era uma atuação.

Encontramos Bethany em um pub onde ela tocava harpa e cantava em troca de algumas moedas. Ela não havia percebido que estava influenciando seus clientes, apenas que conseguia gorjetas incríveis, sobretudo quando usava sua harpa. Sempre teve talento para persuasão e, desde que se juntou a nós, seus poderes só aumentaram. Ele não funcionava em outros seres mágicos ou em pessoas não mágicas quando se tratava de questões que se originavam no coração de alguém. Aprendemos isso quando enfrentamos um grande troll, e no caso do filho do dono da pousada, que inconvenientemente se apaixonou por Matt.

O pergaminho não fornecia os nomes de meus companheiros de missão, apenas o meu; caso contrário, quando Matt e eu encontramos a primeira aldeia além da nossa, teríamos gritado o nome de Sionna em vez de tentar distinguir de um jeito sutil qual guerreiro nos ajudaria entre os que prefeririam nos matar.

Para não ficar de fora, Lila bateu com a mão no parágrafo que falava a respeito dela.

— E aqui foi quando vocês me conheceram.

— Tentando nos roubar — Matt recordou. — Este exato pergaminho.

Lila gargalhou, se recostou na cadeira e apoiou as botas na mesa. — Ah, aqueles eram bons dias.

— Isso foi literalmente menos de um ano atrás — retruquei.

Ela deu uma piscadela.

— Foi mesmo.

Sionna se inclinou e passou a mão na mancha de vinho.

— Gostaria que soubéssemos o que havia aqui.

Matt ficou tenso.

— Eu não me lembro. Aconteceu logo que recebemos o pergaminho.

— Eu sei — Sionna falou franzindo a testa. — Mas poderia ser útil. Talvez sua magia…

— Eu tentei — Matt estourou.

Estremeci. A mancha era um ponto dolorido para Matt. Ele tentou consertar quando aconteceu, mas não conseguiu. As palavras que faltam não eram importantes de qualquer maneira, uma vez que não nos impediram de completar a profecia. Mas, só por precaução, movi minha taça de vinho para o mais longe possível.

— O que seria útil — interpus, mudando de assunto — seria se simplesmente não acabasse.

Rion esticou o pescoço para ler.

— "E ele será derrotado pela mão de Arek, com a espada do Pântano dos Mortos-vivos, e seu reinado terminará. Então o reino será liberto da sua magia sombria, e o Reino de Ere entrará em um período de paz que durará mil anos."

— Tipo, que porra é essa? — questionei, me agitando. — Isso não ajuda em nada.

— Estamos em terreno desconhecido — Matt observou, o lábio inferior sugado entre os dentes em pensamento. — Aqui há monstros.

— O único monstro aqui é aquele no fosso — eu disse. — Está tudo bem. Precisamos apenas de alguns esclarecimentos sobre quem exatamente deve inaugurar este período de paz.

O grupo trocou um olhar.

Rion tossiu de modo educado, chamando a atenção de todos. Ombros para trás, coluna reta, ele nivelou seu olhar sério para mim.

— É nossa obrigação tentar.

Lila ergueu uma sobrancelha na direção de Rion, em seguida, desviou o olhar, franzindo os lábios.

— Sim, por que não poderíamos ser nós? — perguntou em tom defensivo. — Somos tão bons quanto o próximo. E eu não vejo ninguém mais fazendo fila para pegar esse trabalho.

— Você estava literalmente pendurada para fora de uma janela, tentando escapar esta manhã — argumentei.

Ela encolheu os ombros.

— A situação mudou.

— Como?

— Nós tomamos café da manhã.

Resisti à vontade de bater minha cabeça na mesa, mas por muito pouco. Não era assim que esperava que essa conversa se desenrolasse, não que eu desejasse que eles fossem embora — não até descobrir se poderia ir junto — mas Matt estava certo, isso estava além da profecia, além da missão, além do compromisso original deles.

— Eu concordo com Rion e Lila. — Sionna cruzou os braços. — Por que não nós? Somos capazes. Precisamos apenas de orientação.

Matt franziu os lábios.

— Lila, você ainda tem o diário?

Lila remexeu em sua bolsa e encontrou o livro encadernado em couro e o jogou em nossa direção sobre a mesa.

Harlow pigarreou.

— Posso fazer uma sugestão?

Eu me assustei, havia esquecido que ele estava ali. Ops. Estiquei meu pescoço e o encontrei mais perto que antes.

— É claro.

— O primeiro passo que qualquer bom rei deve dar é nomear um conselho para atuar como seu círculo interno e orientar sua tomada de decisões. Cada membro do conselho normalmente lidera determinado aspecto do reino. Por exemplo, você deve ter um indivíduo que administre seus tratados e relações com outros reinos.

— Bethany — eu nomeei sem hesitação.

Ela se levantou da mesa onde estava apoiada com a cabeça na mão.

— O quê?

— Faz todo o sentido — Matt concordou. Ele girou o cajado na mão distraidamente, a ponta girando no piso de pedra, fazendo um leve sussurro. — Você é a mais falante e, mesmo sem a magia, é ótima em persuasão.

— Oh — ela exprimiu, batendo os cílios. — Você está se atirando em mim, Matt?

— Não — respondi por ele, tentando conter a pontada de ciúme que suas palavras provocaram. — Ele não está, mas também não está errado. Bethany, você é a chefe de qualquer que seja o nome desse departamento. — Bem, já que começamos, vamos continuar. — Ok, o que vem a seguir?

Eu poderia dizer que Harlow estava se abstendo de bater a mão no rosto, mas por muito pouco, pois seu nariz se contorceu.

Estabelecemos o conselho do Rei Arek em poucos minutos: Lila chefiaria o tesouro, já que ela tinha uma habilidade fantástica de saber o valor de tudo e sua herança fae seria benéfica ao descobrir as estações de plantio, os depósitos de grãos e toda aquela coisa técnica que impediria o reino de morrer de fome; Sionna seria a chefe dos militares, óbvio; Rion lideraria os cavaleiros e a guarda do castelo, já que tinha experiência em lidar com os filhos dos senhores; e Matt, bem, Matt era o meu mago da corte.

— E conselheiro — acrescentei.

— Tem certeza? — ele indagou, nervoso. — Sou tão ignorante quanto você sobre tudo isso.

— Pfft. Você é a pessoa mais inteligente que conheço. E você pode ler todos os livros da biblioteca para pesquisar sobre o que precisar — sugeri com um olhar aguçado. — Há uma biblioteca, certo?

Harlow suspirou.

— Sim.

— Viu? — Eu dei um tapa no ombro de Matt. — Sem problemas.

— Certo — ele falou como se não acreditasse em mim, mas eu sabia que daria certo: Matt seria o conselheiro perfeito, ele sempre fora muito mais sensato que eu. Além disso, não me importaria de mantê-lo por perto por uma série de razões, sobretudo por seu rosto incrivelmente lindo.

— De qualquer forma, agora está tudo resolvido. Harlow? Você pode mostrar ao meu conselho seus aposentos e por onde começar a cumprir suas obrigações?

— É claro. — Harlow bateu palmas e vários criados passaram pela porta. Eles conduziram o grupo.

Lila semicerrou os olhos para a garota próxima ao seu ombro.

— Preciso de aposentos com uma grande janela localizada perto de um jardim.

— Claro, minha lady.

Falando de maneira atrapalhada, Lila balançou a cabeça.

— Eu não sou uma lady, sou uma ladra.

O olhar da garota oscilou de Lila para Harlow, que acenou a ela com a mão.

— Sim, lady ladra?

— Há... claro. Vamos ficar assim.

— Oh, podemos escolher nossos quartos? — Bethany perguntou, a harpa na mão. — Eu adoraria ter um com uma cama grande e um guarda-roupa totalmente abastecido.

— E gostaria de um quarto com um caminho direto para o campo de treinamento. — Rion ajeitou os ombros para trás. — Já que treinarei os cavaleiros do castelo.

Sionna revirou os olhos.

— Com que rapidez eles se adaptam. — Ela deu um tapinha em minha mão. — Não fique preocupado — disse, com um sorrisinho surgindo em seus lábios. — Nós ficaremos bem. Você vai ficar bem.

— Não estou preocupado — retruquei, embora meu coração batesse forte com o toque dela. Eu não sabia se era pela ansiedade pelo nosso grupo estar se separando novamente ou por ela ter me tocado. Como disse, ereções inadequadas. Eu me mexi na cadeira. — Divirtam-se.

— É claro.

Ela saiu com os outros.

Matt me cutucou na costela.

— E agora?

Olhei de volta para Harlow.

— Sim, e agora? Você quer que eu conheça a equipe do castelo? — Levantei minha taça e tomei um gole do vinho de cheiro forte.

Harlow fungou.

— Agora que escolheu um conselho, o senhor deve escolher um cônjuge.

Cuspi meu vinho.

— *O quê?*

6

Andei de um lado para o outro daquela sala. Puxei a gola da minha

túnica enquanto o suor escorria pela minha coluna e meu coração disparava.

— Tenho dezessete anos! — Eu dei meia-volta. — Não posso escolher um cônjuge. Mal consigo escolher minhas roupas pela manhã.

— Estamos cientes disso — Matt respondeu sarcástico. Ele não havia se movido de sua cadeira que estava próxima à mesa e tinha a mesma expressão de quando assustamos um gambá nas altas flores silvestres nos arredores da aldeia quando éramos meninos. Fomos pulverizados e passamos várias noites dormindo do lado de fora porque nossos pais não permitiram que voltássemos para nossas respectivas casas.

— Isso não ajuda em nada — rebati. — Por que preciso de um cônjuge? *Ele* não tinha um.

— Tecnicamente — Harlow ergueu um dedo —, ele tinha, sim.

— Hã?

— Ele o quê?

Pigarreando, Harlow pegou o diário e o ergueu.

— Antes de prendê-la, ele se casou à força, apesar dos seus protestos. Seus espíritos estavam ligados nas palavras sagradas.

Arregalei os olhos para Matt, a conversa da manhã fresca em minha mente, aquela era a peça que estava faltando.

— Em que tipo de reino misógino retrógrado estuprador nós vivemos? Quer dizer, caramba!

Joguei minhas mãos para o ar.

Matt pegou o diário de Harlow. Ele não arrancou das suas mãos, mas também não foi gentil. Devia confiar nele tanto quanto eu.

— Por mais que me doa dizer, Arek está certo, ele é muito jovem. — Seus lábios se pressionaram em uma linha tensa. — E Barthly fez isso para garantir sua reivindicação ao trono. Não sobrou ninguém dessa linhagem, e Arek é o governante de direito, então ele não precisa de um cônjuge.

— Exatamente! — Apontei um dedo na direção de Harlow de maneira dramática.

— É a lei.

— Sou o rei, eu mudarei a lei.

— É uma lei *mágica*.

Parei, deslizando enquanto as solas gastas das minhas botas não conseguiam encontrar apoio na pedra. Magia. Magia do caralho. Sempre o problema e a solução unidos em um só.

Matt franziu o cenho.

— Explique.

Harlow me encarou, como imaginava que ele fitaria um servo que derramasse uma tigela de sopa, com uma máscara de paciência esticada sobre o desdém e a exasperação. Estou bastante certo de que esse seria seu estado permanente pelos próximos anos do meu reinado, se for tão longe.

Balancei a cabeça em sua direção, em silêncio, pedindo-lhe que respondesse antes que meus pés seguissem meu coração e saísse correndo da sala.

— Como é que o senhor sabe tão pouco da história de sua própria terra? — ele ergueu uma sobrancelha.

— Éramos camponeses sujos até ontem à tarde — Matt respondeu com a voz neutra.

Suspirando, Harlow gemeu em direção a uma cadeira e afundou-se nela.

— No início…

— Não. — Sentei-me em frente a ele. — Não vamos começar do início. Vamos começar do meio, ou onde quer que estejamos agora. Você pode nos dar uma palestra sobre a história toda mais tarde. Nesse momento, comece a falar sobre por que preciso escolher um cônjuge.

Matt abriu a boca para falar, mas desviou o olhar para mim e a fechou. Ele cruzou os braços e se recostou na cadeira. Não sabia por que estava tão mal-humorado, já que não era ele quem tinha que governar um reino e, aparentemente, *se casar*. A menos que estivesse chateado com a revelação de outra barreira que tornaria mais difícil nós irmos embora. Eu cerrei minha mandíbula e mordi as preocupações e confissões que ousava revelar só de pensar no futuro e nos meus planos frustrados.

— Tudo bem. — Harlow aceitou com voz cortada. — Deve haver um corregente, alguém que ofereça equilíbrio. É um mecanismo de proteção para o reino e as pessoas.

— De alguém que faria um mal indescritível — Matt disse lentamente. Ele suspirou e esfregou o rosto com a mão. — Como Barthly.

— Ok, nós deixamos passar o fato de que Barthly fez um mal indescritível? Esta lei mágica não parece ter funcionado tão bem.

Harlow fez uma carranca.

— Acreditem no que desejarem, mas a lei o moderou. Sem a influência da alma dela, teria sido muito pior.

— Muito pior? — Minha voz saiu alta. — Como ele poderia ter sido pior?

Matt balançou a cabeça.

— Ainda não faz sentido. Ela morreu. Presume-se que sua alma tenha partido. Você disse que ela já estava morta, ele reinou por quarenta anos. Por que a magia não o forçou a se casar outra vez?

— Essa é a parte que não entendo. — Harlow encolheu os ombros. — Eu só conheço a lei, a magia está além de mim.

Mas eu sabia. Eu soube no segundo em que abri a porta da torre e pisei na soleira, soube quando aquela rajada de vento passou pelo meu braço. Ela não tinha apenas ficado fisicamente presa naquela torre.

— Ela estava aqui — afirmei, engolindo em seco. — A alma dela estava aqui até abrirmos a porta da torre.

Os olhos de Matt se arregalaram.

— Você a sentiu?

— Você não?

Ele piscou.

— Sim, senti. Não sabia que era a alma dela, mas senti a magia. — Ele pigarreou. — Se Lila tivesse tentado abrir a fechadura, não teria funcionado. É por isso que destruí a porta com meu cajado. Ela estava protegida com feitiços fortes, mas pensei que era apenas para mantê-la fisicamente presa. Eu não percebi... bem... agora compreendo.

— Quais são as consequências? — Matt perguntou com a testa franzida.

— Se Arek não se casar com alguém?

Boa pergunta, Matt. Excelente questão.

— Sim. E se não quiser? O castelo vai me expulsar? Fome? Praga? Uma boa seca, talvez?

O rosto de limão de Harlow reapareceu.

— É possível. Também presumo que o senhor morrerá.

Meu estômago embrulhou.

— Bem, isso é lamentável, não é? — estourei.

Matt definitivamente estava mais pálido do que segundos antes.

— Tem certeza?

— É a lei.

— Perfeito. Que perfeito. — Eu cruzei meus braços. — Surpreendente. Maravilhoso. Ser rei fica cada vez melhor, se me permitem dizer.

Nada disso era *justo*. A ideia de ser rei era assustadora, mas poderia aceitá-la. Porque, para ser sincero, não tinha muita vida para a qual retornar em nossa pequena vila nos limites do reino. Mas casamento? Esse era um assunto totalmente diferente. Isso envolvia a *vida* de outra pessoa. E se a magia quisesse se meter nisso também e não pudesse escolher? Olhei para Matt. E se a pessoa que eu escolhesse não me quisesse?

Ele me deu um olhar sofrido.

— Você está dificultando as coisas.

— Estou dificultando as coisas? — Apontei enfaticamente para o meu peito. — Você está jogando minha vida sob uma carroça metafórica por causa de uma lei mágica que a gente não conhece.

Matt estremeceu e, com braços cruzados, desviou o olhar.

— Estou sendo realista — ele falou para a parede.

— Eu não… — Comecei, minha voz falhando. Respirei fundo para me equilibrar. — Não quero me relacionar com alguém apenas para salvar minha vida. — Olhei para ele e nos encaramos. Eu me senti exposto naquele momento, como se todo sentimento que tinha estivesse rabiscado em meu rosto para Matt ler. Ele sustentou o meu olhar e juro que vi algo como compreensão cintilar em sua expressão, e, por um segundo desesperado, pensei que ele poderia se aproximar de mim, poderia dizer que não precisava me preocupar, que ele me queria mais do que como um amigo e que não precisávamos procurar minha alma gêmea porque ele estava bem aqui. Matt abriu a boca para falar, então hesitou, quebrando nosso olhar e o fixando em seu colo. Meu coração batia forte em meus ouvidos enquanto ele olhou de volta para mim. *Diga*, eu implorei silenciosamente.

Ele respirou fundo e falou:

— Devíamos contar aos outros.

— Não! — Eu me levantei, a cadeira batendo no chão. Não sei por que esperava algo diferente, mas suas palavras me atingiram como um soco no estômago. Virei-me e caminhei por toda a extensão da mesa, em seguida, voltei, tentando empurrar para baixo a súbita onda irracional de dor que passou por mim. Sacudi meu dedo para eles. — De jeito nenhum. Você não contará para ninguém. Na verdade, esta informação não sai desta sala. Isso fica entre nós três.

— Arek — Matt expressou, com sua voz cansada —, é magia.

— É um erro.

— É a *lei*.

— É estúpido!

— Arek... — Ele puxou o cabelo, as mechas castanhas emaranhadas em seus dedos, uma quantidade letal de irritação acumulada no som do meu nome.

— Matt... — Meu contragolpe não teve o mesmo efeito. Na verdade, saiu mais um gemido do que a palavra cortada que desejava. Ele realmente não merecia minha raiva, não é como se eu tivesse lhe confessado meus sentimentos e ele tivesse me rejeitado. Mas de alguma maneira foi assim que me senti naquele momento, e não era tão superior para ser tolerante.

Matt se levantou; dedos abertos sobre a mesa. Ele encarou a madeira lustrosa, recusando-se a olhar para mim, a cabeça pendendo entre os ombros tensos.

— Eu... irei... procurar na biblioteca. Vai levar um tempo, mas vou ver o que posso descobrir sobre a magia e a lei, mas Arek... — ele parou. — Estou preocupado em levar tempo demais, especialmente agora que libertamos a princesa.

Eu exalei.

— Tudo bem. — Balançando a cabeça, agarrei as costas de uma cadeira. — Ok. — Relaxei a minha mandíbula e desejei que o estresse saísse do meu corpo. — Mas não vamos contar aos outros uma palavra sobre isso até termos mais informações. Ou um plano. Isso é... — Eu engoli em seco. — Isso é uma ordem do seu rei.

Matt fez uma careta como se tivesse cheirado aquele gambá da nossa infância outra vez.

Harlow fez uma reverência.

— É claro, majestade. — Ele chamou a atenção. — E agora, se o senhor permitir, prepararei os criados para encontrá-lo na sala do trono. — Ele caminhou até a porta. — Meu lorde? — Ele se dirigiu a Matt. — O senhor gostaria que alguém lhe mostrasse a biblioteca?

— Isso seria ótimo. — Ele lambeu os lábios, o olhar nunca deixando o meu. — Mas primeiro, por favor, me dê um momento com o rei.

Harlow curvou-se novamente e saiu.

Assim que a porta foi fechada, Matt marchou, sem qualquer pretensão de educação. Tudo o que restou foi a raiva mal controlada e um leve mancar dolorido.

— Matt?

— Não faça isso. — Estourou. — *Nunca* mais me dê uma ordem. — Seu rosto ficou vermelho, seu corpo tremia e seus olhos estavam vidrados. — Eu sou seu *amigo* e você pode ser um rei, mas não sou seu súdito.

Ergui minhas mãos.

— Eu sinto muito. Matt, me desculpe. Isso foi mais para Harlow do que para você. Juro.

Ele soltou uma respiração pelo nariz como um touro, desviou o olhar do meu e esfregou o cansaço dos olhos.

— Você é o meu melhor amigo — ele disse em voz baixa. — Não se esqueça disso, por favor.

Amigos. Certo.

— Nunca.

Ele acenou com a cabeça e saiu caminhando a passos largos, me deixando parado no centro da sala do conselho vazia e me perguntando como de repente eu estava completamente sozinho.

7

DEPOIS DE UMA TARDE SENTADO NO TRONO ME ENCONTRANDO COM CADA UM dos funcionários do castelo — de cozinheiros a rapazes do estábulo, costureiras, criadas, criados e todos os outros — eu estava começando a pensar que fugir de casa para seguir uma profecia evasiva não tinha sido uma boa ideia. Os deveres eram sufocantes. Sem mencionar a ameaça de coisas confusas ruins acontecendo, incluindo, mas não se limitando à minha própria morte se eu não escolhesse um cônjuge. No mínimo, era o suficiente para colocar alguma distância entre mim e a conversa que tive com Matt algumas noites antes.

Pelo menos os criados foram bastante amáveis, embora um pouco ariscos.

Eu também ficaria nervoso, especialmente se tivesse que conhecer o novo monarca que havia decapitado meu chefe anterior.

Não sabia quantos funcionários eram necessários para administrar um castelo ou quanto dinheiro precisava gerar para poder pagar todos os seus salários, não era algo que eu já tivesse pensado antes. Dinheiro líquido, em moeda, era raro na minha aldeia. Tínhamos algumas peças, mas basicamente trocávamos ou criávamos o que precisávamos. E foi só quando conheci Lila que percebi como havia diferenças entre as moedas. Havia tanto sobre o mundo que desconhecia. Como eu iria trazer paz ao nosso reino por mil anos se não podia calcular o custo de pagar três cozinheiros?

As receitas e as despesas do castelo flutuaram pela minha cabeça enquanto saía da sala do trono em direção aos jardins sob o pretexto de examinar as hortas. A cozinheira-chefe, Matilda, era uma mulher de meia-idade que tinha três filhas, todas trabalhando na cozinha. Ela deu um sermão sobre os jardins que ouvi apenas pela metade enquanto meus pensamentos giravam em torno das palavras *vínculo de alma*, *parceiro* e *magia* as quais, inevitavelmente, giravam em torno de Matt. Quando ela perguntou minhas preferências, quase deixei escapar "morenos", então percebi que se referia a comida. Para disfarçar, divaguei sobre sopas e ensopados, porque eram os favoritos de Matt.

Precisava de um tempo com os meus pensamentos, precisava de ar fresco e luz do sol, e onde era melhor conseguir essas coisas do que em um jardim? Melhor ainda, eu tinha conhecimento prático real sobre eles: como plantar, regar e remover ervas daninhas. Estaria confortável em um jardim e não me importaria em afundar meus dedos na terra arada, inalando o cheiro forte e fresco de vegetais crescendo e observando o verde primaveril de um novo florescer.

Seguindo um caminho bem gasto de terra compactada serpenteada por arbustos repletos de flores de desabrochar tardio, encontrei o grande jardim desenvolvido, disposto em fileiras organizadas ao lado da área da cozinha. Era lindo e me lembrava de casa com tanta intensidade que meu estômago doeu com uma forte pontada de saudade. Engolindo em seco, caminhei ao longo da borda, curvando-me para correr meus dedos sobre as folhas com veios de uma cabeça de repolho.

— Majestade?

Pulei para ficar de pé, assustado.

— O quê?

Uma garota fez uma reverência no meio de uma fileira, olhando para mim com uma sobrancelha levantada e uma pilha de cenouras em uma cesta na sua frente. Ela parecia vagamente familiar.

Balancei meu dedo para ela.

— Nós já nos conhecemos?

— Agora há pouco na sala do trono, sou filha da Matilda.

— Melody?

— Meredith — corrigiu com um sorriso suave. — Melody é minha irmã.

— Ah, tudo bem. Desculpe. Não tive a intenção de interromper o seu trabalho.

— Está tudo bem, majestade. — Ela inclinou a cabeça, seus lindos lábios franzidos. — O senhor está bem?

Essa era a questão. A resposta era um sólido *não*, mas não podia dizer isso a ela. Em vez disso, dei de ombros, algo irreverente na ponta da minha língua que morreu e se transformou em um grito sufocado quando uma flecha afundou no chão aos meus pés. A cabeça de metal cortou a ponta da minha bota antes de cravar com força no chão, a haste tremendo com o impacto. Dei um salto para trás. Uau. Ok. Estranho e um pouco alarmante.

Esticando o pescoço, olhei para a parede externa para encontrar outra flecha solitária voando em um arco alto. Ela atravessou uma cabeça de repolho ao pousar.

Meredith arfou.

O som revelador das cordas do arco soou e, em segundos, mais flechas se seguiram atingindo o solo ao nosso redor e, oh, merda, alguém estava atirando em mim! Observei Meredith, encontrando seus olhos arregalados. Em *nós*! Alguém estava atirando em *nós*!

Com o coração batendo forte, corri e agarrei seu braço, colocando-a de pé.

— Vamos!

— Mas as cenouras!

— Deixe as cenouras! — gritei, assim que uma flecha furou a cesta. Meredith fez um barulho estridente de pânico com o qual eu concordei de todo o coração enquanto outra zumbia através do pequeno espaço entre nossos rostos. Um centímetro para a direita e meu nariz teria adquirido uma nova narina.

Puxando-a atrás de mim, tropeçamos durante uma corrida. Ela manteve o controle sobre a cesta — as cenouras se espalhando atrás de nós enquanto nos esquivávamos da chuva de projéteis —, enquanto a outra mão segurava a minha. Que diabos? Não poderia já ser tão impopular como rei. Poderia? Uma flecha afundou bem na nossa frente e eu derrapei até parar, puxando Meredith com força para o lado para nos impedir de tropeçar nela. Outra flecha afundou ao lado de sua bota, pegando a bainha da sua saia. Ela guinchou e eu ecoei o som.

Por sorte, pelo que eu poderia dizer enquanto olhava apressadamente por cima do ombro, todos os tiros emanavam da mesma parede externa, o que significava que podíamos correr para longe do seu alcance. Ou pelo menos poderíamos nos abrigar.

Se tivesse pensado assim na primeira flecha, teríamos ido para os prédios da cozinha, mas, como estava em pânico, já tínhamos passado correndo por eles. E eu não daria a volta, não quando as flechas continuavam pontilhando a paisagem por sobre a parede. Outro dardo perfurou o ar próximo à minha orelha, a pena pegando a ponta, picando como uma vespa furiosa.

— Vamos por esse caminho — berrei, embora tenha saído mais como um chiado. — Acho que ficaremos bem quando estivermos do outro lado daqueles arbustos.

Meredith não respondeu. Nosso aperto havia afrouxado com o suor, nossos dedos escorregaram até que apenas as pontas dos meus engancharam contra os dela. Arrisquei olhar para trás a tempo de ver uma flecha atingir seu ápice e se inclinar para baixo, indo direto para sua bochecha. Com adrenalina correndo por mim, eu fiz a única coisa que pude pensar no momento: caí no chão e chutei seus pés enquanto ela estava no meio do caminhar. Nós caímos em um emaranhado, a força nos empurrando para uma rolagem. Nós tombamos um sobre o outro; a flecha cravou nas proximidades, o barulho perto demais para nosso conforto. Enquanto caíamos, agarrei seu joelho em meu estômago e seu queixo em minha garganta, com força suficiente para que um sopro de desconforto escapasse. Eu também perdi minha coroa em algum lugar.

Quando finalmente paramos, eu estava com as costas em cima das cenouras restantes e debaixo dos arbustos com ela meio esparramada sobre o meu peito arfante. Respirando com dificuldade, certifiquei-me de agarrar as folhas e as raízes abaixo de mim, em vez de qualquer parte do corpo de Meredith.

Ela me espreitou através da bagunça do seu cabelo.

— O senhor me salvou.

Eu levantei um dedo.

— Podemos não estar seguros ainda. Então, não pense nisso ainda, tá?

Ela concordou com a cabeça enquanto se remexeu em uma posição sentada, seu cotovelo cravando em minhas costelas. Eu a segui sem qualquer elegância, rastejando na vegetação baixa para me sentar encurvado sob a espessa vegetação dos arbustos. Inclinando-me para a frente, espiei com cautela para fora do nosso esconderijo. O chão estava coberto de flechas e... pergaminhos? Pedaços de pergaminhos balançavam com a brisa suave como pequenas bandeiras.

Contorcendo-me, encontrei a cesta amassada e a flecha que a perfurara. Eu a puxei e removi o pequeno pergaminho enrolado em volta do eixo.

— O que é isso? — Meredith perguntou.

— Não tenho ideia — respondi desenrolando a nota. Eu li e pisquei.

> **Devolva nosso pavão dourado ou desafiaremos seu reinado. Assinado, Família Su.**

Meredith chegou mais perto e olhou por cima do meu ombro.

— O que isso significa?

Balançando a cabeça, virei o pergaminho e examinei todos os lados. Não encontrando mais nada, permiti que caísse no meu colo.

— Acho que a família Su quer seu pavão dourado de volta.

Ela torceu o nariz.

— Isso é um eufemismo?

— Acho que não.

Meredith rastejou parcialmente para fora do esconderijo e agarrou outra flecha. Ela me entregou e eu desenrolei a nota.

> **Duas vacas e cinco galinhas por nossa lealdade ou esperem retaliação. Assinado, Fazenda River Hooks.**

— Duas vacas inteiras — comentei, esfregando a mão no queixo. — Isso... uh... eu não sei o que pensar sobre isso. A lealdade deles vale duas vacas?

— E cinco galinhas — Meredith ressaltou de maneira prestativa.

Segurei as notas entre os meus dedos.

— Isso é estranho, não?

— Não sei. Não houve uma mudança de regime em...

— Quarenta anos. Certo. Certo. — Suspirei, apertando os olhos. Uma dor de cabeça surgiu em minha têmpora direita. Essa coisa de governar estava ficando cada vez melhor.

— Majestade? — Meredith chamou, a voz um sussurro. — Eu acho que alguém está...

— Aqui — uma voz muito familiar completou.

Abri meus olhos para ver um par de botas e pernas magras. Passei a mão no rosto espalhando sujeira enquanto Lila se abaixava e espiava sob o arbusto. Ela tinha minha coroa em uma mão e uma flecha na outra.

— Aí está você — falou com um sorriso. Ela olhou para Meredith e depois de volta para mim. — Interessante.

Eu franzi as sobrancelhas.

— Acho que o tiroteio parou.

— Sim, acho que é seguro.

Com toda a graça de uma ovelha ferida, saltei dos arbustos e do espinheiro para ficar em pé com Lila e Meredith, as duas notas firmes em minhas mãos. Meredith pegou a cesta destruída com as duas cenouras restantes e as apertou contra ela.

— Cenouras — Lila observou, dando risadinha. — Ótimo.

— Isso não é engraçado.

— Oh, é um pouco engraçado, sim.

Eu bufei em aborrecimento.

— Me dá isso aqui — pedi, tentando alcançar minha coroa.

Ela a afastou, estalando a língua.

— Não sei, Arek. Achado não é roubado. Pode ficar melhor em mim de qualquer... — De repente, ela sibilou por entre os dentes e deixou a coroa cair no chão. — Ai!

Ela agarrou o pulso, a palma da mão para cima, uma faixa vermelha em sua pele pálida.

— O que foi isso? — indaguei.

Lila sacudiu a mão, franzindo o cenho para a tiara de ouro.

— Impeditivo mágico de roubo, eu acho. — Ela não parecia totalmente convencida.

Peguei a coroa e lhe dei um olhar sombrio.

— Bem, você não deveria roubar minhas coisas, ainda mais depois que tive que fugir para salvar minha vida. — Dei a volta nela para ver o jardim e o campo circundante. Centenas de flechas cobriam o solo, fiquei pasmo que Meredith e eu conseguimos sair relativamente ilesos.

— Majestade — Meredith interrompeu com suavidade —, o senhor está sangrando.

Bem relativamente ilesos. Toquei a picada na minha orelha. Meus dedos ficaram ensanguentados.

— Huh. Estou mesmo.

Lila ficou chateada. Ela inclinou a cabeça para o lado, seus olhos se estreitaram, seus lábios se achataram, então ela se moveu, rápida como um relâmpago, me empurrando para o lado e estendendo sua mão. Ela pegou uma flecha, arrancando-a do ar como um gato com um pássaro. Seus dedos agarraram a haste perto da penugem, o sangue jorrou entre as dobras.

A trajetória original da flecha, sem a intervenção de Lila, passava pelo meu olho e saía pela parte de trás da minha cabeça.

Engoli em seco.

— Talvez não seja tão seguro.

— Talvez não — concordou, sua expressão comprimida. — Vamos entrar.

8

— VOCÊ SABE O QUE É ISSO, CERTO? — BETHANY PERGUNTOU ENQUANTO pegava uma tira de pergaminho da grande pilha.

Eu teria encolhido os ombros, mas o médico do tribunal pairava ao redor da minha orelha e não ousei distraí-lo do que diabos estivesse fazendo nela. Sentei imóvel como uma pedra no banquinho ao lado da estante abarrotada de livros, a minha coroa em meu colo com uma mancha de sangue estragando o ouro reluzente. Peguei uma folha das dobras da minha camisa e joguei longe.

— Petições? — especulei.

— Exigências. — Sionna cruzou os braços. — Desafios diretos ao seu reinado.

Lila e eu escoltamos Meredith até a cozinha antes de encontrar Bethany, Rion e Sionna em uma sala cheia de pergaminhos e livros. Acredito que esse era o escritório de Barthly. Tinha uma escrivaninha, um tinteiro e pergaminhos em branco. Ah, e um *crânio humano* em uma prateleira que me encarava de maneira crítica com seu olhar vazio. Este cômodo precisaria ser redecorado antes de sequer começar a considerar usá-lo.

Uma grande janela foi aberta para deixar entrar a luz e sair o cheiro de mofo. Quatro dos meus cinco conselheiros estavam ao redor da mesa grande e pesada examinando os pedaços de pergaminho que voavam com a brisa suave. O monte não era… pequeno.

— Maravilha. O que nós fazemos com eles?

— O que você quer fazer com eles? — Rion questionou. — Você é o rei.

— Sim, pare de me lembrar disso. — Estremeci quando o médico fez algo na minha orelha. — Eu não sei. Queimá-los? Ai! O que…

— Aqui. — Meredith voltou com vinho — abençoada seja — e empurrou uma taça cheia na minha mão. Antes que eu pudesse lhe agradecer, ela recuou para um canto segurando a jarra, tremendo como uma folha. Sionna a analisou com um olhar que não consegui decifrar, o que provavelmente assustou Meredith ainda mais.

Bethany bufou, e o olhar de Sionna se desviou. Jogando um pergaminho de lado, Bethany pegou outro.

— Você leu algum desses?

O vinho estava forte e, após alguns goles, o calor formigou minhas bochechas.

— Sim, parece que a família Su deseja que seu pavão dourado seja devolvido.

Lila xingou. Ela tinha uma bandagem enrolada na palma da mão, que mantinha enfiada na dobra do cotovelo.

— Como se fosse devolver o pavão — ela falou baixinho.

Estreitei meus olhos para ela.

— O quê?

— Hã?

Bethany esfregou a testa e soltou um suspiro.

— Você percebe que estamos reinadamente fodidos, certo?

Do ângulo em que eu estava não poderia dizer se a mão do médico escorregou ou se ele pretendia espetar uma agulha no meu ouvido.

— Ow! Ai!

— Desculpa, majestade — ele pediu, seu tom seco. — O senhor precisou de um ponto.

— Tudo bem. Estamos bem. — Eu não estava bem. Com base nas expressões de todos, *nós* não estávamos bem. Segurei minha língua enquanto o médico terminava seus cuidados, depois arrumava suas coisas e saía.

— Ok, agora que ele se foi, importa-se de explicar, Bethany?

— Ah, não — Ela jogou o cabelo ruivo sobre o ombro. — Não vou explicar duas vezes, precisamos do Matt.

— Ele está na biblioteca, eu acho. — Tentando resolver meus outros problemas e provavelmente ainda bravo com minha explosão da outra noite. Porque Matt guardava rancor como ninguém. Bebi o resto da taça de vinho.

Meredith disparou de seu lugar no canto e apoiou a jarra de vinho na beirada da mesa com um baque.

— Eu vou buscá-lo, majestade.

Ela se virou e abriu a porta para o corredor no instante em que Matt empurrou do outro lado. Com ambos sendo pegos de surpresa, Matt tropeçou para frente e Meredith caiu para trás. Eu pulei do meu assento para segurá-la e impedi-la de quebrar o cérebro contra a mesa, mas Sionna chegou antes de mim e a estabilizou antes que ela caísse na pedra. Matt, por outro lado, com o pé machucado e seu bastão pesado, tropeçou para dentro da sala, girando em torno de Sionna e Meredith. Ele bateu no meu peito, me deixando sem fôlego.

Cambaleei para trás, pegando-o por baixo dos braços de maneira instintiva. Meu quadril bateu na beirada da mesa com força suficiente para enviar um choque de dor pela minha perna e fazer que a jarra de vinho na beirada balançasse e caísse. O vinho tinto voou por toda parte.

— Matt! — exclamei, puxando-o para cima enquanto estremecia. Nossos rostos estavam a centímetros um do outro, sua testa no nível do meu queixo. Agarrei seu corpo contra o meu, surpreso, enrubescido e não tão firme quanto eu desejava. Meu coração batia forte, e as pontas dos dedos formigavam onde pressionavam em suas costas.

Ele me empurrou, endireitando-se. Um rubor profundo em suas bochechas desceu por seu pescoço e desapareceu sob sua túnica. Escondi meu abalo pela óbvia aversão de Matt em estar fisicamente perto de mim. Outra pequena punhalada de rejeição bem no meu coração. Sem dúvidas doeu mais que a minha orelha.

— Oh, não! O vinho! — Meredith gemeu e então caiu de joelhos, seu vestido encharcando com o líquido vermelho enquanto ela agarrava a jarra virada. — Sinto muito, majestade. Irei agora mesmo buscar mais.

— Está tudo bem — assegurei, lamentando internamente a perda. Eu acenei para ela. — Está tudo bem, foi um acidente. Não há razão para ficar chateada.

Ela se levantou, segurando a jarra contra o peito, o vinho escorrendo pelo tecido do seu vestido. Seu rosto estava branco como um lençol, e lágrimas escorriam do canto dos olhos. Achei que ela fosse desmaiar, mesmo com a mão de Sionna em seu braço.

— O quê?

— Estamos bem. — Fiz um gesto para o resto do grupo que observava a cena que havia passado de pastelão a séria em um instante. — Certo, conselho?

Eles explodiram em garantias. Até Lila, que não era de oferecer conforto, confirmou à garota apavorada que estava tudo bem.

— Olha — disse, quando Meredith ainda parecia um coelho em uma armadilha. — Nós realmente não estamos bravos.

Ela engoliu em seco.

— O senhor não vai me colocar no armazém?

— Não! Por que eu faria isso? Isso parece horrível.

Ela piscou.

— Eu literalmente salvei você das flechas esta tarde. Por que a mandaria para o armazém?

Matt enrijeceu e empalideceu.

— Flechas?

Balancei minha mão.

— Nós fomos alvejados, mas está tudo bem agora.

— Sua orelha está enfaixada.

— Quase tudo bem. De qualquer forma, eu não puno as pessoas por erros honestos. É sério. Por favor, não tenha medo de mim. De nós. — Apontei com a cabeça em direção ao meu alegre bando de patetas.

Rion acenou.

Ela lambeu os lábios.

— Eu vou... pegar algo para limpar isso.

— Espere — Matt pediu, levantando a mão. — Em parte foi minha culpa. Eu ajeito. — Ele inclinou a cabeça do seu cajado em direção à bagunça no chão e na mesa. A grande poça foi erguida, assim como os respingos das nossas roupas, congelando em uma grande esfera flutuante de vinho que se derramou na jarra que ela agarrava ao corpo. — Pronto — ele anunciou assim que a corrente do líquido terminou. — Tudo limpo. Só que eu não beberia esse vinho, pois não estou muito confiante quanto à limpeza dos pisos.

Sua boca se abriu, então se fechou, então se abriu mais uma vez. Seus olhos estavam arregalados.

— Isso foi... incrível.

Não gostei do jeito que ela olhou maravilhada para Matt, como se ela estivesse um pouco apaixonada por ele por causa do truque de mágica.

Matt não percebeu. Ou se o fez, não comentou.

— Você está dispensada. — Saiu muito mais duro do que pretendia, e ela saiu correndo do cômodo.

Sionna franziu o cenho para mim em desaprovação.

Sentei-me de novo no banquinho e cruzei os braços.

— Agora que Matt está aqui, podemos conversar de verdade.

Matt me lançou um olhar e balançou a cabeça.

— Eu estava na biblioteca sob seu comando, majestade.

Ui. É, definitivamente ele ainda está irritado.

Bethany estalou os dedos.

— Podemos nos concentrar, por favor? Porque estamos com problemas.

Eu gemi.

— Ok. Sinta-se à vontade para explicar.

Ela pegou um pedaço de pergaminho e acenou na minha direção.

— Isso são exigências, testes de força. O tiroteio de hoje foi apenas para chamar a atenção, eles não estavam tentando te matar.

— Bem, isso é uma vantagem. — Eu lhes dei um sorriso fraco. — As pessoas não me querem morto.

— Ainda — Sionna acrescentou, sempre otimista.

Bethany apertou o nariz.

— É, não. Precisamos classificar cada uma dessas demandas e decidir quais lealdades podemos comprar. Se não fizermos isso, perderemos o apoio do nosso próprio reino e você provavelmente será usurpado.

— Ok. E se isso acontecer?

— Eles vão nos matar — Sionna respondeu com a voz sem emoção.

Droga, Sionna, sinta o clima da sala. Eu olhei para Rion que relutantemente acenou em concordância.

— Esperem — Bethany pediu levantando a mão. — Fica pior.

É claro que fica.

Ela ergueu vários pedaços de uma pilha diferente de pergaminho e os espalhou. Eu não conseguia ver os detalhes do outro lado da mesa, mas podia ver os selos de cera de outros reinos na parte inferior, junto com assinaturas floreadas.

— Pesquisei todos os tratados que nosso reino teve com outras monarquias desde a última família real antes de Barthly. Ele quebrou todos. Todos os outros reinos nos odeiam, e agora que se foi, provavelmente tentarão nos invadir ou absorver.

— Calma — pedi me levantando e cruzando a sala. — Isso não parece tão horrível. Outro reino com infraestrutura e capacidade de governar poderia entrar e consertar tudo, e nós não teríamos que fazer isso. — Dependendo do que Matt encontrou na biblioteca, essa opção poderia me tirar dessa bagunça. Isso poderia me livrar da absurda lei da ligação mágica.

— Eles matariam a nós e a todo o nosso povo — Bethany esclareceu.

Eu murchei outra vez.

— Bem, então esqueçam essa ideia.

— Sim. Precisamos consertar as coisas rápido ou haverá um derramamento de sangue definitivo. E é provável que seja o nosso.

— Excelente. — Suspirei. — Ok. Para recapitular, estamos sendo testados por nossos supostos aliados e os outros reinos nos odeiam. Nós temos alguma defesa?

Sionna se encostou na parede e cruzou os braços.

— Não temos um exército. Os seguidores do Perverso, que não matamos, fugiram. E como Barthly usava o medo para manter seus soldados na linha, não havia lealdade — exceto a que suas cabeças tinham para com seus corpos — então aqueles que não concordavam totalmente com ele também fugiram.

— Isso ajuda muito. Muito mesmo. E por mais impressionantes que sejamos, duvido que possamos conter o exército de um reino inteiro por conta própria. — Esfreguei minha têmpora, tomando cuidado com minha orelha machucada. A morte começou a parecer mais uma opção viável. — Atrevo-me a pedir sua atualização, Rion?

Ele se remexeu. Rion nunca se remexe.

— Não há cavaleiros. Os vassalos se recusaram a enviar seus filhos para... Barthly, mas ele não precisava deles de qualquer maneira, não é? Não quando tinha seus seguidores e toda a magia sombria.

— Ugh. Portanto, não temos aliados, militares, cavaleiros e nenhuma ideia do que fazer. Excelente. Simplesmente maravilhoso.

— Que bom que somos podres de ricos. — Lila agachou-se no parapeito da janela e um sorriso atrevido se espalhou por seu rosto.

Levantei minha cabeça de onde analisava o tapete, o qual representava chamas e um monte de esqueletos. Sim, redecorar saltou várias posições na minha lista de tarefas, logo abaixo de sobreviver e descobrir como governar um reino.

— O quê?

— Somos literalmente o reino mais rico de todos os tempos. — Ela encolheu os ombros. — A quantidade de ouro que encontrei fez meus olhos esbugalharem, sem exageros.

Eu me animei. Ouro suficiente para impressionar Lila era realmente muito ouro.

Ela continuou.

— Sem falar nos celeiros. A incrível quantidade de joias e adornos. O estábulo inteiro. E o gado.

— Somos ricos?

Ela enrolou uma mecha de seu cabelo loiro claro em volta do dedo.

— Não somos ricos, estamos nadando em riqueza. Eu poderia dar voltas nas montanhas de moedas que estão guardadas somente na masmorra.

— A masmorra? Ele guardava o ouro em um calabouço?

Lila encolheu os ombros.

— Ele não mantinha seus prisioneiros ali.

Verdade. Ele parecia simplesmente matar alguém de quem não gostasse. E a única prisioneira que sabemos que ele manteve trancada estava em uma torre, não na masmorra.

— A riqueza não resolve tudo. — Matt se inclinou sobre os pergaminhos e passou os dedos por vários deles. Ele se curvou enquanto lia as cartas, o peso da nossa situação parecendo forçar seus ombros.

— Não, não resolve — concordei. — Mas ajuda muito. Em primeiro lugar, damos um aumento a todos os servos do castelo.

Lila ergueu uma sobrancelha, e Sionna franziu a testa.

— O dinheiro não compra a lealdade deles.

— Não, mas se tivermos uma equipe feliz, nossas vidas serão muito mais fáceis. Eu não sei o que vocês acham, mas se não tivermos que pensar na nossa próxima refeição ou em quem vai trocar nossa roupa de cama, então podemos focar nos problemas maiores.

— Faz sentido — Sionna admitiu.

— Agora, vamos organizar isso aqui e começar a trabalhar nas demandas razoáveis. Vacas, pavões e ouro são possíveis. Qualquer coisa estranha, coloquem em uma pilha separada.

— Essa pessoa quer que sua filha se case com você, Arek — Lila avisou com um sorriso malicioso, jogando o pergaminho na minha cara.

Eu definitivamente não olhei para Matt.

— É óbvio que esse vai para a pilha de coisas estranhas. Obrigado. Lila, precisamos de um inventário de tudo, peça ajuda a Harlow.

Ela se endireitou.

— Ok. Eu posso fazer isso. É tranquilo.

— Excelente. Bethany, descubra quais reinos estão passando dificuldades e do que eles precisam. Se for grão, podemos enviar a eles. Se for o alívio da dívida, também podemos ajudar com isso. Vamos começar por aí e estender a mão da amizade e da assistência para quem pudermos. Isso pode aliviar a tensão e nos comprar aliados. Mas, o mais importante, isso vai nos dar algum tempo.

— Isso não é uma má ideia. — Ela deu um sorriso presunçoso. — Também vou jogar um pouco de charme e ver aonde isso nos leva.

— Boa ideia. — Eu tamborilei meus dedos na mesa. — O que devemos fazer em relação aos cavaleiros, Rion?

Ele se endireitou.

— Nós deveríamos… Devemos convidar os filhos dos lordes dos reinos para serem escudeiros aqui.

— Hum… apenas chamar? Educadamente, eu suponho?

— Antes de B… Barthly — ele gaguejou ao dizer o nome — era uma grande honra ser convidado ao castelo para se tornar um cavaleiro. É uma boa opção para os segundos filhos que não herdarão nenhuma terra de seus pais.

— Bem, isso parece injusto.

Rion fez o gesto mais próximo de "essas são as regras" que já o tinha visto fazer. Foi uma ligeira elevação dos ombros e uma inclinação da boca. Huh. As regras da nobreza eram tão estranhas.

— Envie mensagens, então, mas convide todos os filhos e filhas maiores de idade. Temos muitas evidências sentadas ao redor desta mesa de que outros gêneros podem lutar tão bem quanto os homens.

— Quem vai treiná-los? Não temos cavaleiros seniores.

Eu pisquei.

— Você, Rion.

— Eu era apenas um escudeiro quando…

— Quando nós te conhecemos. Mas isso foi há muito tempo. — Dei de ombros, descartando sua preocupação.

— Sete meses.

— Você mais do que provou que é um cavaleiro, pelo menos para mim. — Olhei para os outros em busca de confirmação, com medo de ter me esquecido de algo sobre os deveres de um cavaleiro além de lutar, manter as pessoas vivas e ser leal ao extremo. — Certo?

— Nenhum de nós estaria vivo sem o Rion — Lila afirmou, o mais leve rubor se acumulando em suas bochechas. — Incluindo eu mesma.

— Arek — Matt chamou baixinho —, você tem o poder de torná-lo cavaleiro.

— Tenho, não é? — Sorri pela primeira vez desde que nos reunimos. Poderia fazer isso por Rion. Poderia lhe dar algo que ele sempre quis, algo que lhe foi negado por causa de Barthly. Isso me emocionou profundamente. Meu primeiro ato como rei do qual poderia me orgulhar. — Tudo bem, deste ponto em diante você é Sir Rion. Feito. — Matt chutou minha canela. Eu sacudi meu joelho e bati na borda da mesa. — Que diabos, Matt?

— Há toda uma cerimônia...

— Não — Rion interrompeu. Seus olhos estavam arregalados e úmidos, suas mãos agarravam a borda da mesa, parecia que ele estava prestes a chorar e que estava se contendo para não correr ao redor da mesa e me dar um abraço. — Não preciso de uma cerimônia. Já está ótimo. É perfeito.

— Excelente. Bethany, você tem uma pilha de pergaminhos aí; por favor, documente que Sir Rion treinará os cavaleiros.

Bethany pegou um dos quadrados em branco, mergulhou a pena no tinteiro e rabiscou.

Rion irradiou de alegria.

— Obrigado, majestade.

— Ah, não; não faça isso. Sou Arek. Apenas Arek.

Rion acenou com a cabeça, passou a mão pelo rosto e então agarrou a taça.

Sionna pigarreou.

— Devemos fazer o mesmo com os nossos militares. Ofereça às pessoas comuns do reino um salário para serem soldados. Elas podem fazer parte dos nossos exércitos por alguns anos e depois voltar para casa, se assim desejarem.

— Lila? — eu perguntei. — Temos o suficiente para isso?

Ela bufou.

— Temos o suficiente para tudo. E se ficarmos sem dinheiro, o que não acontecerá, podemos liquidar nossas outras posses.

— Bethany, por favor, acrescente que a general Sionna desenvolverá os procedimentos para expandir as nossas forças armadas. Não, espere, não use expandir, essa não é uma boa palavra. Como um rei diria isso?

— Fortalecer — Sionna sugeriu. — Fortalecer as forças armadas.

— Sim. General está bom? Ou você prefere ser...

— General. Gosto disso.

— Perfeito. Registre isso, por favor, Bethany.

— E quanto aos seguidores *dele*? — Sionna indagou, esticando os dedos.

— Eles ainda estão por aí e podem tentar nos atacar. Especialmente porque nossas defesas agora são limitadas aos indivíduos nesta mesa.

— Arek cortou a cabeça de Barthly — Matt declarou, brusco demais. — Você acha que eles se arriscariam? Ele foi o governante mais temível em séculos e aqui está — ele apontou o polegar em minha direção — a pessoa que o derrotou.

Eu não sabia como aceitar isso, mas me deu uma ideia:

— Devemos oferecer-lhes o perdão. — Eu esperava o coro de resmungos ao redor da mesa. Afinal, seus seguidores nos perseguiram dia e noite durante meses, mas falei sobre as objeções. — Oferecemos um perdão em troca de jurarem lealdade ao seu novo rei, ingressarem no nosso exército e aceitarem um salário reduzido. É melhor do que rastreá-los e executá-los.

— Isso... não é uma má ideia. — Sionna admitiu aos poucos, como se falasse enquanto ainda estivesse processando e só aceitou a ideia depois de expressar sua aprovação.

— Às vezes tenho boas ideias.

— Poderíamos debater isso. — Lila esticou os longos braços sobre a cabeça. — Mas esta não é a pior que você já teve, e nós temos dinheiro para isso.

— Rion?

— A proposta é boa. Eu concordo.

— Matt?

Ele suspirou.

— Não tenho objeções, desde que tenhamos alguém de olho neles.

— Excelente. Lady Bethany, você registrou tudo isso?

— Registrei. — Ela fez uma pausa. — Você está dando títulos a todos agora? Não que eu esteja reclamando. — Ela bateu os cílios. — Eu sempre me considerei uma lady.

Levei um momento para processar a informação, então exalei.

— Tudo bem — disse. — Ok. Temos um plano. — Examinei a mesa ao meu redor, absorvendo a energia de todos. Lila parecia bastante satisfeita consigo mesma, seus lábios se curvavam em um sorriso enquanto ela se equilibrava no parapeito da janela como apenas uma fae poderia fazer. O rabiscar energético de Bethany no pergaminho enchia a sala, enquanto Rion olhava por cima do ombro dela, concordando com a cabeça enquanto ela escrevia. Sionna vasculhava a pilha de pedaços de pergaminho, lendo e classificando. E finalmente, finalmente, me senti um pouco melhor sobre toda essa bagunça.

— E você, Matt? — Sionna indagou enquanto se inclinava para trás e enxugava a bochecha com um guardanapo. — Como foi seu dia?

— Oh, verdade — Lila inclinou-se para a frente, apoiando o cotovelo nos joelhos e o queixo na mão. — O que descobriu, Matt?

Matt ignorou meu olhar intenso de "nem pense nisso" e girou o cajado preguiçosamente.

— Eu pesquisei algumas coisas na biblioteca. — Ele me olhou de relance. Resisti à vontade de chutá-lo, e ele fez uma careta que transmitia que deveria apenas contar ao grupo sobre a lei das almas gêmeas. Eu estreitei meus olhos.

— O que você descobriu? — Bethany perguntou, interrompendo nossa conversa silenciosa.

— Um livro de feitiços. Um livro de leis.

— Alguma coisa relevante?

— Terei que estudar mais.

O que significava que ele havia encontrado algo. Matt nunca mentia. Por um lado, ele era horrível nisso e sua mãe percebia sempre que ele tentava inventar histórias: os espíritos guiavam a alma dela. Por outro, Matt sempre disse que não gostava de ter que acompanhar histórias diferentes e que contar a verdade era mais fácil. Mas ele podia fugir e dar voltas como um peixe nadando rio acima, esquivando-se de rochas e ursos.

Bethany ergueu sua pena.

— Você é Lorde Matt agora?

— Sim. Claro que ele é.

— Não sou um nobre.

— E eu sou? — questionei, o tom ainda um pouco irritado, apesar de não conseguir ficar com raiva de Matt por muito tempo. Nunca consegui e já podia sentir minha irritação se dissipando. Levantei minha coroa manchada. — Sou filho de fazendeiros, mas agora sou o Rei Arek. Você pode ser Lorde Matt.

Ele suspirou.

— Tudo bem.

— Bom. — Eu fiquei de pé. — Estou feliz com os nossos planos e estou feliz por estarmos todos aqui. Estou feliz por termos comida, camas e um teto sobre as nossas cabeças. — Ergui minha taça. — Saúde!

Os outros não usavam taças, mas comemoraram mesmo assim.

— É isso aí!

Eu tomei um gole e bati a taça na mesa.

— Ok, estou com dor de cabeça. E exausto. Estou indo descansar.

— Melhoras, Arek — Sionna desejou, tocando minha mão. — Bom descanso.

Um rubor atingiu minhas bochechas.

— Obrigado, general Sionna.

Saí da sala e caminhei pelo corredor silencioso até meus aposentos, me perdendo apenas uma vez no processo. Entrei, fechei a porta atrás de mim e me inclinei na madeira com a nuca latejando. Respirei fundo. Meu quarto tinha sido limpo, meus lençóis foram trocados e meu guarda-roupa, enchido de roupas muito mais finas que qualquer coisa que já usei na vida. Havia lenha empilhada perto da lareira e uma tigela de frutas estava sobre a mesa, um par de pantufas aparecia debaixo da cama grande e uma bacia de água fumegava na mesa de cabeceira.

Joguei minha coroa sobre a mesa, me lavei, me troquei e deslizei na cama. Era fim de tarde, mas sentia que poderia dormir a noite toda. Em vez disso, encarei o teto. Nos últimos nove meses, havia me acostumado a não ficar sozinho na hora de dormir, então agora era estranho não ter outro corpo quente ao meu lado.

Desejei que Matt deslizasse ao meu lado, como costumava fazer quando estávamos na estrada seguindo uma vaga profecia em direção ao destino que nos aguardava. Esperei por ele por um longo tempo, contando ovelhas, pensando nos problemas que nos aguardavam, lembrando como a cabeça de Barthly havia se esmagado no chão de pedra e como o espírito da princesa escapou da torre acariciando meu braço enquanto saía. Esperei até que meus olhos estivessem pesados demais e minha mente finalmente desacelerasse.

Ele não veio.

9

— Você sempre teve o sono pesado. Pelo menos, antes de tudo isso acontecer.

Entreabri meus olhos. O sol entrava pelas frestas das cortinas.

— O quê?

— Você perdeu o jantar ontem à noite. Harlow acabou de trazer seu café da manhã.

Pisquei. Estava aquecido, meu travesseiro era macio, e Matt estava sentado estirado na cama ao meu lado. Ele estava encostado na cabeceira da cama, totalmente vestido, suas botas novas e brilhantes cruzadas nos tornozelos; usava uma túnica azul, uma calça marrom, e seu cabelo estava longo e bagunçado como sempre. O cabelo se enrolava em torno das orelhas em mechas castanhas e caía em sua testa de uma forma adorável que me fez esquecer por um momento que estava chateado com ele enquanto meu cérebro acordava. Mas então me lembrei de como me senti solitário na noite anterior e minha barriga se agitou em partes iguais de vergonha e raiva; rolei para longe dele e me curvei de lado.

— Esperei por você ontem à noite. — Minha voz estava tensa, mas, com sorte, abafada o suficiente pelo travesseiro para que Matt não ouvisse.

Ele suspirou.

— Eu imaginei que você provavelmente esperaria.

— Você não veio.

— Não. Estava furioso.

— Bem, agora eu que estou.

Ele me cutucou na costela e eu me esquivei.

— Você pode ficar com raiva de mim o quanto quiser, mas precisamos conversar.

Aconchegando-me nos cobertores, eu o ignorei.

— Não.

— Você é o pior.

— Eu sou o rei.

Ele me cutucou novamente, um pouco mais forte dessa vez.

— Então aja como tal, porque estou aqui como seu conselheiro.

— Não como meu amigo?

Matt fez uma pausa, o momento ficou tenso. Então ele soltou uma risada rouca.

— Claro, como seu amigo, pateta. Sempre serei seu amigo.

Eu me encolhi internamente.

Matt agarrou meu travesseiro de penas e o arrancou da minha cabeça, me batendo com ele.

— Ugh. — Pegando-o de volta, coloquei sob o meu corpo e rolei para encará-lo. Apoiei minha cabeça em minha mão e fitei-o sem entusiasmo. Ele sorriu para mim com seu rosto irritantemente perfeito.

— Preciso te lembrar que ontem fui atingido por uma flecha? Na orelha? — Acenei em direção a bandagem onde o ferimento latejava.

— Você está bem.

— Eu precisei de pontos!

— Um. Um único ponto, Arek. Você já passou por coisa pior.

Fiz uma careta.

— Ei, tente fugir de uma enxurrada de flechas! Foi assustador! Provavelmente diminuiu a minha vida em alguns anos!

A expressão de Matt se suavizou.

— Você está bem? Mesmo?

— Sim — resmunguei. — Estou bem.

— Bom, porque eu encontrei algo.

— Além de roupas novas?

Ele puxou o tecido da camisa.

— Elas eram a única coisa no meu guarda-roupa além de mantos. — Ele franziu os lábios. — Eu não vou usar mantos. Sei que tanto o mago quanto Barthly usavam, mas eu me recuso.

— Anotado — respondi isso no meu tom mais monótono e seco.

— Uau, você está rabugento.

— Você me acordou.

— Você deveria estar acordado. É quase metade da manhã.

— Se você é uma galinha.

Isso rendeu uma risada. Seu sorriso se transformou em um sorriso completo, não o forçado, aquele que surgia fácil quando estávamos em casa, mas se tornara raro nos meses desde então. Um florescer de felicidade e carinho espalhou-se pelo meu peito por ter feito Matt rir.

— Olhe, vossa senhoria, você quer saber o que eu encontrei agora ou devo esperar até que estejamos sentados na câmara do conselho mais tarde? — Matt esfregou os nós dos dedos na camisa nova, tentando parecer indiferente, mas falhando miseravelmente. — Tenho certeza de que os outros adorariam saber tudo sobre suas núpcias iminentes.

Eu caí de volta no colchão, e o ácido subiu pela minha garganta.

— Foda-se, mas tudo bem. Me conte.

— Tenho boas e más notícias.

— As más notícias primeiro — pedi, antes que pudesse perguntar o que eu queria. Meu pai dizia que é melhor enfrentar o problema de uma vez; os espíritos guiam sua alma se você não correr. Um sentimento hilário, se pensasse nisso profundamente, já que tinha feito exatamente isso: corrido. Mas eu estava correndo em direção ao meu destino, não fugindo dele; correndo como um descontrolado em direção à idade adulta. Agora que conseguira, só queria voltar a ser como era antes.

— Tudo bem. A má notícia é que, sim, existe uma lei mágica que declara que você deve se unir a alguém para ser o rei. Sua alma deve estar ligada a outra, e enquanto a alma dessa pessoa estiver com a sua, você será o rei.

— Espere. — Eu me sentei e cruzei as pernas, de frente para ele. — O que isso significa?

— Não tenho certeza. O feitiço em si é bastante vago. Não sei se isso significa que, se o seu cônjuge morrer, você não será mais rei; se você morrerá com ele; ou se você poderá apenas se casar outra vez. É óbvio que Barthly prendeu a alma da princesa na torre para reinar mesmo depois que ela morreu, então deve haver algum elemento sobre a alma permanecer neste reino para Barthly ter continuado como rei.

— Mas por quê?

— É à prova de falhas, exatamente como Harlow falou. Suas almas entrelaçadas devem se complementar, trazer à tona o melhor e amenizar o pior.

Eu bufei.

— Como se isso tivesse funcionado.

— Não é? Você pode imaginar: se ele estivesse sozinho, quão horrível teria sido? Eu meio que me pergunto se a alma dela foi a razão pela qual a profecia foi capaz de ser escrita e de se tornar realidade.

Isso era muito para processar. Demais. As implicações eram enormes. Isso significava que se morresse, a pobre pessoa com a alma ligada a mim também morreria? Se alguém quisesse me assassinar, eles poderiam simplesmente ter meu cônjuge de união espiritual como alvo? Se eu odiasse minha pessoa com laços de alma, ficaria preso a ela não apenas nesta vida, mas na próxima? Balancei minha cabeça.

— Ok. Esta é a má notícia, certo? Que estou preso a uma lei mágica e terei que ligar minha alma à de alguém.

Ele mordeu o lábio inferior entre os dentes.

— O feitiço é claro que, se não fizer isso, você está em apuros.

— Que tipo de apuros?

Matt franziu o nariz.

— Você vai definhar, se eu traduzi direito.

— Definhar? — Dei um tapinha no meu peito. — Tipo, desaparecer?

Matt mordeu o lábio.

— Tipo morrer, eu acho.

Esfregando minhas mãos sobre meu rosto, desabei, os meus cotovelos sobre os joelhos.

— Por favor, me fala quais são as boas notícias. Eu preciso das boas notícias.

— A boa notícia é que você tem até seu aniversário de dezoito anos para encontrar seu cônjuge.

— Isso não é uma boa notícia! Eu faço dezoito anos em três meses. Três meses!

— Melhor do que três dias!

— Então, se não encontrar uma alma gêmea em três meses, eu vou... morrer?

Matt ergueu as mãos.

— Todos os sinais apontam para isso, mas não tenho certeza. Vou ver o que mais posso encontrar.

Qualquer apetite que ganhei durante a noite desapareceu e deslizei da cama para o chão em uma perfeita imitação de gosma.

Matt se inclinou na beirada da cama, seu rosto se contorceu em preocupação, seus lábios pressionaram e sua testa se franziu.

— Você está bem?

— Não. — Suspirei. O piso estava frio, mesmo com minhas calças servindo como barreira. Um tapete não seria ruim no chão do meu quarto. — Por acaso você encontrou alguma coisa sobre as leis de sucessão mágica enquanto folheava aqueles livros?

— Não. De acordo com um servo, Barthly destruiu a maioria dos pergaminhos de história, então não pude encontrar nada sobre o rei anterior além do seu nome. Nada sobre como ele herdou o trono.

Belisquei a ponta do meu nariz com o rosto franzido.

— Com base no que sabemos, a princesa estava ligada a Barthly e presa em uma torre que trancou sua alma quando ela morreu. Então Barthly foi rei tanto por usurpação sangrenta quanto por estar ligado à última herdeira remanescente.

— Sim, ele não deixou nada ao acaso.

— Se sou o rei, então tenho que me vincular a alguém ou vou desaparecer.

— Correto.

Bem, isso era exatamente o oposto do que eu esperava. Meus planos para o que aconteceria depois que a profecia fosse cumprida, agora, estavam quase desfeitos, os fios deles cortados e caindo pelo piso. Um nó se formou na minha garganta quando inclinei minha cabeça para trás e olhei para Matt, que encarava a parede, a testa franzida em contemplação. Eu não conseguia decidir o que seria pior: confessar a Matt e ele se ligar a mim por algum senso de obrigação de me impedir de definhar ou viver uma vida ligada a outra pessoa com Matt tão perto, mas tão fora de alcance. Também não acho que sobreviveria, sem mencionar o quão injusto seria para todos os envolvidos. Não. Eu não poderia fazer isso. Eu não faria isso.

— Ok, isso resolve a questão. Vou testar a magia.

As sobrancelhas de Matt desapareceram em seu cabelo.

— O quê?

Usando a cama como impulso, eu me levantei.

— Vou tirar a coroa, declarar minha abdicação e ver o que acontece — Com a expressão horrorizada de Matt, avancei antes que ele pudesse protestar. — Olha, o destino, a profecia e a magia me puxaram pela orelha por aí no ano passado e eu meio que cansei disso. Ser rei, ok, tudo bem, pelo menos há refeições, abrigo e não há como ser pior do que o último cara. Mesmo que esteja aterrorizado pela possibilidade de ser péssimo nisso de governar. Mas me relacionar com alguém? Isso é um passo grande demais. — Eu queria ter uma escolha. Eu queria Matt, mas aquela era uma conversa para outra hora, não quando eu estivesse sob pressão e não quando ele pudesse interpretar de qualquer outra forma que não fosse os meus sentimentos mais sinceros.

Ele franziu a testa; suas sobrancelhas se uniram em preocupação.

— Você prefere arriscar as consequências de tirar a coroa do que formar um vínculo de alma com alguém?

Joguei minhas mãos para o alto.

— Não sabemos quais são as consequências! Só estou dizendo que gostaria de saber se há uma chance de que meu futuro possa trazer algo além de encontrar alguém para ficar comigo para salvar minha vida. Se eu puder abdicar, poderíamos sair daqui. Poderíamos ter *opções*.

Matt não respondeu. Ele mordeu a parte interna da bochecha, seu rosto tão lindo enrugado em pensamento, provavelmente pensando em maneiras de me dissuadir do que faria a seguir.

Mas eu não lhe dei a oportunidade. Atravessei o cômodo até onde a coroa estava sobre a mesa, a peguei e a coloquei.

— Vamos — eu chamei, puxando a manga de Matt enquanto me dirigia para a porta. — Vamos para a sala do trono.

— VOCÊ TEM CERTEZA DE QUE DESEJA FAZER ISSO? — MATT PERGUNTOU enquanto descia do estrado, se virava e me encarava.

— Não. — Sentei-me no trono, com a coroa na cabeça; Matt e Harlow me observavam. Este último estava na sala do trono quando Matt e eu invadimos em nossa missão e, bem, poderia ser bom ter outra testemunha. — Mas eu deveria pelo menos tentar. Certo?

A incerteza no rosto de Matt era um espetáculo a ser visto. Ele coçou a nuca — o redemoinho do seu cabelo ficando bagunçado — não ousando cruzar o olhar com o meu.

— Bem, vocês dois nunca concordam de qualquer forma.

— Apenas me parece... drástico.

— Isso não é drástico.

— Testar as leis mágicas é drástico, Arek.

Eu fiz um barulho rude com meus lábios.

— Não é.

— Acho que podemos ter perdido a perspectiva sobre o que é considerado drástico no último ano das nossas vidas. Mas tentar abdicar de um trono com consequências potencialmente mortais para evitar o casamento com alguém atende aos critérios. — Matt declarou de uma forma que só Matt poderia fazer: todo inexpressivo, mas com um toque de sofrimento.

— Não é só um casamento. É um vínculo de alma. Estaríamos presos. Juntos. *Para sempre.*

Ele abaixou a cabeça.

— Isso seria tão ruim assim?

Por um segundo, pensei em lhe dizer como me sentia ali mesmo, que não seria tão ruim ficar preso para sempre com alguém se esse alguém fosse ele. Mas então percebi que provavelmente nunca houve um momento menos romântico na história do mundo para professar o amor por alguém. Então, em vez disso, falei:

— Eu gostaria de ter mais que três meses para descobrir isso. E não morrer se não descobrir.

Matt estremeceu.

— Não quero ver você se machucar.

— Agradeço a preocupação, mas prefiro saber que não estou completamente preso a esta situação antes de recrutar alguém para passar o resto da sua existência comigo.

— Majestade — Harlow falou —, foi uma honra servi-lo nos últimos dias.

— Obrigado, Harlow. Isso não foi nada sinistro.

— Estou me preparando, majestade, para qualquer resultado.

Oh, meus deuses. Harlow realmente estava apostando na minha morte. Excelente. Maravilhoso. Incrível. Eu apertei os braços do meu trono e me firmei. Meu coração batia tão forte que pensei que fosse quebrar minhas costelas. Meu pulso retumbava. Comecei a suar.

— Aqui vai o tudo ou o nada — murmurei. Levantei, tirei a coroa, coloquei no assento do trono e depois dei um passo para o lado. — Eu, Rei Arek, governante soberano de Ere, no reino do Chickpea, por este meio, abdico... — Isso foi tudo o que consegui dizer antes de uma dor avassaladora me perfurar. Parecia que eu estava sendo esmagado de dentro para fora. Meu corpo inteiro convulsionou. Cerrei meus dentes contra a dor repentina e tremenda, mas isso fez pouco para parar as ondas de agonia.

Caí de joelhos e, em seguida, tombei para a frente sobre os cotovelos. O gosto de cobre encheu minha boca e, com a mão trêmula, toquei meu rosto para encontrar meus dedos cobertos de sangue espesso e vermelho.

Gritos encheram a sala, mas estava longe demais para reconhecer as palavras. Minha audição diminuiu, e a sala escureceu de todos os lados até que tudo que vi foi o padrão do tapete.

Mãos puxaram meu corpo e alguém me ergueu, colocando o braço sobre meu peito. Balancei meus joelhos. Minha cabeça tombou para frente e o sangue escorrendo do meu nariz. Uma imagem de Matt oscilou na minha frente. Ele enfiou a coroa na minha cabeça e agarrou meus ombros.

— Arek! Retire o que disse! Faça alguma coisa! *Fale* alguma coisa!

Ele agarrou meu queixo e inclinou minha cabeça para cima. Minha língua estava grossa e eu engasguei com o sangue.

— Arek! — Matt gritou novamente e me sacudiu. — Retire o que disse. Vamos. Você tem que fazer alguma coisa. Eu não consigo combater essa magia.

— Eu sou — tentei. — Eu sou... sou... — Tudo *doía*. Oh, deuses, isso foi uma má ideia. Pelo menos veria meus pais de novo. E a mãe de Matt. Talvez. E se me tornasse um fantasma e ficasse assombrando o castelo? E se ficasse ligado a esse lugar, como a princesa? Grudado mesmo ao tentar sair? Eu não poderia fazer isso. Não poderia fazer isso com Matt.

— Arek! — Matt segurou minhas bochechas. — Retire o que disse. Se declare o rei. Você consegue. Diga que você é o rei.

O Matt frenético era assustador. Lágrimas escorriam por seu rosto pálido. Seu corpo brilhava com um poder impotente. Nunca o tinha visto com tanto medo e não queria ser a causa daquilo.

Respirei fundo, estremecendo, e reuni cada gota da minha força.

— Eu sou... o rei de Ere.

O alívio foi instantâneo. Eu suguei uma respiração irregular. Lágrimas escorreram do canto dos meus olhos. Caindo para trás, os braços ao redor do meu corpo me colocaram no chão.

— Porra — Matt falou. Ele se abaixou tanto e encontrou meu olhar enquanto tirava o cabelo dos meus olhos. — Isso foi uma péssima ideia. Uma ideia horrível.

— Não brinca.

Matt riu e ficou louco e histérico; ele passava a mão pelo meu cabelo enquanto chorava e sorria. Ele era a pessoa mais linda que já havia visto.

Tentei corresponder ao seu sorriso, mas não consegui. Meus lábios não se contraíam, mas meu coração ainda batia forte e eu estava vivo.

As risadas de alívio e o toque calmante de Matt foram um bônus.

Meus olhos se fecharam e não tentei impedi-los.

DIZER QUE NOSSO EXPERIMENTO FOI UM FRACASSO ÉPICO ERA UM EUFEMISMO. Eu estava realmente preso como o Rei de Ere no Reino de Chickpea.

— Ei — resmunguei quando acordei.

Matt estava sentado ao meu lado na cama, seus dedos retorcidos, seu rosto pálido e tenso. Ele se assustou e então se virou.

— Oh, ainda bem, porra. Você está acordado.

Meus sentimentos exatos.

— Há quanto tempo estou desmaiado?

— Um tempo. — Ele virou um frasco em uma taça de água e levou-a aos meus lábios. — Aqui, beba isso.

— O que é?

— Uma poção fortificante que o médico deixou para você. Ele disse que você tem sorte dos seus órgãos ainda estarem intactos.

— Sorte — concordei de maneira irônica. Tomei um gole com cuidado, sem saber se tinha forças para segurar a taça sozinho. O gosto era péssimo, mas bebi, porque Matt parecia tão horrível quanto eu me sentia e tive um pressentimento de que a culpa era minha. — Ugh. Isso é nojento — expressei, quando ele puxou a taça. Eu já podia sentir a poção funcionando, me aquecendo por dentro enquanto o líquido descia pela minha goela.

— Bem-feito para você — Matt justificou empertigado. — Eu tive que dar desculpas por você o dia todo, e você sabe como me sinto sobre mentir.

— Você é horrível nisso. — Estiquei minhas pernas e fiz uma careta. Ah, não, essa foi uma má ideia. Fazer qualquer movimento era uma ideia horrível. A dor passou por mim, viajando da minha cabeça aos meus pés como um raio.

— Como você está se sentindo?

— Como se eu quase tivesse morrido.

Os lábios pálidos de Matt se apertaram.

— Nunca mais faça isso. Entendeu? Isso foi assustador e eu pensei... pensei... — Ele respirou fundo. Estendi a mão e acariciei a dele que estava ao meu lado na cama, na tentativa de tranquilizá-lo. Maldição. Até isso doeu. Contudo, mesmo sentindo tanta dor, não pude deixar de ficar feliz por ter Matt ao meu lado na cama como nos velhos tempos.

— De qualquer forma — ele prosseguiu, se recompondo; o corpo estreme-cendo como se estivesse se livrando do medo —, a abdicação está fora de questão.

— Completamente fora — concordei. O que era menos do que ideal. Minha façanha confirmou que eu era o rei até a morte, o que aparentemente poderia acontecer em três curtos meses, se não encontrasse uma alma gêmea.

Matt bateu palmas e me tirou dos meus próprios pensamentos.

— Novo plano. — Ele se levantou e, com cautela, cruzou o cômodo até a sua bolsa. Ele a vasculhou e jogou um livro no colchão ao lado do meu ombro. Eu estiquei meu pescoço e levantei minha sobrancelha quando reconheci a capa.

— O diário da princesa?

— Comece por aí.

— Hã?

— Pense nisso: você foi trancado em uma torre e não sabe quando vai sair, se é que vai sair... Você escreveria as coisas importantes, não é?

Lutei para me sentar; meus músculos tinham a consistência de macarrão. Apoiando-me pesadamente na cabeceira da cama, peguei o diário e corri meu dedo ao longo da lombada de couro rachada. Este diário continha os últimos pensamentos do último membro da realeza da última dinastia. Era uma relíquia de família, um importante pedaço da história que devia pertencer à biblioteca, guardado em um vidro. Eu o balancei em minhas mãos. Era pesado, e eu não quis dizer apenas no sentido físico.

— Acho que sim.

— Você estuda isso e se recupera, e irei para a biblioteca.

— Matt.

Ele ergueu um dedo.

— Nem comece com Matt, eu estou nisso agora. Vou pesquisar as leis da magia, os contrafeitiços e, talvez, encontrar uma maneira de desfazer tudo isso. Ou, pelo menos, uma forma de minimizar os danos.

Folheei as páginas com o polegar.

— Obrigado.

— Você deveria mesmo me agradecer, especialmente depois do que fez hoje. Harlow e eu tivemos que carregar seu peso morto por aí. Ainda bem que não encontramos nenhum dos outros. Eu não teria sido capaz de manter o seu segredo ridículo se isso acontecesse.

O canto da minha boca se contraiu. Parecia que meu encontro com a morte tinha mais ou menos varrido o constrangimento que havia entre nós na outra noite.

— Você é um babaca.

— Você não vai achar isso quando tiver se livrado desta bagunça. — Ele escancarou a porta. — É melhor você dar um banquete em minha homenagem.

— É melhor você ir ao médico da corte antes que seu pé caia.

Matt fez um gesto rude com a mão.

— Ei! Pelo menos mande chamá-lo enquanto estiver na biblioteca. Isso é uma...

Matt virou a cabeça depressa, e os olhos se estreitaram.

Sorrindo de maneira atrevida, eu dei uma piscadela.

— Uma forte sugestão do seu amigo.

Balançando a cabeça, ele saiu do quarto, a bolsa pendurada no ombro e o bastão na mão.

— Vou dizer aos outros que você vai jantar no seu quarto — ele avisou, espiando por cima do ombro. — Voltarei mais tarde. — A preocupação suavizou seu tom. — Se estiver tudo bem para você.

Meu corpo doía. Eu me sentia como a morte. É provável que também me parecesse com ela, mas forcei um sorriso. Agitei sua preocupação para longe e sufoquei um gemido por trás dos meus dentes cerrados.

— Tudo bem. Te vejo em breve.

Ele acenou com a cabeça, o lábio inferior vermelho pela mordida, e fechou a porta atrás de si com suavidade.

Suspirei e olhei para o livro.

— Tudo bem, princesa — falei, alisando as palmas das mãos sobre a capa —, vamos nos conhecer.

10

NOS DIAS QUE SE SEGUIRAM À MINHA TENTATIVA DE ABDICAR, PENSEI MUITO sobre minhas opções. Se eu estivesse considerando apenas meus próprios sentimentos, havia uma solução óbvia para minha situação atual: me ligar a Matt. Infelizmente, eu me importava o suficiente com a felicidade dele para não forçá-lo a uma escravidão vitalícia se ele não se sentisse da mesma maneira que eu. A questão era avaliar seu interesse sem colocá-lo em uma posição em que acreditasse que tinha que se unir a mim para salvar minha vida. Porque Matt era leal e disposto a fazer qualquer coisa por seus amigos. Espíritos, ele me seguiu na minha missão para matar o Perverso sem hesitação. Eu não poderia lhe pedir para colocar sua vida em risco por mim outra vez. Além disso, a única coisa pior do que ter que encontrar alguém disposto a se unir a mim era a ideia de se ligar a uma pessoa que não estava disposta ou pelo menos um pouco interessada. Eu não queria que meu reinado, por mais desfavorável que tenha começado, parecesse nem de longe com o de Barthly, pois esse seria definitivamente um movimento Perverso. Portanto, apesar da minha reflexão, eu não encontrei nenhuma solução para o problema. Zero. Nada. Nadinha. Por sorte, o diário da princesa era uma distração gostosa. Me reclinei contra um travesseiro macio, me espreguiçando de maneira confortável sob um raio de sol, e retomei a leitura de onde havia parado na noite anterior:

"Ela teve a audácia de me chamar de arrogante, mas foi ela quem esqueceu de escorar a porta da sala de arreios ao lado do estábulo. Depois da nossa cavalgada, na qual ela se recusou a falar comigo e só falou com as criadas que nos acompanhavam, ela me seguiu para dentro do cômodo e a porta se fechou nos trancando. Eu estava tão brava com ela. Nós ficamos presas por horas, esperando até que nossas famílias percebessem que não estávamos jantando. Mas, foi nessas horas que ela se dignou a falar comigo e aprendi mais sobre ela do que jamais pensei que saberia; essa foi a primeira vez que meu coração amoleceu em relação a ela."

— Aí está você!

Fechei o diário com força e me endireitei. Bethany entrou agitada pela porta aberta do jardim de inverno, toda de tecidos finos com babados e seus cabelos cacheados. Sionna a seguiu em um ritmo uniforme, o cabelo em ondas soltas descendo pelas costas e a espada presa ao quadril. Lila foi a última do trio, seus longos cabelos loiros-claros puxados para longe do rosto em tranças intrincadas que acentuavam suas maçãs do rosto salientes e orelhas pontudas.

— A que devo a visita das minhas três principais conselheiras?

Bethany revirou os olhos.

— Todas nós sabemos que Matt é o principal, então não tente nos enganar com elogios.

Descansei meus antebraços sobre os joelhos dobrados e agi como se as três paradas em torno de mim não fossem nem um pouco intimidadoras.

— Tudo bem. O que vocês querem?

Bethany deu um sorriso malicioso.

— Assim está melhor. — Ela cruzou as mãos. — Queríamos informar vossa majestade que todas as cartas para os vassalos do reino e para os reinos vizinhos foram enviadas.

Eu me animei.

— Isso é ótimo. Alguma resposta?

— Ainda não. Nós literalmente acabamos de enviá-las. Demorou um pouco para descobrir como formular tudo de um jeito… diplomático.

— Especialmente as recusas — Sionna explicou, com a mão direita apertada no punho da espada. — Mas fizemos o nosso melhor para aliviar a dor quando não podíamos atender às demandas.

— Também não queríamos confessar que tínhamos muitas riquezas roubadas — Lila acrescentou.

— Você devolveu o pavão? — perguntei, dando-lhe um olhar acusador. Ela suspirou e cruzou os braços.

— Sim — resmungou —, eu mandei o pavão de volta.

— É bom saber que você é capaz de ser uma pessoa madura, Lila.

Bethany pigarreou.

— De qualquer forma, usamos uma combinação de pombos-correios e mensagens pagas levadas a cavalo. Levará pelo menos alguns dias para que todas elas cheguem aos seus destinos; algumas até uma semana. Você pode preferir continuar isolado até que tenhamos uma noção de se nossos esforços foram bem recebidos.

— Anotado. — Eu me levantei com dificuldade, o diário pendurado em meus dedos. — Sionna, alguma coisa sobre as forças armadas?

Ela ficou com os pés separados na largura dos ombros.

— A seu pedido, enviamos arautos a todas as cidades e vilas com o convite.

— Maravilhoso. Com a promessa de salários, espero que consigamos alguns garotos e aprendizes para você treinar.

— Aumentei o salário de todos os funcionários do castelo. — Lila franziu os lábios. — Eles estão chamando você de Rei Arek, o Bondoso.

— O quê?

— E encontrei mais alguns esconderijos de riquezas guardadas pelo castelo. Juntei alguns ao que já tínhamos e protegi outros, mas decidi deixar alguns dos depósitos em lugares diferentes. Apenas no caso de termos que sair com pressa, caso não possamos esvaziar o cofre.

— Sinto muito, ainda estou preso em Rei Arek, o Bondoso. Que história é essa?

— Você literalmente salvou a Meredith. — Sionna inclinou a cabeça para o lado. — Além disso, deu um aumento à equipe e perdoou os seguidores de Barthly se eles cumprirem as leis que estabeleceu.

— E ofereceu ajuda aos reinos que sofreram por causa do nosso governante anterior — Bethany acrescentou, inclinando o quadril. — Posso ter usado a magia da harpa para espalhar o boato mais rápido do que teria acontecido de outra forma, mas os funcionários e os habitantes da cidade já conhecem os seus planos e estão comentando.

Estava sem palavras, o que era raro para mim. Fiz um ruído pelo nariz que parecia um cruzamento entre um canário moribundo e um esquilo barulhento.

— Você está bem? — Sionna me cutucou com o cotovelo.

— Arek, o Bondoso? — questionei, incrédulo. — Não é, o Temível? O Escolhido? O assassino do Mal? O Cortador de cabeças?

Lila gargalhou tanto que roncou, achei um pouco maldoso.

Bethany beliscou minha bochecha.

— Awn, que fofo.

Eu me contorci para longe.

— Eu te odeio — declarei, mas sem verdade, e ela não se ofendeu, considerando o tapinha que deu na minha cabeça como um sinal.

Realmente não deveria estar chateado, havia coisas piores do que bondade, mas isso parecia fraqueza. É assim que a população me perceberia? Gentil? Ingênuo? Crédulo? Mole?

Distraído por Bethany e seus dedos me beliscando, meu aperto no diário afrouxou o suficiente para Lila arrancá-lo da minha mão, ela o folheou.

— Você está lendo o diário?

— Sim, está cheio de informações e é interessante.

Ela concordou com a cabeça, então me deu um olhar de cumplicidade.

— Você já chegou à parte em que elas se beijam?

Eu o arranquei de volta.

— Não me dê *spoiler*! E não, elas estavam apenas trancadas juntas na sala de arreios.

— Você está apenas começando!

Bethany semicerrou os olhos.

— Do que vocês dois estão falando?

— A história de amor entre a princesa e a lady.

Bethany e Sionna fizeram menção de pegar o diário, mas me afastei dançando.

— Não, ele é meu agora. Eu leio primeiro, então vocês duas podem disputar quem vai ler na sequência.

Sionna ergueu uma sobrancelha.

— Ficar trancada em um cômodo com alguém não me parece um começo particularmente promissor para uma história de amor.

— Não — concordei. — Mas o encontro acabou sendo doce, segundo a princesa. Elas aprenderam uma sobre a outra.

— Eu nunca pensei que você fosse tão ingênuo. — Lila me deu um soco no braço.

— Oh, Arek, você é um romântico? — Bethany juntou as mãos e segurou-as ao lado da bochecha. — Você quer desmaiar nos braços de alguém? Ou prefere que alguém desmaie nos seus?

Lila deu uma risadinha.

— Há? — perguntei, definitivamente não pensando em Matt ou no fato de que algum tipo de romance teria que acontecer nos próximos três meses se eu quisesse permanecer inteiro, sólido e neste mundo. — O quê? Não.

— Se eu me apaixonasse — Sionna disse, pensativa —, seria por alguém que conheço bem. Alguém que me compreenda.

— Eu te entendo — Bethany falou. — Mas prefiro a emoção de um herói intenso, uma pessoa que se jogaria e me resgataria e então meu coração dispararia e eu desmaiaria em seus braços fortes. — Ela se abanou. — Alguém ardente, ousado, forte e bonito.

Revirei meus olhos.

— Não é uma tarefa nem um pouco difícil.

Ela mostrou a língua para mim, as bochechas rosadas.

— E você, Lila? — Sionna indagou.

Ela bufou.

— Não, obrigada. Nenhuma das opções acima. Eu não preciso ser resgatada e não preciso que ninguém me conheça. Todo mundo sabe que o amor são feromônios e proximidade. Para ser real, para mim, teria que ser atingida por um raio. — Ela estalou os dedos. — Atração instantânea.

— Luxúria imediata então? — Bethany tamborilou os dedos ao longo da boca. — Eu posso ver isso para você.

— Está bem, está bem. — Limpei minhas calças na tentativa de esconder meu desconforto. — Isso tudo está ficando um pouco pessoal demais.

Bethany ofegou e pude ver que ela estava prestes a trazer à tona o fato de que vivemos grudados uns nos outros por vários meses e que todos nós nos vimos nus vezes o suficiente para nos tornarmos próximos.

— O que quero dizer é: vocês não têm coisas a fazer? Um reino para governar talvez? — Minha tentativa de mudar de assunto não funcionou.

— Seja como for, não é como se houvesse alguém aqui para nos cortejar. — Bethany fez beicinho. Ela jogou uma mecha do seu longo cabelo ruivo para trás. — A não ser que alguém aceite nossas mensagens.

Espere. Eu não tinha pensado nisso. Realmente *não havia* ninguém aqui para cortejar. O castelo estava bastante vazio. Além da equipe e do nosso grupo, não havia mais ninguém. Nada de lordes, cortesãos, escudeiros ou cavaleiros. Não haveria muitas opções para eu encontrar um cônjuge até que os mensageiros voltassem, mas isso não significava que eu não podia avaliar as opções.

De repente, tive uma ideia, algo que me permitiria revelar meu afeto a Matt em um *ei, eu gosto de você desde sempre* e não de um jeito *ei, vou morrer se você não criar um vínculo espiritual comigo.* Exigiria tato, o que poderia ser difícil, mas eu tinha que tentar. E é aí que as três pessoas na minha frente entravam, assim como Rion.

— Há alguma coisa errada? — Lila perguntou, franzindo o nariz. — Parece que você está com dor.

Sionna colocou a mão no meu ombro, seu toque queimava em minha túnica.

— Você está fazendo uma careta, Arek.

— Hã? Não, estou bem. Eu… eu lembrei de uma coisa. Tenho que conversar com o Matt.

No que diz respeito às saídas, a que fiz do jardim de inverno não foi nada graciosa, já que quase fugi das minhas três amigas mais próximas. Mas tive uma ideia. Uma epifania. Um plano que poderia funcionar. Eu tinha um livro que detalhava um romance de sucesso da vida real e três meses para fazer aquilo funcionar para mim.

11

— TENHO UMA IDEIA! — EXCLAMEI, BATENDO O DIÁRIO NA MESA EM FRENTE ao Matt.

Ele espreitou por cima da borda de um livro, a sobrancelha levantada e a boca pressionada em uma expressão irônica.

— O quê?

— O que é a minha ideia? Ou um o quê generalizado?

Matt estreitou os olhos e se ajeitou no sofá baixo. Ele não estava usando suas botas e seu pé estava enfaixado, embora o inchaço tivesse quase desaparecido. Os dedos dos pés voltaram a parecer dedos, em vez de linguiças. Não que eu geralmente notasse dedos dos pés, apenas os do Matt.

Ele fechou o livro.

— Um o quê generalizado. Ou que tal: o que você está fazendo aqui?

— Boa pergunta.

Estávamos morando no castelo há pouco mais de uma semana e eu ainda não havia incomodado Matt na biblioteca. Esta era a primeira vez que entrava naquele cômodo, e isso dizia mais sobre mim do que eu desejaria. O lugar era espaçoso, com janelas que iam até o chão e que se abriam para uma varanda. A luz natural abundante havia desbotado as bordas dos tapetes exuberantes e das almofadas do sofá em que Matt relaxava, que ficavam diretamente no caminho do sol da tarde.

Havia livros por toda a parte. Eles curvavam as prateleiras com o peso, revestiam cada centímetro das paredes e estavam guardados em pilhas desordenadas no chão que se estendiam em direção ao teto. Conhecimento e luz permeavam todo o espaço, um reflexo perfeito de Matt, que parecia pertencer àquele lugar entre os pergaminhos esvoaçantes e os raios de sol de maneira inata.

Ele balançou os pés na beirada do sofá e sentou-se reto. Eu me juntei a ele, aninhado na beirada da almofada.

— Descobri uma possível solução para o problema da minha alma gêmea.

Matt ergueu uma sobrancelha. Ok, pelo menos alguma coisa.

— Vou cortejar um dos meus amigos.

— Novamente: o quê?

— O diário — eu o peguei e pressionei em seu rosto. Ele deu um tapa para longe. — A princesa detalha como ela se apaixona por uma lady que no início ela despreza. É uma história de amor. Uma história que posso replicar.

— Ainda não tenho ideia do que está falando. Você acha que está fazendo sentido, mas só escuto baboseiras sobre histórias de cortejo e amor.

— Você não está ajudando. — Eu o analiso procurando por quaisquer nuances em sua expressão além de confusão total, mas não encontro nada. Huh. Talvez eu tenha que ser mais direto.

Matt apontou para si mesmo.

— Eu não estou ajudando? Foi você quem começou uma conversa no meio.

Suspirando pelo nariz, eu lhe dei o meu melhor olhar majestoso.

— Eu tenho que me casar com alguém e juntar nossas almas antes de três meses.

— Sim. — Matt vasculhou a pilha de livros na base do braço do sofá, pegou um deles e o ergueu. — De acordo com isso aqui, sim, isso é verdade. — As letras douradas brilharam à luz do sol: *Encantamentos, Maldições e as Leis da Magia Vinculativa de Ere no reino de Chickpea.*

Bem, foda-se esse livro e quem o escreveu.

— Não quero me casar com alguém que não conheça.

— Faz sentido.

— Decidi cortejar um dos meus amigos.

— E foi aí que eu me perdi.

Soquei Matt no ombro enquanto minhas entranhas retorciam.

— Pateta. Faz sentido. Meus amigos me conhecem; eu os conheço. Não terei nenhuma outra opção até que as pessoas comecem a nos visitar no castelo, o que demorará um pouco. Até lá, deveria pelo menos tentar.

Matt parecia tão cético que me magoou.

— E como você vai fazer isso? Nós os conhecemos há nove meses e nenhum deles tem sequer se mostrado nem um pouco romanticamente interessado em você.

Essa doeu. Ok. Direto. Sem meias palavras. E não pude deixar de notar que ele se deixou de fora como um participante em potencial.

— Que você saiba — eu rebati.

— Confie em mim, eu sei.

Ok. Então isso não estava indo muito bem. Talvez eu precisasse ser mais enfático.

— Então... ninguém mesmo? Nenhuma das pessoas de todo o grupo de jovens que participou da missão tem qualquer sentimento por mim? — Pronto. Isso deve resolver.

Ele cruzou os braços e ergueu uma sobrancelha.

— A resposta é Não.

Eu bufei. Minha respiração girou as partículas de poeiras dançantes. Ele com certeza não estava facilitando. Além disso: grosso.

— Basicamente, temos corrido para salvar nossas vidas, tentando cumprir uma profecia, sem saber quando teríamos comida, uma cama ou se precisaríamos fugir no meio da noite. Não era hora para romance. — Eu lhe ofereci um sorriso malicioso para encobrir minha turbulência interna. — Pelo menos, não para alguns de…

— Se você levantar a questão do filho do dono da taverna mais uma vez, Arek, juro que vou transformá-lo em um sapo. — Ele apontou o dedo para mim com toda a ameaça de um gatinho estufado sibilando.

— Você pode fazer isso?

— Essa não é a questão.

— Meio que é a questão.

— Ainda não aprendi, mas aposto que o feitiço está aqui em algum lugar! — Ele agitou os braços para mostrar o cômodo.

— Ok, tanto faz, nunca mais vou tocar nesse assunto. De qualquer forma, a princesa praticamente traça um modelo para cortejar em seu diário. Tudo o que eu tenho que fazer é seguir esse modelo.

Matt fitou o diário, o pegou de mim e folheou as páginas, a testa enrugada em sinal de pensamento.

— Você não acha que eles deveriam poder escolher?

— Eles terão uma escolha. Eles sempre podem dizer não, mesmo depois do cortejo. Mas há… um bando de nós. Basta que uma pessoa goste de mim. — Tentei captar sua expressão, esperando que me olhar nos olhos o ajudasse a perceber o verdadeiro significado por trás das minhas palavras.

— E quanto a você?

— E quanto a mim?

— Você gosta de algum dos nossos amigos de uma forma romântica?

Era agora. O momento. Respirei fundo para me preparar e comecei:

— Bem, há alguém que eu tenho vontade de…

— E se eles não estiverem interessados? — Matt me cortou tão rápido, de maneira tão intencional, enquanto encarava a pilha de livros no chão com as sobrancelhas franzidas. Ele não me encarava com seus grandes olhos castanhos, mesmo enquanto eu fitava o seu perfil ridiculamente lindo. Seus ombros se encolheram até perto das orelhas, seu corpo tenso como uma corda de arco. Oh, ele sabia. Ele *com certeza* sabia, e era óbvio que estava desconfortável. Ele não aguentava nem me ouvir dizer aquilo. Meu coração afundou até os dedos dos pés. — O quê, então? Você vai passar para o próximo? Uma série de segundos lugares? — ele perguntou, a voz marcada por algo cortante.

Dei de ombros, tentando desesperadamente parecer o mais indiferente possível, enquanto fingia que as palavras de Matt não perfuravam tão profundas e dolorosas quanto a adaga de um assassino.

— Amizade é um bom começo — respondi, baixinho, tocando a borda do diário. — Você não acha? Quer dizer, a princesa desprezava a lady quando se conheceram, mas elas acabaram se apaixonando. Sinto que estou começando melhor do que ela. — Quando digo isso, uma pequena centelha de esperança acende em meu interior. Eu esperava que, talvez, conforme ele visse meus esforços com os outros, pudesse despertar algo nele. Não conseguia esquecer a voz dele quando pensou que eu estava morrendo no chão da sala do trono e o alívio quando enfim acordei. Os momentos que me fizeram acreditar que podia haver algo ali.

Matt esfregou a testa.

— Admito que não é uma ideia horrível. Eu só... — ele suspirou, os ombros caindo, seu rosto contraído de dor. Eu me pergunto se ele moveu o tornozelo da maneira errada quando abriu espaço para mim no sofá. Olhei para baixo, mas não vi nada de errado. — Não é o ideal.

— O ideal seria eu não ter que cortejar ninguém. O ideal seria eu também não estar preso a um trono. Mas o ideal foi embora no minuto em que o bruxo apareceu na minha porta com o meu nome por todo um pergaminho profético.

Matt estremeceu.

— Acho que sua vida nunca será normal, não é?

— Acho que não.

— Tudo bem, então. Ok, boa sorte com o seu plano.

Meu corpo paralisou.

— Você não vai me ajudar?

Ele zombou.

— Não, obrigado. Me deixe fora dessa.

— Sério?

— Sim. — Ele ergueu um livro. — Esse sou eu ajudando você. Tentando encontrar uma maneira de desfazer tudo isso. Me mantenha fora dos seus esquemas românticos. — Este plano não poderia dar mais errado nem se eu tentasse. Eu precisava de uma maneira de mantê-lo envolvido em algum nível.

— Mas... eu preciso da sua ajuda.

Matt franziu os lábios.

— É mesmo? Você precisa de ajuda para flertar?

— É claro! — exclamei, fazendo o meu melhor para parecer despreocupado. — Sim! É isso! Eu preciso de um cúmplice. Alguém para me ajudar e me dar conselhos.

— Alguém que você não esteja perseguindo — ele declarou, a boca pressionada em uma linha firme.

Tá bom, Matt, não há necessidade de *esfregar* isso na minha cara. Eu entendi da primeira vez. Alto e claro.

— Sim, alguém que não esteja perseguindo — concordei, forçando um sorriso casual em meu rosto. — Então, você vai me ajudar? Eu não posso fazer isso sem o meu melhor amigo.

— Certo — ele respondeu, baixinho. Balançando a cabeça, deu um sorriso indiferente e bateu no meu ombro com o livro. — Certo. É claro que vou ajudar você. Quero que continue vivo, mesmo que eu te transforme em um sapo.

O alívio me inundou. Tudo bem. Poderíamos superar essa conversa bastante embaraçosa sobre os meus sentimentos e seguir em frente. Eu ainda tinha esperança de que a princesa pudesse me ajudar a fazê-lo mudar de ideia e, enquanto isso, eu poderia começar meu plano reserva. Eu teria que cortejar os outros de verdade, só que com a ajuda do Matt. Ele sempre me ajudava, porque era leal ao extremo e realmente a melhor pessoa que conhecia. Não percebi o quão importante era a aprovação dele até que fiquei perto de não conseguir. Mas agora eu poderia permitir que a apreensão diminuísse e a tensão em meu corpo fosse embora. Afundei contra as almofadas e inclinei para o lado até que minha bochecha bateu no bíceps de Matt.

— Perfeito.

— O que acabou de acontecer? Você desmaiou ou adormeceu?

Gemendo, cutuquei sua costela.

— Nada. Estou cansado e pensando.

— Ah, é por isso que senti cheiro de fumaça.

— Engraçadinho.

— Sou hilário. Pensei que você soubesse.

Eu bufei.

— Ok, então, meu plano. — Meu primeiro instinto era me ajeitar para perto de Matt, mas eu estava ferido e envergonhado com nossa conversa, então me esparramei na almofada do lado oposto ao dele no sofá e meio que me virei para encará-lo. Eu não tinha pensado tanto no plano antes de invadir a biblioteca, minhas esperanças estavam em Matt, então eu teria que inventar os próximos passos na hora. Ainda bem que era bom em improvisar. Eu só precisava começar do início.

— A primeira parte em que a princesa disse que seu coração se suavizou em relação à lady foi depois que elas ficaram presas juntas na sala de arreios e começaram a se entender melhor.

— E?

— E... isso foi o que Sionna disse que gostaria em um parceiro em potencial. — Rá! Ainda bem que prestei atenção durante aquela conversa.

— Eu pensei que poderia ser a Sionna — Matt murmurou.

— O quê?

— Nada. — Matt balançou a cabeça. — Então — ele continuou, prolongando o som das vogais —, você quer ficar preso em uma sala com a Sionna.

— Sim.

— Para que vocês dois possam conversar e se conhecer melhor.

— Exatamente.

— Aqui vai um pensamento: por que você simplesmente não a convida para um piquenique ou para um passeio com você pelo jardim?

— Motivo um: flechas. E o motivo dois: porque então ela saberá que estou tentando cortejá-la.

— E isso é ruim?

— Sim.

— Então você está cortejando de maneira furtiva.

— Exatamente.

— De novo, por quê?

— Porque precisa ser natural, como se o destino nos unisse. Foi o que aconteceu com a princesa.

— E o destino vai ser...

— Você. Você é o meu destino. — Tentei não corar muito com essas palavras. — Quero dizer, você vai nos prender juntos.

Matt ficou rígido.

— Arek — ele brincou com um fio solto da túnica azul. Seu cabelo escuro caiu em seus olhos. — Eu não sei. Falei que ajudaria, mas não quero enganar nossos amigos.

— Não é enganar. Você vai apenas nos trancar e nos soltar depois de algumas horas. Não contará nenhuma mentira. Nada demais.

— E depois, o quê? Vocês vão se apaixonar? Aí você vai se casar com Sionna?

O pensamento fez minha garganta apertar de ansiedade.

— Não seja tolo. — Eu sufoquei as palavras passando pela minha boca seca. — É claro que não vamos nos apaixonar logo de cara, isso levará algum tempo para acontecer. A parte de ficarmos presos juntos é apenas o começo. Para testar a química e ver se algum dos nossos corações amolece.

— Isso soa como um problema médico.

— Que foi? Foi assim que a princesa descreveu. Mas não se preocupe, não vejo Sionna como alguém que vai pular em meus braços e implorar para se casar comigo. — Então, para mudar o foco, acrescentei: — Ela não é o filho de um dono de taverna.

Matt se lançou para sua pilha de livros, seu rosto tingido de vermelho brilhante.

— Sapo! Estou transformando você em um sapo agora mesmo!

Rindo como um louco, eu mergulhei atrás dele, minhas mãos agarrando sua cintura. Foi instintivo estender a mão para ele e provocá-lo. Éramos fisicamente próximos desde meninos, mas agora isso tinha uma conotação estranha, uma fração de segundo de estranheza que decidi deixar de lado. Era o Matt, e se sentia uma pontada de excitação misturada com dor de cabeça, isso era um problema meu. Eu o puxei para trás, longe do livro de feitiços, enquanto ele forçava para frente. Nós nos desequilibramos e caímos do sofá, e acabei jogando Matt no chão. Batemos na mesa e rolamos como cachorrinhos, brigando de brincadeira e, como de costume, sendo destrutivos, derrubando uma pilha de livros. Matt ria enquanto lutávamos, como nos velhos tempos, quando brincávamos nos campos ou no palheiro.

— Saia de cima de mim — Matt mandou empurrando as mãos contra o meu rosto, o seu próprio corado enquanto ele ofegava com respirações cheias de risos. — Seu imbecil.

— Como você ousa chamar seu rei de imbecil.

Ele me deu uma joelhada nas costelas, e eu tombei para o lado, esmagado entre Matt e o sofá, nossos corpos nivelados dos nossos ombros até os joelhos, espremidos no pequeno espaço entre as pernas do sofá ornamentado e a mesa.

Matt me xingou. Seu peito subia e descia depressa enquanto ele ofegava pelos curtos minutos de esforço.

— Você é péssimo — ele declarou, mas deu um largo sorriso e seus olhos enrugaram. — Realmente péssimo. Eu não sei de onde eles vieram com essa história de Rei Arek, o Bondoso — bufou.

Gemi.

— Você ficou sabendo?

— Quem não ficou?

— Suponho que você não tenha encontrado nada aqui que me ajude a não me tornar Rei Arek, o Bondoso.

A atmosfera entre nós mudou em um instante.

— Não, nada. Eu encontrei um livro de feitiços para estudar depois. Encontrei um livro de leis. E um livro de leis mágicas. Mas nada para desfazer o que aconteceu quando você se sentou no trono com a coroa na cabeça.

— Além da morte?

— Além da morte.

— Bem, então, é melhor eu começar a cortejar.

Matt deu um longo suspiro de sofrimento. Estava acostumado com eles, principalmente quando estava tentando convencê-lo a fazer alguma aventura tola e divertida na aldeia. E eu os ouvi com bastante frequência em nossa jornada para cumprir a profecia. Apesar das suas implicações negativas, era um conforto ouvi-los, porque significava que Matt estava ao meu lado, escutando meus esquemas estúpidos e prestes a ter problemas ao meu lado.

— Tudo bem — ele concordou. — Vou sugerir que você e Sionna investiguem a torre da princesa juntos e vou trancá-los lá dentro. Satisfeito?

Eu sorri para o teto.

— Muito.

— Bom. Agora me deixe em paz, tenho que estudar.

— Sim, Lorde Matt. Vou deixá-lo com suas atividades acadêmicas.

— Você é um idiota.

— E, ainda assim, você é o meu melhor amigo. O que isso faz de você?

— O melhor amigo de um idiota.

Eu gargalhei, alto e deselegante, como o zurro de um burro. Enquanto me levantava, ele jogou o diário da princesa em mim, que bateu direto no meu peito.

— Tudo bem, tudo bem. Eu vou embora, mas amanhã cedo quero eu e Sionna trancados naquela torre. Entendido?

Sentando-se reto, o sorriso de Matt sumiu mais uma vez, e ele balançou a cabeça.

— Não abuse da sorte, majestade. Especialmente perto de um mago mal-humorado.

A maneira como ele disse majestade parecia mais um insulto que um título, e eu não tinha certeza de como me sentia sobre isso.

— Anotado. — Coloquei minha mão na porta e parei, decidindo oferecer um último ramo de oliveira. — Obrigado, Matt. Você realmente é o meu melhor amigo.

— Eu sei — ele respondeu tão baixinho que tive certeza de que ele estava sentindo dor de novo. Quase me virei, mas ele acrescentou: — Oh, olha, *existe* um feitiço para transformar alguém em sapo.

Mudei de ideia e fugi.

12

— **Não era Lila quem deveria estar acompanhando você nesta missão?** — Sionna questionou enquanto subíamos as escadas para a torre. — Ela é a especialista em pilhagens.

— Ela de fato tem os dedos mais pegajosos — concordei com um aceno de cabeça. Todo o meu corpo estava úmido de suor pela ansiedade, porque, por melhor que essa ideia fosse ontem, ela não parecia tão boa agora que estava em ação. Sionna era tão astuta e experiente quanto bonita e, além de Matt, ela era a que me conhecia há mais tempo em nosso pequeno bando. Mal havíamos começado e ela já estava cutucando meu plano. Mude de assunto, Arek. Mude de assunto! — Mas realmente gostaria de ter a chance de olhar os itens que encontrarmos, não ter que lutar por eles antes que ela os enfie em seu estoque para nunca mais serem vistos.

Sionna concordou sabiamente, seu cabelo preto solto caindo sobre os ombros. Ela usava uma túnica bordada, um par de calças largas, suas botas de couro e sua espada. Meu rosto corou quando a vislumbrei, e esperava que ela não notasse na escuridão da escada.

— Ela amadureceu, Arek. Ela deixaria você olhá-los antes de escondê-los.

— Isso foi uma piada? — Segurei a tocha mais alto, acima da minha cabeça, e apertei os olhos à luz do fogo. Um pequeno sorriso apareceu nos lábios de Sionna. — Foi uma piada! Oh, meus espíritos, toquem os sinos de alerta. Sionna contou uma piada!

— Já contei piadas antes.

— Quando?

— Eu contei.

— Não me lembro de nenhuma.

— Bem, eu contei. Talvez você não as tenha escutado porque não fica calado.

— Essa doeu. — Cobri meu coração com a mão. — Suas palavras acertaram o alvo, general. Estou ferido.

Ela balançou a cabeça. Seus olhos castanhos profundos refletiram a luz do fogo.

— Qual a palavra que você e Matt usam para se insultar?

— Pateta?

— Sim. — Ela estalou o dedo. — É isso! Você é um pateta.

— Majestade.

— O quê?

— Se vai me insultar, pelo menos use meu novo título. — Eu lhe lancei meu melhor sorriso bajulador. — Diga: você é um pateta, *majestade*.

Ela riu, um som baixo e gutural que me fez estremecer.

— Você é uma peça, Arek. Eu não entendo você de jeito nenhum.

Meu coração deu uma cambalhota e logo depois afundou no meu peito.

— O que você quer dizer com isso? — Estendi meus braços, a tocha tremeluzindo contra a pedra no pequeno corredor que circulava em direção à torre. — Eu sou um livro aberto.

— Em um outro idioma.

— Isso não é verdade. Eu sou uma leitura fácil.

Ela cantarolou.

Tudo bem, isso não era mais engraçado. Sim, todo o propósito do meu estratagema era conhecer Sionna melhor, e percebi que ela também precisava aprender mais sobre mim para que sentíssemos alguma faísca, mas doeu que ela pensasse que não me conhecia *nem um pouco*.

— Sério, Sionna. Você me conhece há meses.

Ela ergueu os ombros.

— Conheci uma versão sua, sim.

— Uma versão? — Minha voz ficou alta. Limpando a garganta, tentei outra vez. — Uma versão? — Não, não saiu melhor, ainda parecia magoado.

— E você conhece uma versão de mim.

Parei na escada e cambaleei. Meu sapato escorregou e quase caí, mas Sionna segurou meu cotovelo e me firmou.

— Você está chateado.

Sionna tinha essa capacidade irritante — e por irritante quero dizer precisa — de fazer declarações sobre coisas que deveriam ser perguntas. Ela possuía uma percepção emocional anos à frente de qualquer outra pessoa em nosso grupo, o que também a fazia parecer muito mais madura do que o resto de nós, exceto talvez Rion, embora ela fosse apenas alguns meses mais velha do que eu. Na verdade, seu aniversário seria em breve, acho.

— Não estou chateado.

Seu rosto se contraiu.

— Você está.

— Tudo bem, eu estou. — Puxei meu braço de seu aperto. — Podemos acabar com isso, por favor? — Eu era o rei mais maduro de todos os reinos. Canções seriam escritas sobre a minha sabedoria e autoconfiança.

Batendo os pés na poeira, passei por Sionna na escada e me dirigi para o patamar da torre. Sentindo que esta missão estava condenada antes mesmo de começar, eu me questionei sobre a prudência de continuar com a busca na torre, mas pareceria estranho se de repente me virasse e fosse embora. Se fizesse isso, ela pensaria que eu estava mais chateado do que de fato estava, e, sinceramente, eu não estava tanto assim, apenas fora pego de surpresa pelo fato de que Sionna sentia como se não nos conhecêssemos de verdade, mesmo depois de viajarmos juntos por vários meses.

— Arek — ela me alcançou com facilidade, suas longas pernas acabando com a pequena distância entre nós. — Arek, me espera. Eu quero explicar.

O chão estava praticamente como tínhamos deixado da última vez que estivemos ali, embora a poeira estivesse marcada com um novo conjunto de pegadas. A fechadura e a corrente estavam penduradas na porta, destruídas pela magia de Matt. Um pouco escancarada, a porta balançava livre nas dobradiças quando a empurrei.

— Oh, olhe, não há nada. Excelente. Vamos embora.

Ela agarrou a porta com a mão antes que eu pudesse fechá-la.

— Arek, você está sendo infantil.

Ugh.

— E?

— Não falei que não éramos amigos ou que não me importo com você. Eu me importo e fiquei por sua causa.

Cruzando os braços sobre o peito, inclinei-me na parede de pedra, do lado de fora da porta da torre.

— O quê?

— Não posso falar pelos outros — ela explicou, escolhendo as palavras, com a sobrancelha franzida, como se as experimentasse antes de dizê-las —, mas eu não poderia voltar para a vida que tinha antes de você e Matt caírem naquela taverna.

— Nós não caímos, nós entramos dignamente.

— Vocês estavam perdidos, encharcados até os ossos, e teriam sido comidos vivos se eu não tivesse salvado suas peles.

Ergui meu queixo.

— Eu lembro dessa situação de um jeito diferente, mas tudo bem. — Ela estava cem por cento correta; nós teríamos morrido.

— Fui treinada para lutar durante toda a minha vida. Isso é tudo que já fiz, tudo que meu pai me ensinou. Você sabe o que eu estava fazendo naquela taverna quando nos conhecemos?

Isso me pegou de surpresa. Nunca tínhamos conversado sobre isso. Ou melhor, eu nunca havia perguntado.

— Não, não sei. O que você estava fazendo naquela taverna?

— Esperando por você.

— Mentira.

Ela gargalhou de novo, e eu percebi tarde demais que era outra piada. Ela continuou:

— Eu estava esperando para encontrar um homem sobre um trabalho.

— Que tipo de trabalho?

— Do tipo mercenário.

Pisquei.

— Você era uma mercenária?

— Não — ela levantou um dedo. — Eu quase fui uma mercenária. Meu pai adoeceu, mas ele não me ensinou como operar sua forja de cutelo, apenas como lutar com as armas que ele fazia. Eu vendi tudo o que ele havia feito para qualquer um que pudesse comprar, e por qualquer preço, que como você sabe...

— Não devia ser muito porque o Perverso estava roubando a riqueza de todos.

— Exatamente. — Ela baixou o olhar e cutucou as unhas. — Eu encontrei um clã que me aceitaria, e eles arranjaram minha primeira chance de emprego. Eu tinha dezessete anos e estava apavorada.

— Mas então Matt e eu entramos cambaleando.

— E o resto é profecia. — Ela abriu as mãos com as palmas para cima. O pequeno sorriso permaneceu em sua boca, aplacando a intensidade da minha dor.

Esfregando minhas mãos sobre meu rosto, eu me apoiei contra a parede.

— O que aconteceu com seu pai? — A pergunta afugentou o sorriso, e Sionna abaixou o rosto e ficou encarando os dedos. Uma gota de sangue brotou em sua cutícula. Uau. Eu era incrível em cortejar.

— Ele morreu, várias semanas antes de eu te conhecer. Minha mãe e irmã mais nova foram morar com meus tios em outra aldeia, mas eu já havia contatado o clã e pensei em tentar a vida sozinha, talvez até ganhar um pouco de dinheiro para enviar para elas. — Seus ombros se curvaram, estragando sua postura perfeita. — Eu não poderia voltar agora, mesmo se quisesse. Não acho que o clã ficaria feliz com a forma como eu saí, e a vida na aldeia não é para mim.

— Eu não sabia.

— Como poderia saber? Eu não te contei. Não contei a ninguém do grupo.

— É, mas...

— Isso é o que eu quis dizer sobre você conhecer uma versão de mim. A versão em sua cabeça é a de uma guerreira competente que o salvou, lutou ao seu lado e o ajudou a derrotar o Perverso.

— Porque isso é verdade.

Ela balançou a cabeça, seu cabelo castanho espalhado sobre os ombros nus.

— Mas, na realidade, eu não tinha matado ninguém até aquela noite na taverna; eu nem tinha estado em uma briga de verdade antes. Eu era apenas uma adolescente apavorada sentada em uma mesa, bebendo hidromel aguado, esperando alguém aparecer e me falar quem eu tinha que machucar e quando eu poderia ganhar moedas para minha mãe e irmã.

— Aquele hidromel *estava* aguado — eu concordei. Ela fez uma careta. — Desculpa. Desculpa. Eu sou um idiota.

— Isso eu sei.

— Sinto muito. Lamento que isso tudo tenha acontecido com você. E lamento não saber disso antes.

— Está tudo bem, Arek. Mas foi isso que tentei dizer. Sua percepção sobre mim não é o meu verdadeiro eu.

Franzindo a testa, apertei meus braços cruzados no meu corpo.

— Ok, entendi o que você está dizendo. Mas, Sionna, isso foi uma aventura atrás. Você é a pessoa mais capaz que eu conheço. E é incrível. Qualquer que seja a sua versão que conheci naquela taverna, a versão que está diante de mim é a que é minha amiga. Eu coloquei a Sionna que conheço no comando de todas as nossas forças armadas, e é nessa versão em que confio.

— É muito gentil da sua parte, Arek.

Revirei meus olhos.

— Por favor, não comece com Rei Arek, o Bondoso.

— Eu não vou, mas é muito bondoso da sua parte dizer isso.

— Sinto muito, Sionna. Lamento não ter tentado te conhecer melhor antes desse momento.

Ela encolheu os ombros e desviou o olhar.

— Não tínhamos tempo.

— Eu sei, mas gostaria que tivéssemos tido.

Ela cutucou meu braço.

— Nós temos agora. Graças ao nosso grupo, temos muito tempo.

Mal sabia ela… Eu deveria lhe contar sobre a situação da alma gêmea, mas essa não era uma conversa para se ter ali na torre. Deveríamos estar sentados e deveria haver bolo. Muito bolo.

Ela apontou o queixo em direção à porta.

— Vamos completar nossa missão? Aí poderemos almoçar com os outros.

Com o estômago embrulhado, espiei dentro do quarto, sabendo que, se entrássemos, ficaríamos presos ali por período indeterminado, de acordo com a vontade de Matt. As palavras dele sobre convidar Sionna para um piquenique pareciam mais sábias agora do que ontem.

— Na verdade, Sionna…

— Shh — ela pediu, dando meia-volta. Uma adaga apareceu em sua mão de *algum lugar* e ela se agachou em posição de luta. — Tem alguém vindo.

Matt.

Em pânico, agarrei seu braço, maravilhado quando seus músculos flexionaram sob meus dedos, e a puxei.

— Espere! É o…

Ela me deu uma cotovelada forte no esterno e tropecei para dentro da torre.

13

MEU SAPATO ENROSCOU NA PONTA DE UM TAPETE E EU CAÍ COM O TRASEIRO no chão, batendo minha cabeça contra a mesinha pequena, mas robusta, da princesa. Estrelas surgiram atrás dos meus olhos, e a dor subiu pela minha coluna. Pela primeira vez, desejei estar usando a coroa, talvez ela amenizasse o impacto da pancada.

A porta permaneceu aberta, mas estremeceu como que por antecipação. Eu olhei para ela através da minha visão embaçada, mas fui incapaz de ver o corredor escuro além de onde Sionna estava. Pelo menos a tocha caiu longe de qualquer coisa que pudesse pegar fogo.

— Quem está aí? — Sionna exigiu, agachada em uma posição de guerreira, do outro lado da soleira.

— Sou eu.

— Matt! — Sionna esbravejou. Ela colocou a mão no peito em aparente alívio. — Você me assustou!

— Sionna! — Ele gritou de volta. Ele parecia sem fôlego, como se tivesse subido as escadas correndo, e ouvi uma pitada de medo em sua voz, provavelmente ao perceber a adaga estendida. — Onde está Arek?

Abri a boca para responder, mas a fechei quando a bile subiu pela garganta. Argh. Bati minha cabeça com força suficiente para me deixar enjoado. Eu gemi.

— Arek!

Matt passou por Sionna, jogando-a de lado e derrapando para dentro do cômodo ao longo do piso empoeirado de onde o tapete havia se enrolado com o meu tropeção. Assim que ele cruzou a soleira, a porta rangeu e bateu bem na cara de Sionna. Um baque ressoou e se seguiu por um "ai" discreto.

— Ah, merda! — Matt parou, a cabeça girando entre a porta fechada e meu eu esparramado.

Sionna esmurrou a porta do outro lado.

— Matt! Arek! — A porta sacudiu no batente.

Afastei a preocupação de Matt e me levantei, mas logo me inclinei para o lado e acabei enrolado de volta no chão. A parte de trás da minha cabeça latejava no ritmo das batidas dos punhos de Sionna contra a porta.

— Sionna — Matt chamou. Seu olhar treinado permanecia grudado em mim, mas ele manteve a voz calma. — Está tudo bem. Basta encontrar Lila e ver se ela consegue abrir a fechadura. — Ele fez uma careta quando disse isso, como se sentisse gosto de leite estragado.

— Arek está bem? — A alça estremeceu. — Ele me assustou. Eu não pretendia derrubá-lo com tanta força.

— Ele está bem — Matt respondeu depressa. — Ele bateu com a cabeça, mas não vejo sangue.

Alcançando a parte de trás, toquei o galo que crescia rápido. Meus dedos ficaram vermelhos, e Matt fez uma careta outra vez. Que bom que Sionna não podia vê-lo, porque ele realmente era um péssimo mentiroso.

A fechadura chacoalhou de novo.

— Por que não consigo abrir a porta?

— Está trancada.

— Você quebrou a fechadura, lembra? Quando chegamos à torre.

— Magia, então — Matt retrucou, os lábios se torcendo em um sorriso irônico. — Provavelmente a enfeitiçaram. Com sorte, Lila conseguirá dar um jeito no que sobrou da fechadura, ou Bethany talvez possa usar um encanto para abri-la.

Inclinei minha cabeça e falei sem emitir som: "sério?"

Matt balançou a cabeça. Ele ergueu as duas mãos no clássico gesto de *ops* e foi quando percebi que ele não tinha seu cajado.

Fantástico. Nós estávamos presos de verdade.

Houve outro baque forte do outro lado, e Matt olhou para o teto com as mãos nos quadris, balançando a cabeça.

— Sionna — ele chamou em sua melhor voz de Matt, direta e paciente, mas com um toque de aborrecimento —, você só vai conseguir machucar o ombro se continuar fazendo isso.

Houve uma curta pausa seguida por um grunhido de dor.

— Você pode abrir daí?

— Ná-áo. — Matt enfatizou. — Deixei meu cajado cair. Você pode ficar com ele? Não quero que caia nas mãos erradas.

— Eu posso usar...

— Não!

— *Tudo bem.*

— Encontre Lila. Acho que a vi pela última vez na masmorra. — Mais uma vez, ele fez uma careta. Péssimo mentiroso, o pior de todos. Não é à toa que quase fomos mortos naquela taverna. Entre a minha boca e a sua incapacidade de blefar, estávamos condenados desde o início. — E Bethany estava caminhando ao redor do castelo. Talvez você e Rion juntos possam quebrar a porta.

— Volto logo. Vamos tirar vocês daí.

— Nós ficaremos bem.

Matt esperou na porta até que o som dos passos de Sionna desaparecesse.

Assim que tive certeza de que ela tinha ido, molhei meus lábios, minha boca seca.

— Presumo que Lila não será capaz de arrombar a fechadura.

Bufando, Matt cruzou o cômodo e afundou ao meu lado.

— Não. Eu coloquei um feitiço na porta para ela fechar assim que duas pessoas cruzassem a soleira e só abrir depois de várias horas.

— E ela não está na masmorra.

—Eu não tenho ideia de onde ela está. Achei que enviar Sionna em uma busca inútil pelos outros seria melhor do que tentar explicar toda essa situação quando Lila não conseguir abrir a fechadura.

— Boa decisão.

— Você está bem?

Com a ajuda dele, consegui me sentar. Minha cabeça girou, mas focar no rosto de Matt pareceu ajudar.

— Estou bem.

— Ok. Bom. Não podemos ter um rei com uma concussão.

Levantando minha sobrancelha, observei a expressão de Matt. Apesar de seu semblante calmo ao falar com Sionna pela porta, ele parecia inquieto.

— Você está bem? Parece angustiado.

— Há? Ah, bem. — Ele passou a mão pelo cabelo escuro, sobre a parte de trás que se projetava de um redemoinho. — Acabei de ver meu melhor amigo ser arremessado por uma porta e ouvi um estrondo. Sionna é forte. Achei que ela tivesse machucado você de verdade.

— Oh, Matt. — Coloquei minhas mãos sobre meu coração, apenas meio de brincadeira. — Você realmente se importa comigo.

Ele deu um empurrão no meu braço.

— É, tanto faz. Seria uma pena mantê-lo vivo por nove meses pra você ser morto pela sua general recém-nomeada.

Verdade. Isso teria sido péssimo.

— Obrigado.

— De qualquer forma, eu só vim aqui porque minha armadilha não havia sido acionada e eu queria ter certeza de que ficar preso com alguém ainda fazia parte do seu plano brilhante.

Tombando para frente, apoiei meus cotovelos nos joelhos.

— Sobre isso… por mais que me doa admitir, eu deveria apenas ter convidado ela para um piquenique.

— Espera, o quê? — Ele colocou a mão atrás da orelha. — Eu ouvi direito? Você disse que eu estava certo?

— Sim. Mas não fique se gabando. Estou com uma dor de cabeça horrível.

— E de quem é a culpa?

— Sua! — Matt se abaixou, esquivando-se por pouco dos meus braços agitados. — E, além disso, você quase foi perfurado pela adaga da Sionna. As coisas podem ter estado relativamente calmas por aqui, mas ainda estamos em alerta máximo.

Matt puxou os joelhos até o peito e cruzou os braços sobre eles, refletindo a minha pose.

— Sim. Às vezes, estremeço ao ouvir sons na biblioteca, ainda mais quando estou sozinho. E odeio quando os criados se aproximam de maneira sorrateira atrás de mim. Estou com medo de acertar um acidentalmente com meu cajado!

— Isso seria lamentável. Essa Melody faz um chá muito bom.

Cutucando-me com a ponta da bota, Matt me olhou com desaprovação.

— Você nunca consegue falar sério?

— Não consigo dormir — confessei baixinho, depressa, mais honesto do que já fui. — Eu apenas fico olhando para o dossel da cama até que desmaio de tão exausto.

A expressão de Matt suavizou.

— Acho que estamos lidando com uma resposta ao estresse pós-traumático. Passamos nove meses fugindo. E deveríamos ver com os outros como eles estão lidando com isso.

— Essa é uma boa ideia.

Ele desviou o olhar, encarando o piso de pedra.

— Então, o que aconteceu?

— Eu caí e bati com a cabeça.

— Não. — Sua exasperação era um som familiar e reconfortante. — Com Sionna. — Ele pigarreou. — Vocês não entraram na torre.

— É. Sionna acabou se abrindo para mim sem precisar de muito estímulo. Acho que o cenário de presos juntos é mais para pessoas que não estão dispostas a compartilhar seus sentimentos e podem precisar de proximidade e longos silêncios para encorajar a conversa.

Matt se remexeu no chão e se levantou, de repente, pegando a tocha que se apagava no canto onde a chama lambia as paredes de pedra. Ele a ergueu, e as chamas tremeluzentes lançaram sombras estranhas nas paredes.

— Devemos procurar para ver se realmente não tem nada nesta torre.

— Não tem.

Matt jogou o cobertor surrado que estava na pequena cama dobrada no canto para trás.

— Tem certeza?

— Lila já tirou tudo de valor. Pedi que ela fizesse isso um dia depois de me tornar rei. — Sentar na pedra nua estava começando a ficar desconfortável. Arrastei-me até o tapete que me fez tropeçar e me esparramei no grosso tecido. Minha cabeça latejava, então coloquei meu braço sob ela como um travesseiro, tomando cuidado para não pressionar o ferimento.

— Sem querer ofender nossa amiga, mas ela não considera coisas valiosas a menos que sejam brilhantes.

— Não é bem assim, ela estava certa sobre o diário.

— É? — Matt indagou, puxando a estrutura da cama de madeira para espiar atrás dela. — Como aquilo está te ajudando?

— Não seja um idiota, não agora. Estou com dor.

— Vamos ficar em silêncio então.

Com os olhos estreitados, estiquei meu pescoço para fitá-lo e fiz beicinho. Matt me ignorou e cantarolou enquanto continuava sua busca. Ele vasculhou o guarda-roupa no canto e depois foi até as cortinas pesadas. Fechei meus olhos ao som de gavetas sendo abertas e móveis sendo movidos. Depois de vários minutos, ouvi um suspiro pesado de Matt e uma série de rangidos quando ele presumidamente caiu no colchão antigo. Uma nuvem de poeira escapou no ar e eu espirrei.

— Que os espíritos te abençoem — Matt murmurou.

Passei minha manga sob meu nariz.

— Obrigado.

Voltando ao silêncio, mantive meus olhos fechados e deixei meus pensamentos vagarem. Meu relacionamento com Matt era tipicamente cheio de provocações fáceis que podiam preencher vazios e que não deixavam muito espaço para o silêncio. Sempre achei isso confortável e familiar, um hábito para repetir cada vez que o via; mas, sentado em silêncio, me perguntei se era apenas isso: um hábito, uma maneira de evitar assuntos mais difíceis. Claro, já tivemos conversas sérias, as pesadas que você pode ter com os amigos sobre a vida e o medo existencial. Além disso, nós nos mantivemos próximos no início da nossa jornada, quando estávamos na estrada com os outros e a nossa confiança neles ainda era muito frágil, na melhor das definições. Mas, à medida que a missão prosseguia, havia cada vez menos tempo para discussões prolongadas. E embora minha tentativa ontem à noite de mergulhar em algo mais profundo não tenha saído do jeito que esperava, talvez eu ainda pudesse usar este cenário da torre a meu favor.

— Por que você não quis me ajudar com isso?

Matt deu um suspiro rápido e surpreso.

— O quê?

— O flerte. Você me ajuda em tudo, o tempo todo. Até mesmo quando éramos crianças. Você está ao meu lado desde o começo. — Minha testa enrugou quando puxei o cabelo pegajoso de sangue na parte de trás da minha cabeça. — Por que não com isso?

Pode ser insensato esperar que talvez eu tenha interpretado mal alguma coisa e que ele esteja se segurando por algum outro motivo. Mas, se alguma vez houve um momento para forçar a barra, a hora era agora. Matt não respondeu de imediato. Eu fiquei quieto e lhe dei um tempo. Quanto mais ele esperava para falar, mais eu desejava não ter feito a pergunta.

— Deixa pra...

— Eu não queria me envolver.

As palavras saíram com pressa, misturando-se tanto que demorei um pouco para compreendê-las. Eu me esforcei para sentar, então o encarei.

O canto da sua boca abaixou e eu poderia jurar que vi um lacrimejar em seus olhos escuros.

— Você o quê?

Matt estufou o peito e endireitou a postura, como se estivesse se preparando para enfrentar um inimigo em vez de um amigo. Doeu, de uma forma estranha, pensar que Matt precisava se esforçar para falar comigo. Comigo! A pessoa que ficou ao lado dele quando sua mãe morreu. A pessoa que o defendeu das outras crianças da aldeia. Ele foi a razão pela qual dei meu primeiro soco quando um garoto mais velho o empurrou. Eu machuquei minha mão e depois tive que aguentar um sermão do meu pai — não sobre os socos, ele concordou com aquela parte — sobre como dar um soco que iria machucar o outro e não a mim mesmo.

— Eu não quero conversar sobre isso.

— Azar o seu. Estamos presos e não há mais nada para fazermos. Vamos conversar sobre isso.

— Eu não sou a Sionna. — Seu rosto ficou vermelho, o rubor subindo por suas bochechas e descendo pela garganta. — Eu não quero ser uma marca na sua lista de flertes.

Ai. Bem, isso deixou claro que Matt não estava interessado em ser minha alma gêmea. Um pouco de tato teria sido bom. Lágrimas arderam em meus olhos, e não eram o resultado do ferimento na cabeça. Senti a dor explodir outra vez e, de repente, fiquei com raiva. Com raiva do Perverso por ser tão canalha que alguém teve que usurpá-lo; antes de tudo, com raiva do mago por me mandar pra cá; e com raiva de mim mesmo por pensar que Matt iria querer ficar comigo.

— Não, você não é a Sionna. Você é o Matt, meu melhor amigo. E por alguma razão, você não queria me ajudar a salvar a minha vida.

Ele se recusou a me olhar nos olhos e ficou encarando um ponto acima da minha cabeça do outro lado do cômodo.

— Não importa. Estou ajudando você agora. — E agora eu estava *puto*. Estava cansado daqueles rodeios. Se ele realmente não me queria, eu queria ouvi-lo dizer isso. Eu *precisava* ouvi-lo dizendo isso.

— Isto é importante. Importa para mim. Agora, responda à minha pergunta.

— Isso é uma ordem?

Eu recuei.

— O quê? Não.

— Então vá se ferrar, *majestade*.

— Uau. Tudo bem. Tanto faz. Seja um babaca.

Seu olhar disparou para o meu muito rápido.

— Tudo bem. Você quer discutir? É isso o que você quer??

Apesar da minha dor de cabeça, me endireitei. Eu não gostei da postura superior de Matt em relação a mim na cama. Mas eu não confiava em minhas pernas para chegar até a cadeira e pro inferno que eu pediria ajuda a ele.

— Seu plano é absurdo. — Ele cruzou os braços em resposta e me olhou furioso. Droga, ele era teimoso. Se eu não estivesse tão bravo, eu o teria provocado sobre isso.

— Sim, meu plano pode ser absurdo, mas é tudo o que eu tenho agora. A menos que você prefira que eu morra. O que eu acho que você prefere, já que inicialmente se recusou a me ajudar.

Ele revirou os olhos.

— Por que você está tão agarrado a isso? Eu estou te ajudando! Armei esta armadilha estúpida como você pediu.

— Porque eu quero saber.

— Porque eu não entendo essa magia! — Matt explodiu com som e movimento, jogando os braços para o lado. — Ok? Eu não sei nada sobre leis de sucessão mágicas ou uniões de alma. E não tenho nenhuma experiência com *romance*! — Ele cuspiu a última palavra como se tivesse gosto ruim. — É isso o que você quer ouvir? Não sou habilidoso o suficiente em nenhuma dessas questões para conseguir te ajudar. Eu quero, mas eu... — ele cerrou os punhos. — ... *não posso*. Não sei como ajudar com isso, Arek.

Isso me surpreendeu.

— O quê?

Matt me lançou um dos seus olhares furiosos clássicos.

— Eu nunca... você sabe disso. Não sei por que tenho que explicar. Você cresceu comigo e sabe que os outros aldeões não estavam batendo na minha porta para serem meus amigos, muito menos me procurando para namoros. Eu era o garoto estranho que foi expulso da sua aldeia anterior por causa de um boato de magia. Não tinha outros amigos além de você. Não sei como ajudar com relacionamentos ou com *flertes*. — Matt caiu dramaticamente para trás no colchão e outra onda de partículas irrompeu da cama girando sob a fraca luz do sol.

E, assim, minha raiva se dissipou e foi substituída mais uma vez por aquela pequena chama de esperança teimosa.

— É isso?

— É isso? É *isso*? Ah, certo, esqueci com quem estava falando, o rei da irreverência. Não deveria ser Rei Arek, o Bondoso...

— Nisso nós concordamos.

— Deveria ser Rei Arek, o Idiota!

— Ei!

— Você não tem ideia de como é não ser capaz de ajudar naquilo em que supostamente sou bom.

— Matt. Você faz um milhão de coisas incríveis por dia com sua magia. Você pode limpar o vinho derramado e escancarar as portas. — Ele me lançou um olhar exasperado. — Tudo bem, talvez esses não sejam os exemplos mais grandiosos da sua magia. Mas você é a única pessoa em quem confiaria para me ajudar com isso. — Eu pausei. — Espere, você pode fazer essas coisas sem os funcionários?

— É claro que eu posso. O cajado concentra meu poder e me torna mais forte, mas sempre fui capaz de... fazer coisas com magia.

— Huh. Acabei de perceber... Sempre me perguntei como você conseguia completar suas tarefas tão rápido.

A boca de Matt se contraiu em um sorriso presunçoso.

— E você nunca me ajudou? Todos esses anos, poderíamos ter tido tanto tempo livre!

Ele ergueu um dedo.

— Prova número um do porquê eu não contei a você quando éramos crianças. Não queria ser submetido aos seus caprichos. Eu era um jovem impressionável e você teria me coagido a pregar peças nos fazendeiros.

Eu agitei minhas mãos.

— É claro que teria!

Matt balançou a cabeça, sorrindo, e então ficou sério, me encarando com um olhar duro quando se lembrou que deveria estar com raiva de mim.

— E outra coisa — continuei —, você teve muitas oportunidades para ter um relacionamento. Você que se distanciava das pessoas. — Não permiti que um traço de amargura transparecesse em meu tom. — Não é minha culpa que você não tenha outros amigos além de mim.

Matt se levantou rápido e apontou o dedo no meu rosto.

— Você não entendeu! Barthly já havia reinado por mais de vinte anos quando nós nascemos. Ele destruiu nosso reino e os reinos vizinhos. Ele havia travado uma guerra e havia matado milhares de pessoas. E fez isso com *magia*.

Ah, eu estava incomodado com aquela palestra e com a diferença de altura. Firmei minha mão na borda da mesa e me levantei. Meu mundo girou e minha visão escureceu, mas pelo menos assim eu ficava mais alto. Desse jeito, eu poderia lidar com a raiva justificada de Matt pelo menos.

— Estou ciente, obrigado. Posso ser *bobo*, mas não sou ignorante. O que isso tem a ver com alguma coisa?

Matt riu, um som cruel e mordaz. Ele respirou fundo e sua mão tremia quando a empurrou no meu peito. Seu toque queimou por sobre minha túnica.

— Durante uma geração inteira, Barthly foi tudo o que os moradores sabiam sobre magia. Não as bruxas protetoras que preparavam poções de cura que ele reuniu e matou nos primeiros anos de seu reinado. Não as pixies ou outras criaturas mágicas da floresta que se esconderam da sua ira. Nem mesmo os bardos, como Bethany, que desapareceram porque colocaram magia em suas canções. Não. Nosso povo só conhecia O Perverso, tudo o que ele tinha feito e tudo o que planejava fazer. E não importava o quão bom, inocente ou gentil eu fosse, minha magia estaria associada a *ele*. Não importava se a usaria para o benefício da aldeia, eles só veriam o mesmo poder fluindo em minhas veias como viam nas dele. Eu teria sorte se fosse apenas expulso da vila.

Minhas têmporas latejavam, mas a dor física era irrelevante se comparada à raiva e à dor que latejavam dentro de mim.

— Oh.

— Não é como se eu não quisesse relacionamentos, é que não poderia tê-los. Eu não podia permitir que ninguém se aproximasse. — Matt encolheu os ombros. — Exceto você. Você não me deixou afastá-lo.

Um nó se formou na minha garganta.

— Bem, eu queria ser amigo do garoto estranho, mesmo ele não confiando em mim para contar seu maior segredo.

— Eu não podia confiar em você. Não quando nos conhecemos, e não mais tarde, quando não sabia se você conseguiria manter segredo em vez de tagarelar para qualquer pessoa bonita que piscasse para você.

— Isso não é justo. — Era totalmente justo.

Matt franziu o rosto e balançou a cabeça.

— Mesmo agora, é tudo sobre você. Não sobre mim e o que sentia.

— Bem, talvez esteja um pouco preocupado que meu conselheiro mais próximo não confie em mim. — Quanto mais eu levantava minha voz, mais minha cabeça doía. Eu agarrei a mesa e minhas juntas ficaram brancas. — Você confia em mim agora, Matt? Hein?

Matt pressionou a boca em uma linha reta, os lábios apertados. Ele não respondeu.

— E então?

— É claro que confio, Arek! — Ele gritou. — Mas você entende? Eu tinha só um amigo. — Ele me empurrou novamente. Dei um passo vacilante para trás, meus dedos suados deslizando pela madeira laqueada até conseguir agarrar a borda. — Um! Uma pessoa que fingiu gostar de mim, eu não poderia colocar isso em risco. Por nada.

Eu congelei com suas palavras. Seria possível... ele poderia estar falando sobre o nosso presente? Matt estava com medo de que meu sentimento por ele arruinasse nossa amizade? Ainda mais porque ele havia deixado claro que não sentia o mesmo? Eu compreendia. Sentia o mesmo medo — e fora uma das razões pelas quais mantive isso para mim mesmo durante nossa missão —, mas não gostei, nem um pouco, disso. O fato de ele estar com tanto medo de perder minha amizade. Ele respirou fundo e continuou antes que pudesse responder:

— Você era querido por todos, assim como seu pai. Todo mundo queria ser seu amigo e tive a sorte de poder entrar em sua órbita. Depois que minha mãe morreu, virei o órfão da aldeia. O *fardo* da aldeia. Sua amizade significou tudo para mim. Abriu oportunidades que você nem percebeu, pessoas que me permitiam fazer seus trabalhos manuais só porque me viram caminhando com você pela praça. Eu não conseguia imaginar o que minha vida poderia ter sido sem você. Teria sido ainda pior se os rumores sobre magia se provassem verdadeiros.

Minhas bochechas coraram de vergonha. Matt estava certo. Aqui estava eu apegado aos meus próprios sentimentos, quando ele estava parado na minha frente, abrindo seu coração sobre todas as lutas as quais eu ignorava quando estávamos em casa.

— Eu não sabia.

A boca de Matt se ergueu em um meio sorriso.

— Não, você não sabia.

— Sinto muito.

Dando de ombros, Matt colocou as mãos nos bolsos e balançou em seus calcanhares. Ele se afastou e só então percebi o quão perto estávamos, como estávamos gritando na cara um do outro.

— Está no passado. Você não pode mudar nada agora.

— Não. Bem, sim, eu poderia. Sou o rei. Eu poderia fazer muito, talvez, tecnicamente. — Balancei minha cabeça, o que foi uma má ideia. Travei meus joelhos para não desmoronar. Esta era uma conversa importante, e não poderia encerrá-la desmaiando. — Mas, me desculpe por não ter prestado atenção. Lamento que você tenha passado por isso. E lamento não estar atento o suficiente para perceber e fazer algo para tornar as coisas mais fáceis para você.

— Você fez o suficiente apenas sendo meu amigo.

— Esse é um padrão de exigência baixo, Matt.

Ele encolheu os ombros mais uma vez.

— Você deixou Bodin com o lábio sangrando quando ele me empurrou para os porcos. Foi um verdadeiro ato de amizade.

— Ele mereceu. Os porcos são perigosos e tínhamos o quê, dez anos? Você era pequeno e poderia ter se machucado de verdade.

Matt sorriu — o seu sorriso verdadeiro — e meu mundo se endireitou. Bem, não literalmente. Tudo ainda estava confuso e corria o risco de perder minha batalha com a consciência, mas Matt ainda era o meu melhor amigo e entendi coisas sobre ele que não fazia ideia antes. Huh. Talvez a proximidade e os longos silêncios funcionassem também para os amigos, não apenas para os inimigos.

— Lamento não poder ajudá-lo mais — falou em voz baixa. Ele entrelaçou os dedos. — Não quero que você morra, mas não acho que esse plano de flertar com os nossos amigos deva ser a única alternativa.

— Tudo bem. Justo. Vamos elaborar um plano de contingência. Apenas por precaução.

Matt concordou com a cabeça.

— Ok. Farei o que puder para ajudar. Com a magia e com o... — ele torceu o nariz — ... flerte.

— Obrigado. — Soltei um suspiro. — Além disso, você não pode ser tão ruim assim. Quero dizer, o filho do dono da taverna...

— Arek! — Matt exclamou, exasperado e lindo. Sua boca se abriu em um sorriso incrédulo.

Dei um largo sorriso.

— Devíamos ter conversado sobre tudo isso há muito tempo.

— Concordo.

— Oh — Matt exprimiu, sua respiração fazendo cócegas na minha orelha. — A porta.

Eu me virei, e a porta estava aberta.

— Não se passaram várias horas, passaram?

— Não. — As bochechas de Matt coraram. — Eu... hum... coloquei uma condição extra no feitiço. Devemos ter cumprido isso.

— O que era? E não minta pra mim — acrescentei quando a expressão de Matt se comprimiu.

— A porta se abriria quando o verdadeiro entendimento passasse entre as pessoas aqui dentro. Satisfeito?

Bem, huh. Veja só. No fim das contas, meu plano não era tão horrível.

— É claro. Está aberta.

— Certo. Vamos levá-lo ao médico da corte. Acho que você pode ter se machucado mais do que deixou transparecer.

— Não tenho objeções quanto a isso.

— Essa é a primeira vez.

Matt jogou meu braço sobre seu ombro e saímos da torre, apoiados um no outro enquanto descíamos os degraus. Eu me senti mais leve do que há muito tempo, emocionalmente, não fisicamente — mas pelo menos ainda tinha Matt, e estávamos mais próximos do que antes. Também tive a confirmação de que meu plano de flerte poderia funcionar. Ele precisava de alguns ajustes, mas estava no caminho certo para encontrar minha alma gêmea, mesmo que não fosse a pessoa que desejava.

14

— CHEGOU AO MEU CONHECIMENTO — DECLAREI ALGUNS DIAS DEPOIS NO jantar —, que ainda estamos um pouco... — meu nariz se contraiu e eu balancei minha mão — ... apreensivos.

Continuamos com a tradição que começamos em nossa primeira noite no castelo, jantando juntos em uma das salas do conselho.

Rion ergueu os olhos do pedaço de carne em seu prato.

— O que quer dizer?

— Nervosinhos.

— Não tenho ideia do que você está falando. — Lila mordeu uma maçã. — Não estou nada disso.

— Certo, e você quase não esfaqueou uma pessoa quando ela entrou em seu quarto para lhe entregar o almoço ontem.

Ela encolheu os ombros.

— Ela deveria ter batido na porta.

— Ela bateu e se anunciou. E pelo que contou, você saltou sobre ela da cama, gritando como um demônio com uma faca erguida acima da sua cabeça. Ela teve que usar uma bandeja para se defender.

— Estava tentando tirar uma soneca.

Bethany inclinou a cabeça.

— No meio do dia?

— Eu precisava de algo para fazer, estou entediada. — Uma adaga apareceu na mão de Lila e ela usou a ponta da lâmina para limpar sob as unhas.

— Então você decidiu esfaquear alguém? — Matt perguntou, incrédulo. — Lila, você sabe que essa é a definição de tenso.

— Concordo em discordar — ela retrucou.

— De qualquer forma — interrompi —, como falei, estamos todos um pouco nervosos. Quer dizer, passamos meses evitando pessoas que queriam nos matar e quase morremos umas seis vezes. Nossas reações ao estresse são válidas. Dito isso, temos que parar de assustar os criados.

Meredith limpou a garganta, e lancei um olhar em sua direção. Ela estava perto da parede, com uma jarra de vinho agarrada em seus dedos finos. Ela mordeu o lábio e acenou com a cabeça vigorosamente.

— Viram? — Apontei para ela. — Nós estamos assustando as pessoas.

Bethany colocou a mão no peito e fingiu inocência.

— Eu não tenho feito nada parecido, Arek. Tenho sido o auge do profissionalismo desde que chegamos.

— Você não encantou uma das cavalariças de modo acidental para que ela batesse repetidamente em uma parede?

— Quem disse que foi um acidente?

Estreitei meus olhos e endireitei minha coroa.

— Bethany.

— Tudo bem! Mas ela parecia a mulher que tentou nos envenenar com o ensopado daquela vez. Lembra? Na cidade? Rion vomitou por *horas*.

Ugh. Eu gostaria de poder esquecer isso. Foi dias depois de termos conhecido Rion e cumprido a parte da profecia sobre encontrar todos os membros da missão. O envenenamento fracassado foi o primeiro atentado contra as nossas vidas. De alguma forma, Barthly descobriu a profecia e, de um jeito discreto, tentou nos assassinar por meio de envenenamento. Rion sorveu uma colher do ensopado contaminado e foi o fim. Seu vômito alertou o resto de nós rápido o suficiente para que ninguém mais ficasse doente, mas toda a situação nos deixou atentos para o fato de que estávamos em perigo real, e nossa aventura se transformou de um momento muito divertido em uma missão séria.

— Bem, e era ela? — Sionna indagou. Ela havia permanecido quieta até então, lançando olhares ao redor da sala, em especial para Meredith, a única serva ali conosco. Sionna parecia atipicamente distraída.

— Não. — Bethany fez uma careta. — Não era.

— Então — Matt esticou as vogais — você reagiu de forma exagerada a uma ameaça percebida.

Ela tirou o cabelo do ombro.

— E?

— E não há vergonha nisso — respondi, cutucando uma batata. — Todos nós estamos passando por isso. Eu não consigo dormir, Sionna quase matou Matt na escada no outro dia.

— O quê?

— Sério?

— Matt, você está bem?

Ele me lançou um olhar fulminante e eu lhe dei um largo sorriso. Ao ouvir seu nome, Sionna se assustou, estremecendo ao bater com o joelho na mesa. Seus nervos à flor da pele de maneira aparente era um exemplo incrivelmente perfeito do que estávamos falando.

— Está tudo bem — Matt retrucou. — Foi um mal-entendido. Embora eu concorde com o Arek, estamos todos no limite, apesar de estarmos em relativa segurança por algumas semanas já.

— E uma vez que estamos em um padrão de segurança até recebermos notícias dos outros reinos e da população, deveríamos nos manter ocupados.

Mais uma vez, Meredith acenou com a cabeça vigorosamente do canto em que estava. O vinho espirrou de maneira perigosa na jarra, ameaçando a bela cor de manteiga do seu vestido, enquanto mechas do seu cabelo loiro caíam de sua longa trança para emoldurar seu rosto.

Sionna derrubou sua taça.

— Desculpe! — Ela ajeitou depressa para que apenas algumas gotas manchassem a toalha da mesa. Ela enxugou a bagunça com o guardanapo e pigarreou. — O que vocês estavam dizendo?

A sobrancelha de Matt ficou torta, mas ele respondeu.

— Arek está demorando muito para anunciar que vamos realizar um banquete e que todos vocês estarão tão ocupados planejando isso que não terão tempo de assustar os servos por acidente.

De acordo com os poucos registros que sobreviveram do período antes de Barthly — incluindo o diário da princesa — os banquetes eram celebrações comuns. E que jeito melhor para comemorar o novo rei? Sem mencionar que me daria uma seleção reserva de pessoas para flertar se não funcionasse com nenhum dos meus amigos. Matt e eu tivemos a ideia como minha opção à prova de falhas depois que deixamos a torre, e concordei, contanto que não precisasse planejá-lo.

Bethany levantou a cabeça depressa.

— Um banquete?

— Foi você quem disse que o castelo está vazio.

— Porque está! — Os olhos de Bethany brilharam de entusiasmo. — Precisamos convidar todos os lordes e ladies das terras e dos reinos vizinhos. E precisamos enviar mensageiros pessoais como um gesto de boa-fé.

Sionna bateu em sua boca.

— E esperar que eles não matem o mensageiro?

Matt bufou.

Bethany continuou como se não os tivesse escutado.

— E teremos um baile de máscaras depois — ela afirmou com um suspiro.

— Hum… o quê? — Tive a impressão de que isso poderia sair do controle. — Há… espere. Estava pensando em um banquete, com muita comida — expliquei.

— Porque você está pensando como um camponês.

Pisquei, me sentindo um pouco insultado.

Bethany continuou espalhando as mãos na frente dela como se estivesse emoldurando uma pintura.

— Imaginem — ela falou — toda a sala do trono decorada e cheia de pessoas em vestidos bonitos, capas esvoaçantes, máscaras; e dançando. Luz suave de velas. Muito vinho. Uma bela música enchendo os corredores. — Ela guinchou de alegria.

— Muitos bolsos para roubar — Lila acrescentou.

Matt lançou a Lila um olhar pouco impressionado.

— Não.

— E muitos cantos escuros para assassinos — Sionna adicionou. — Um baile de máscaras é perigoso. Ainda não temos segurança para defender nada tão elaborado.

Matt e eu nos entreolhamos, não tínhamos pensado nisso.

Bethany franziu a testa e cruzou os braços.

— Uau. Que maneira de me fazer criar esperanças e depois destruí-las, Sionna.

— Ainda teremos um banquete — disse. Bethany fez beicinho. Suspirei. — Um baile então. Uma celebração. Mas acho que teremos que esperar até Sionna dizer que estamos prontos. — Escondi a minha careta. Matt não teve tanto sucesso. Adiar a festa minou meu plano completamente, mas Sionna tinha razão.

Ela concordou com a cabeça.

Rion, que permaneceu quieto durante nossa discussão, bateu os dedos na mesa.

— Isso traz à tona outro problema que tem estado na minha cabeça.

— E qual é?

— Talvez você pudesse se concentrar em fortalecer suas habilidades de luta, Arek. Luta de espadas. Arco e flecha. Corpo a corpo.

Bethany deu um sorriso malicioso.

— Oh, *toma essa*, Arek.

— Bethany, você não tem nada pra fazer?

— Não, não tenho.

Pressionei meus lábios.

— Rion, tenho deveres reais que me impedem de adicionar qualquer outra coisa às minhas responsabilidades.

— Você disse que não está dormindo — Matt retrucou com suavidade. Ele tocou meu braço. — Isso pode cansar você.

— Pode ser. Vou pensar a respeito. — Eu faria isso, mas cortejar estava em minha mente e tomaria muito do meu tempo. Ainda mais se fosse encontrar alguém para se relacionar comigo em menos de três meses. Rá!

— Rion não está errado em querer manter nossas habilidades afiadas — Matt comentou. — Não devemos nos acomodar só porque estamos atrás das muralhas do castelo.

— Todos nós temos que fazer isso? — Lila perguntou. Ela se virou na cadeira para me encarar. — Você está nos ordenando, *majestade*?

Eu nunca me acostumaria a ser chamado de majestade por eles, mesmo que fosse de um jeito sarcástico. Pelo menos, desta vez segurei meu tremor.

— Não é uma ordem, mas uma forte sugestão.

Ela acenou com a faca preguiçosamente e recostou-se na cadeira, equilibrando-se sobre as duas pernas.

— Tudo bem.

— Sionna? — Apoiei a cabeça em minha mão e forcei a expressão mais adorável. Ela me ignorou, focada em seu prato, mutilando uma batata. — Algo a acrescentar?

Suas sobrancelhas se juntaram em introspecção.

— Eu não sei dançar — ela murmurou.

— Tudo bem. O que isso tem a ver com...

— Eu sei! — Meredith deixou escapar.

Sionna ergueu a cabeça e voltou seu olhar intenso para Meredith, que corou tanto que pensei que tivesse estourado um vaso sanguíneo.

— Eu vou ensinar você! Se quiser.

A expressão severa de Sionna se transformou em algo suave e afetuoso. Manchas vermelhas idênticas surgiram em suas bochechas e seus olhos escuros brilharam intensamente.

— Sim, eu gostaria.

O que diabos acabou de acontecer?

— Podemos começar hoje à noite! Depois do jantar, é claro. — Meredith se moveu depressa do seu lugar perto da parede. Ela bateu com a jarra de vinho no cotovelo de Rion. — Eu te encontro na sala de estar nos aposentos dos criados. Quero dizer, se estiver bem para você.

— Estarei lá.

Meredith saiu correndo da sala em uma confusão de saias amarelas e cabelos loiros. Em sua pressa, ela bateu a porta com força suficiente para sacudir nossos talheres, então o cômodo foi deixado em um silêncio impressionante.

— Pelos espíritos, o que acabou de acontecer? — exigi.

Bethany caiu na gargalhada. Lila se juntou a ela, envolvendo as mãos na cintura. Rion, Matt e eu nos entreolhamos em completa confusão.

— Sionna tem um encontro — Bethany cantarolou.

Sionna corou até a raiz do cabelo enquanto o rosto de Lila se transformava em algo inumano e ela sorria com todos os dentes.

— Espere! Você e Meredith? — Apontei para Sionna e depois para o lugar onde Meredith costumava ficar em nossos jantares. — Foi isso que aconteceu?

— Sim. Quer dizer, talvez? Espero que sim.

Afundei na minha cadeira.

— Huh.

— O quê? Vossa realeza não aprova?

— Há? O quê? Oh, não, quero dizer, sim, de todo o meu coração. Vá em frente. Aproveite a sua... dança. — Esta foi uma enorme reviravolta no meu plano. Eu teria que riscar Sionna da minha lista.

Bethany bufou e revirou os olhos.

— Sim, aproveite sua dança com a adorável Meredith. Todos estaremos esperando por detalhes em nossa próxima reunião.

— Oh, ei, não somos... não precisamos... estamos felizes por Sionna, mas os detalhes não são necessários.

— Fale por si mesmo — Lila retrucou. — Eu quero saber de tudo.

— Eu também. Estou vivendo sem compromisso porque os espíritos sabem que ninguém aqui mostrou qualquer interesse em tudo isso. — Bethany gesticulou para sua figura, que devo dizer, estava linda no vestido azul feito sob medida.

— Não se preocupe, Bethany — Matt disse, erguendo sua taça —, tenho certeza de que você vai expulsar os pretendentes com um pedaço de pau assim que recebermos visitantes dos reinos vizinhos e os novos cavaleiros e militares chegarem. Você é linda. — Ele jogou a cabeça para trás e bebeu um gole de vinho. Ugh. E Matt disse que não era bom em flertar. Uma pontada de ciúme passou por mim, seguida rapidamente pela dor por ele fazer isso bem na minha frente mesmo sabendo dos meus sentimentos.

Bethany deu uma risadinha.

— Matt, acharia que você estava dando em cima de mim de novo, se não te conhecesse tão bem.

Lila franziu os lábios e fez um barulho grosseiro.

— Como se Matt...

— Parem — pedi, levantando a mão. — Ok, vamos mudar de assunto ou comer em silêncio. Qualquer coisa para não falarmos mais sobre isso.

Toda aquela conversa fez meu estômago embrulhar. Sendo honesto, fiquei um pouco desapontado, porque qualquer chance que tinha com Sionna se foi, se é que alguma vez tive uma chance. Verdade seja dita, estava feliz de verdade por ela e seu encontro com Meredith. Isso era fofo. E fiquei um pouco aliviado. Exceto por agora precisar reiniciar o processo de cortejo.

— Ah, pobre Arek. — Bethany colocou o queixo na mão. — Se você está sozinho, eu conheço alguém que ficaria feliz com uma chance...

— Bethany — Matt interrompeu, a voz cortante e lançando um olhar realmente desagradável em sua direção.

Espere, eu não me importaria de ouvir mais sobre alguém que podia estar interessado em mim, mas conhecendo Bethany, devia ser algum tipo de elogio indireto ou uma observação desagradável. Ela e Matt tinham uma relação estranha de zombaria afetuosa, então é claro que ele seria o primeiro a entrar em qualquer briga verbal com ela.

— Matt — ela retrucou no mesmo tom, um pequeno sorriso brincando em sua boca —, você está se oferecendo para me ajudar a planejar o baile?

— Não. — Ele correspondeu ao seu sorriso. — Vou passar meu tempo lendo e pesquisando na biblioteca. Basicamente, encontrando todas as informações que posso sobre magia em um esforço para manter todos nós vivos.

— É justo — ela concordou.

Ficamos em silêncio enquanto terminávamos nossas refeições. Sionna foi a primeira a sair, Bethany em seus calcanhares.

— Não se preocupe — ela falou, empurrando o cabelo de Sionna para trás da orelha. — Faremos uma parada rápida em seus aposentos e colocaremos uma roupa diferente; talvez podemos aplicar um pouco de maquiagem.

Sionna gesticulou para o próprio corpo.

— O que há de errado com a minha roupa?

— Oh, querida — Bethany exprimiu. — Nada. É maravilhosa, se o seu objetivo é matar pessoas. Mas isso é um encontro e você quer impressionar Meredith um pouco, certo?

— Oh, eu quero ir junto! — Lila pulou da cadeira, saltitou sobre a largura da mesa, plantou o pé na beirada, deu um salto e caiu bem perto da porta.

— Exibida — murmurei.

Ela deslizou atrás de Bethany apenas para colocar a mão de volta e fazer um gesto rude em minha direção.

— Bem — Rion falou, enxugando os lados da boca com o guardanapo —, pelo menos elas não estão tentando esfaquear ninguém.

Eu levantei minha taça.

— Sempre olhando para o lado bom, Rion. Agradeço por isso. — Beber o que restava do meu vinho não acalmou meu estômago. Cortejar Sionna estava fora de questão. Isso me deixava com Bethany, Lila e Rion; e pouco tempo para explorar um relacionamento com qualquer um deles antes de anunciar um noivado.

Eu teria que intensificar as minhas ações.

15

ENCARAR O DOSSEL DA MINHA CAMA HAVIA SE TORNADO UM HÁBITO IRRITANTE que eu não conseguia quebrar, além de não entender por que não conseguia dormir. Eu tinha um quarto com todos os confortos oferecidos a um rei, no entanto, mesmo que o meu corpo estivesse exausto, minha mente não desligava.

Desistindo, peguei o diário da princesa e continuei de onde parei.

"O piquenique na floresta além da muralha externa e da cidade baixa foi ideia dela. Trazer nossos cavalos e arcos para caçar, foi minha. Os bandidos que nos atacaram foram uma surpresa a mais, mas sempre fui ensinada a me defender. Entre nós duas, nós os rechaçamos. Depois que alguns inimigos conseguiram fugir gritando, e aqueles que não conseguiram foram nocauteados, ela desmaiou em meus braços. Eu a peguei e a abaixei no chão da floresta. Meu coração batia forte com medo de que ela tivesse se machucado, mas tinha sido uma tática. Ela sorriu para mim quando entrei em pânico e passou sua mão em meu cabelo. Me puxando para baixo, ela..."

A batida na minha porta me fez entrar em ação e pulei da cama.

Eu podia ouvir alguém girando a maçaneta, então alcancei a mesa de cabeceira onde minha espada mágica estava apoiada. Agarrei o cabo e a posicionei na minha frente.

Matt soltou um guincho.

— Matt!

— Isso é uma espada ou você só está feliz em me ver?

Deixei que a ponta caísse e soltei um suspiro. Meu coração batia forte e a súbita onda de adrenalina me deixou trêmulo.

— O que está fazendo aqui?

— Você realmente deveria trancar a porta.

— Pensei que tivesse trancado.

— Eu sei que crescemos pobres, mas você deveria pelo menos saber como as portas funcionam.

Encostando nele, passei e fechei a porta, acionando a fechadura. Apoiei minha espada contra a madeira, equilibrando a ponta no chão.

— Você estava dormindo? — Matt perguntou enquanto entrava no cômodo. Ele saltou para o lado da cama, quicando na beirada.

— Você sabe que não.

— Acho que você deveria aceitar o treinamento de espada do Rion.

Alguns dias se passaram desde que Rion me traiu completamente e afirmou que precisava trabalhar em minhas habilidades com a espada.

— Acho que tenho coisas mais importantes com que me preocupar — respondi, apontando para o diário.

— E acho que se você encontrar algum espadachim, melhor que você e que deseje o trono, então não terá que se preocupar com se unir a outra pessoa.

Abri minha boca e então a fechei.

— Bom ponto. — Cruzei até a mesa ao longo da parede que de alguma forma sempre tinha uma tigela de frutas frescas e uma jarra cheia. Eu me servi de uma taça e tomei um gole da água em temperatura ambiente.

— O que o traz aqui?

— Então, Sionna e Meredith, hein? Isso é péssimo. Não para elas. Eu acho que é legal. Mas para você. O que você vai fazer?

— Passar para Bethany.

— Sério? Você nem vai lamentar pelo que poderia ter sido?

Semicerrei os olhos para Matt. Suas bochechas estavam um pouco coradas e seus olhos vidrados.

— Você está muito tagarela. Você está bêbado?

Matt ergueu um dedo.

— Não. — Ele soluçou. — Mas Rion e eu bebemos muito vinho.

— Rion, hein?

Matt fechou um olho e me encarou.

— Tentamos pintar e beber vinho para aliviar o estresse. — Ele ergueu as mãos como se fosse uma moldura. — Quanto mais bebíamos, melhores nossas pinturas ficavam.

— Isso é estranho.

— Minha pintura ainda é uma merda, então provavelmente não estou tão bêbado.

Balançando minha cabeça, enchi o copo mais uma vez.

— Ah, bêbado, não. Mas com certeza firmemente embriagado. — Atravessei o quarto até a cabeceira. — Aqui, você deve beber isso ou vai ter uma dor de cabeça pela manhã.

Matt pegou a taça. Arrastei-me para a cama ao lado dele e voltei para o meu travesseiro.

— Qual é o seu plano?

— Bethany disse que queria uma pessoa corajosa para resgatá-la e que queria desmaiar em braços fortes. Tenho que descobrir uma maneira para que isso aconteça, mas é realizável.

Matt chutou as pernas para cima da cama. Ele tirou as botas e se contorceu até estar encostado na cabeceira da cama, seu quadril bem próximo à minha cabeça. Ele cruzou os tornozelos. O que era um lembrete de como éramos antes de tudo isso acontecer; era como se nada tivesse mudado entre nós. Sua postura relaxada realçou como foi fácil para ele voltar a ser como éramos antes da minha confissão estranha, enquanto todo o meu ser tremia com a sua proximidade.

— Poderíamos contratar bandidos.

— Não vamos contratar bandidos.

Matt franziu a testa para a taça.

— Eu acho que prefiro você vivo ao invés de morto. Por mais que me doa, acho que talvez tenhamos que contratar os bandidos.

— Desde quando sou o responsável nesta amizade? E dói em você? Por quê? Por que você acha que é uma enganação?

— Certo. É isso.

— Ok — eu falei puxando a vogal. — Termine de tomar isto e deite. Eu não vou permitir que você vagueie pelo castelo tão embriagado.

Matt gargalhou, mas fez o que pedi e bebeu. O que solidificou ainda mais o fato de que ele estava mais para bêbado do que para embriagado. Ele colocou a taça na mesa de cabeceira e se abaixou até que sua cabeça estivesse no travesseiro. Meu coração doeu. Estava muito ciente dos poucos centímetros entre nós e ansiava por estender a mão, enrolar-me ao lado dele como tinha feito mil vezes antes. Em vez disso, fiquei parado, não querendo invadir seu espaço; mas o calor do seu corpo infiltrou nos lençóis e foi um conforto e uma tortura, tudo ao meu lado.

Ele acariciou meu rosto de maneira desajeitada, as pontas dos dedos correndo pelos meus olhos.

— Feche os olhos — ele exigiu com um bocejo. — Durma.

Minha boca ficou seca.

— Mais fácil falar que fazer. — As palavras saíram como um resmungo sussurrado. Matt não pareceu notar.

— Estou aqui. Você sempre pode dormir quando estou por perto.

Ele não estava errado. Mesmo quando éramos meninos, passávamos mais noites juntos que separados. Desde que nos mudamos para o castelo, foi o máximo de tempo que ficamos sem compartilhar a cama.

— Eu tenho muitas coisas da realeza para fazer amanhã.

— Não temos todos?

Com uma risada forçada, puxei o cobertor sobre nós dois. — Você está um desastre, Matt. Vá dormir e conversaremos de manhã.

— Essa é a minha fala — ele retorquiu com um bocejo. — Mas tudo bem.

Seus roncos suaves eram a canção de ninar de que precisava. Encarei o dossel por um momento, tamborilando os dedos contra meu peito enquanto permitia que os meus pensamentos se acalmassem, e foquei na respiração profunda e uniforme do meu melhor amigo. Fechei os olhos e adormeci bem depressa.

ACORDEI NA MANHÃ SEGUINTE COM UMA BATIDA FORTE. ABRI MEUS OLHOS E imediatamente os fechei pela forte luz do sol que penetrava pelas cortinas. Apertando os olhos, rolei para o lado para fazer um comentário sarcástico para o Matt, mas encontrei seu espaço vazio. Corri meus dedos sobre os lençóis amassados, mas o calor dele já havia sumido. A única evidência de que Matt tinha estado ali era a taça de água na mesa de cabeceira e a bagunça dos cobertores.

Uma estranha sensação de perda passou por mim com a sua ausência.

— Majestade — Harlow chamou atrás da porta. — Hora de acordar. Temos muito o que fazer hoje.

— Estou indo — reclamei, enquanto me desemaranhava dos cobertores. Em vez de ir para a porta, atravessei o pequeno aposento anexo ao meu quarto e entrei no lavatório. As batidas agitadas de Harlow continuaram, mas o ignorei enquanto me aliviava. Quando terminei, cambaleei até a porta.

— Espere um momento, Harlow.

Abri a porta para encontrá-lo do outro lado. E, como de costume, ele parecia ter acabado de chupar todo o suco de um limão.

— Bom dia.

Ele passou por mim e entrou no cômodo com uma grande quantidade de tecido pendurada em seu braço.

— Hoje é o seu primeiro dia de petições e o senhor deve estar vestido para o papel.

— Petições? — Passando minhas mãos pelo meu cabelo, bocejei mais uma vez, meus olhos enrugando. A crosta de baba perto do meu lábio rachou. Corri a manga do meu pijama pelo rosto, ganhando um olhar de desdém convincente do Harlow.

— Já discutimos sobre isso, majestade — ele disse, pendurando a pilha de roupas no pé da cama. — Uma vez por mês, o povo é convidado ao castelo para fazer uma petição ao rei com o objetivo de resolver disputas ou pedir ajuda. É a sua primeira aparição pública como governante desta terra. É um dia importante.

Conforme ele explicava, a porta dos meus aposentos se abriu e um criado entrou carregando uma grande banheira. Ele a colocou no chão ao lado da lareira e mais funcionários entraram na sala, carregando baldes cheios com água limpa até a borda. Em minutos, minha lareira ganhou vida, a banheira estava cheia, e os servos desapareceram tão rapidamente quanto chegaram.

— Banhe-se, majestade. Voltarei em breve para ajudá-lo a se vestir.

— Eu posso me vestir sozinho, Harlow.

Ele bufou.

— Dificilmente.

— Espere! — Ele parou na porta. — Os outros vão estar lá comigo?

— É claro, majestade.

— E eles também estão tendo o tratamento real esta manhã?

— Eu pedi banhos e regalias a todos eles.

Rindo, tirei minha camisa de pijama.

— Excelente. Obrigado.

Ele se curvou e saiu.

A água do banho estava fria, apesar de estar ao lado da lareira. Ela não tinha o calor fumegante que Matt era capaz de fazer com a magia. Contudo, pelo menos estava limpa, e o sabão que os criados deixaram cheirava a uma especiaria forte. Esfreguei tudo, até atrás das orelhas e as plantas dos pés. O ferimento na parte de trás da minha cabeça ardeu um pouco por causa do sabonete, mas foi um pequeno desconforto. Assim que fiquei satisfeito, me levantei e saí da banheira, envolvendo-me na toalha que Harlow havia deixado.

Tremendo com o ar frio da manhã, minha pele ficou arrepiada enquanto eu vasculhava as roupas em busca de uma túnica. Ou calças. Ou algo vagamente familiar com qualquer coisa que já tivesse usado antes. Uma sensação semelhante ao pânico passou por mim quando percebi que as vestes reais que Harlow havia trazido eram mantos. E não apenas mantos, mas uma capa com peles e correntes de ouro, laços e mangas bufantes.

Ah, não.

A porta se abriu com tanta força que bateu na parede e me assustou. Deixei cair a pele de arminho que segurava entre os dedos enquanto Lila tropeçava pela porta em um tornado de tecidos — o cabelo uma bagunça — e fitas se arrastando atrás dela. Minha amiga se virou, saltou na porta e jogou o corpo contra ela. Os sons de pancadas batendo do outro lado da madeira ecoaram no pequeno espaço.

— Que porra é essa, Lila?

— Elas estão atrás de mim.

Alarmado, agarrei a toalha com mais força em volta da minha cintura e me lancei em direção à minha espada. Quando estava em minha mão, corri em direção à porta e me inclinei contra ela, mantendo a ameaça do outro lado.

— Quem? — exigi.

— As criadas!

Eu pisquei em confusão.

— As criadas? Por que você está fugindo das criadas?

— Elas estão tentando me torturar!

Eu observei as fitas, o tecido pendurado em ambos os seus braços e a selvageria do seu cabelo que parecia ser um penteado abandonado.

— Você está usando um vestido?

— Tortura! — ela berrou. — Isso é cruel e fora do normal. Eu protesto!

A adrenalina me deixou acabado e eu afundei contra a porta.

— Lila.

Ela agarrou um punhado do tecido vermelho brilhante e o sacudiu na minha direção, sua saia fofa levantada para mostrar um par de pernas claras e magras envoltas em suas botas regulares de cano alto.

— Um vestido! Como vou correr com isso? E ouça — ela remexeu a cintura e o tecido balançou. — Isso parece silencioso? Você acha que eu poderia chegar de maneira furtiva em alguém vestida com isso?

Escondi meu rosto atrás de uma mão para disfarçar meu sorriso. Espíritos. Achei que fosse um assassino. Do jeito que estava, era uma trapaceira em um vestido vermelho.

— Por que você está pelado? — Lila exigiu.

— Porque acabei de tomar um banho.

Uma batida firme soou em todo o quarto. Foi tão forte que senti a madeira vibrar contra as minhas costas.

— Não se atreva a abri-la. Essas criadas tentaram fazer alguma coisa no meu cabelo. — Ela acenou com a mão para o ninho de ratos frisado no topo da sua cabeça.

— Tipo escovar?

Ela se irritou.

— Eu escovo todas as noites e faço uma trança. Isso deve ser o suficiente!

— Segure isso. — Suspirando, entreguei-lhe minha espada.

Ela pegou o cabo na mão e ergueu a ponta para a porta de maneira ameaçadora. O decote do vestido escorregou para mostrar sua clavícula acentuada.

— Assustada?

— Não. Apenas... cautelosa.

Outra batida.

Contornando Lila, agarrei a maçaneta e abri a porta com um rangido. Espiando pela pequena fenda, vi Matt e a tensão em meus ombros diminuiu ao fitá-lo.

Ele estava no corredor, rodeado por um bando de criadas. Eu mal conseguia ver seus braços cruzados sobre o peito por causa da quantidade de tecido que o envolvia. Seu cajado cutucava a curva do seu cotovelo. O manto ia até o chão e se arrastava atrás dele como um véu. Eles eram de um azul profundo com detalhes prateados, e seu cabelo estava esmagado na testa por um chapéu bufante verdadeiramente horrível, completo com uma grandiosa pluma prateada. Ele bateu o pé, parecendo descontente ao extremo.

— Eu pensei que tinha sido claro sobre o tópico dos mantos.

Não pude evitar: caí na gargalhada

— Oh, meus espíritos — Lila exclamou. — O que aconteceu com você?

— Comigo? — A voz de Matt ficou alta. — O que aconteceu com você? Isso é um vestido? E vermelho? Eu nunca te vi em outra coisa senão preto, verde ou marrom.

Lila apontou o dedo na direção das três criadas aglomeradas no canto.

— Foi ideia delas. — Uma delas guinchou enquanto ficavam mais próximas.

— O que está acontecendo aqui? — Harlow apareceu na esquina.

Sufocando minhas risadas, consegui recuperar uma aparência de autocontrole. Eu cocei minha nuca, meu torso se esticando. As criadas também começaram a rir e Lila revirou os olhos. Ela bateu nos músculos do meu estômago.

— Esconda isso, príncipe encantado. Você vai fazer com que desmaiem.

— Há?

O rosto de Harlow se contraiu como se estivesse sentindo algo desagradável.

— Majestade, o senhor está nu no corredor.

Outra gargalhada se formou dentro de mim, porque as penas do chapéu de Matt haviam caído em seu rosto, o vestido de Lila mal estava pendurado nas pontas do seu corpo, as criadas estavam realmente prestes a desmaiar, e Harlow... bem, a expressão de desaprovação de Harlow era a melhor coisa que eu tinha visto a manhã toda.

— Parece — comecei, um sorriso se espalhando tanto pelo meu rosto que tenho certeza de que parecia perturbado — que estamos tendo dificuldade com as nossas roupas.

— Eu *não* usarei um vestido.

— Se ela não tiver que usar vestido, então eu não vou usar mantos.

Dando de ombros, a ponta da toalha escorregou abaixo do meu umbigo.

— Desculpa. Eu também terei que recusar o manto.

Engasgando, a pele pálida do Harlow se aprofundou em um vermelho tingido de roxo.

— O senhor deve reinar com um mínimo de decoro. — Ele gesticulou para nós três parados no corredor: minha nudez, a quase nudez de Lila e o lindo rosto zangado de Matt. — Isso é inapropriado. Quase escandaloso. Os rumores se espalharão como um incêndio de que o Rei, sua senhora das finanças e seu mago de confiança foram encontrados em desalinho no corredor.

Lila soltou uma gargalhada. Até Matt, que havia permanecido impassível durante todo o confronto, riu. Eu levantei a mão para aplacar Harlow e as criadas deram risadinhas, e consegui entender o que ele queria dizer.

— Harlow, juro que estou levando isso a sério. Mesmo! — Assegurei quando franziu os lábios. — Mas, até algumas semanas atrás, éramos camponeses. Nunca usei um manto e não quero me preocupar em tropeçar no estrado. Acho que Matt pode se afogar com todo aquele tecido, e aquelas penas só vão fazê-lo espirrar. Não queremos que ele ateie fogo em algo acidentalmente porque espirrou, queremos? E pedir a Lila para usar um vestido só vai acabar em assassinato. Espero que não seja no meu, mas nunca teremos essa certeza.

Ele fungou.

— Isso é uma piada — esclareci. — Ela não me mataria. Estou bastante certo disso.

Harlow não parecia estar vendo graça naquilo.

Tudo bem, era hora de tentar aquela diplomacia de que tanto havia ouvido falar.

— Vou usar minhas melhores calças, túnicas e até mesmo a capa.

Matt deu uma risadinha e pisei em seus dedos.

— A capa roxa com forro de pele?

— Sim, se for preciso.

Ele concordou com a cabeça de um jeito brusco e bateu palmas.

— Isso servirá. — Ele deu meia-volta e se dirigiu às criadas. — Escoltem a lady ladra para seus aposentos e ajudem-na a encontrar o traje adequado; e enviem uma roupa diferente para os aposentos do Lorde Matt.

— Viu? — disse, batendo forte no braço de Harlow. — Não há mal nenhum em permitir que as pessoas se vistam como quiserem.

Ele resmungou sobre decoro e tradição, mas eu o ignorei. Se quebrar a tradição significava que Matt e Lila estariam confortáveis, então que fosse assim.

16

A CAPA ERA UM POUCO EXAGERADA, MAS SUPORTEI O FARFALHAR DO TECIDO enquanto caminhava para a sala do trono. Pelo menos consegui calças em vez do manto, embora ela fosse mais apertada e macia do que eu estava acostumado. Por sorte, a capa cobria toda a parte de trás do meu corpo, pois eu tinha um medo crescente de que a calça rasgasse quando me sentasse no trono.

Harlow insistiu na cor marrom-escuro e na túnica branca bem amarrada, a qual teria durado cerca de um dia em minha antiga vila. Minha espada e botas marrons resistentes completaram meu conjunto real. Assim como a coroa de ouro. De alguma forma, Harlow conseguiu posicioná-la de maneira que alisasse parte do meu cabelo, que tinha tendência a se arrepiar nas pontas. Não tanto quanto o redemoinho de Matt, mas quase.

Eu me senti como um pavão; um pavão muito despreparado. Não; um peru vestido de pavão. Um peru que podia acabar em uma mesa de jantar porque, assim que todos percebessem a fraude de estar fingindo ser um pavão, eles iriam querer comê-lo. Excelente. Agora eu estava estranhamente faminto.

Por que o universo me escolheu para isso?

Virando a esquina, empurrei as portas laterais da sala do trono e caminhei pelo chão de pedra até uma faixa de tapete que se estendia por toda a extensão do cômodo, do estrado às portas que levavam ao saguão externo.

Os outros já estavam lá. Matt ficou à direita do trono — parecendo muito mais com ele mesmo em uma túnica e calças simples —, segurando o cajado firme na curva da sua mão. A contração indiferente da sua boca não conseguia esconder seu rosto tão bonito ou a magia que emanava dele.

Sionna e Rion ficaram à esquerda, irradiando intimidação. Rion parecia em cada centímetro o cavaleiro na armadura polida com um brilho penetrante. Sionna havia retornado à sua armadura de couro — um estilo próximo ao que ela havia usado durante toda a nossa jornada —, embora esta versão fosse mais nova, mais limpa e mais ornamentada.

Lila estava um degrau mais baixo que Sionna e Rion, envolta em seu manto verde. Seu cabelo estava todo preso sob o capuz, e eu me perguntei se ela se recusou a escová-lo em sua rebelião.

Bethany estava no degrau perto de Matt, a harpa na mão, usando um vestido cor de ameixa perigosamente decotado, parecendo linda, equilibrada e carismática. Embora nada tenha se agitado em meu interior quando olhei para ela — como acontecera com Sionna — soube que ela seria uma parceira maravilhosa para me ajudar a governar o reino. Sim. Astuta e inteligente. Diplomática e charmosa. Ela era uma boa escolha para ser a próxima na minha lista de cortejo. Talvez boa demais para mim.

— Vocês parecem peças de um jogo — comentei enquanto me aproximava. — Ou como aqueles marcadores no mapa na sala de guerra. Estamos brincando um jogo de estratégia?

Todos eles me lançaram um olhar penetrante, o que foi incrível. Era raro eu conseguir irritar todo o grupo de uma vez. Dando risadinha, pisei no tapete.

— Todos saúdem o Rei Arek!

Eu me assustei e tropecei, agarrando o tecido da minha túnica sobre o meu coração que de repente batia forte.

— Pelos espíritos?

— Protocolo — Matt explicou alegremente em retaliação, inclinando a cabeça na direção de Harlow, que estava parado na porta no fundo do corredor. — Todos saúdem o Rei Arek — ele respondeu com expressão impassível. Ele se curvou; os outros seguiram o exemplo.

— Tudo bem, não vamos fazer isso de novo.

— É tradição. — Bethany deu uma piscadela. — Ou assim nos disseram.

— Bem, estamos quebrando a tradição. E começando a nossa própria. — Eu me recuperei e terminei minha caminhada até o trono, golpeando Lila no rosto com minha capa enquanto girava de maneira grandiosa antes de me sentar no trono. Eu gostaria de ter verificado para ter certeza de que as manchas de sangue haviam sido removidas. Minha primeira tarefa depois disso seria substituir tudo por algo menos ameaçador. — Vocês não são obrigados a se curvar em minha direção. Nunca. Acho que nos conhecemos muito bem para isso.

Bethany bufou.

— Um pouco demais — ela retrucou, os lábios se curvando em um sorriso. — Por exemplo, eu não deveria saber sobre sua pequena verruga que fica logo acima...

— Ok, não tem necessidade disso. — Espirituosa também. Ela seria capaz de me igualar zombaria por zombaria. Sim. Um bom plano. Dei uma espiada em Matt e o pequeno sorriso que ele tinha sumiu. Sim. Um... excelente plano.

— Demitidos, vocês estão todos demitidos. — Girei minha cabeça. — Agora, rostos sérios. Finjam que sabemos o que estamos fazendo e que temos tudo sob controle. — Coloquei meus braços nos apoios de cada um dos lados da cadeira e enfrentei a grande sala vazia. — Harlow, você pode permitir que os peticionários entrem.

Ele abriu as portas.

Não sei o que eu esperava, mas não era a borboleta solitária que entrou, voou um pouco ao redor e depois... saiu.

— Hum... as pessoas são invisíveis?

Harlow enfiou a cabeça para fora da porta e olhou ao redor.

— Não há peticionários, majestade.

— Por quê?

— Acredito que eles não vieram.

— Obrigado pela observação. Posso ver que eles não vieram. Minha pergunta é por quê.

— Rá! — Lila apontou o dedo para Harlow. — Você quase me fez usar um vestido para nada.

— Harlow — Sionna chamou de um jeito sereno —, os peticionários vinham durante o reinado anterior?

— Sim. Por vários anos, até... até... eles ficarem com muito medo — ele respondeu com um balançar de cabeça.

— Isso faz sentido — Matt murmurou.

— Como eles saberiam que deveriam aparecer hoje? — ela continuou. — Nós os avisamos?

Harlow engoliu em seco, a garganta balançando.

— É... tradição.

Uma dor de cabeça surgiu atrás dos meus olhos e eu esfreguei a minha testa.

— Tradição... — resmunguei. — Não divulgamos que os peticionários eram bem-vindos para voltar ao castelo neste dia específico, certo?

— O quinto dia da terceira semana do mês sempre foi...

— Quando foi a última vez que um peticionário ousou fazer uma visita ao castelo?

A testa de Harlow enrugou.

— Cerca de seis anos atrás, majestade.

— E o que aconteceu?

— Ele foi devorado pelo monstro do fosso.

— Você está falando sério? — joguei minhas mãos para o alto. — O último peticionário foi comido pelo *monstro do fosso* e estamos nos perguntando por que ninguém apareceu hoje?

— É tradição.

Frustrado, eu me levantei.

— Estamos fazendo nossa própria tradição. Nós nos vestimos com essas roupas ridículas — eu declarei, pegando um punhado da capa roxa —, tomamos até banho de *banheira*. Então vamos encontrar as pessoas hoje.

— Arek...

— Sigam-me. Se elas não vierem até nós, nós iremos até elas.

— Majestade!

— Passeio ao campo! — Lila gritou.

Não olhei para trás para verificar se todos me seguiam, porque tinha certeza que sim. Eu podia senti-los atrás de mim, me protegendo como fizeram nos últimos nove meses. Podíamos estar vestidos como peças de xadrez, mas ainda éramos aquele grupo desorganizado de idiotas que enfrentou o regime mais sombrio e vil em cinco vidas e viveu para contar a história.

— Bethany — eu a chamei enquanto saíamos do castelo e caminhávamos pela fortaleza em direção à parede externa com a ponte levadiça. As pesadas portas de madeira foram abertas e a ponte foi abaixada; ela se estendia sobre o fosso profundo que ficava entre a muralha do castelo e o caminho que conduzia à vila. — Amplifique meu decreto.

— Oh, eu adoro quando você dá ordens. — Ela deu uma piscadela.

— Bethany.

— É pra já. — Ela ergueu a harpa e dedilhou as cordas. O ar reverberou com sua magia e trouxe vida às minhas palavras.

— Cidadãos do Império de Ere, no reino de Chickpea — anunciei. — Rei Arek...

— O Bondoso — Sionna lembrou, os olhos escuros brilhando quando ela me deu uma cotovelada na costela.

— O Bondoso — acrescentei, revirando os olhos. — Declara que o quinto dia da terceira semana do mês é um dia de petições. Os visitantes são bem-vindos ao castelo para fazer uma petição ao rei e seu conselho sobre qualquer assunto, e podem solicitar a resolução de disputas. O castelo estará aberto até o pôr do sol de hoje. — Dei uma olhada por cima do ombro para o grupo. — Parece bom?

— Perfeito — Matt elogiou.

Rion acenou com a cabeça, sua cota de malha tilintando.

— Ok, Bethany, envie.

Eu nunca me acostumaria com o poder da Bethany — ou talvez me acostumasse se ela acabasse como minha alma gêmea —, mas o som da minha voz ecoando pelo campo, carregada pelas asas da música e da magia, me fazia estremecer.

— E agora? — Matt perguntou.

— Nós esperamos.

Reunidos ao redor do final da ponte levadiça, ficamos parados ali como babacas com roupas exageradas. Esfreguei a parte de trás da minha panturrilha com a ponta da minha bota, enquanto usava o ombro de Matt como apoio.

— Quanto tempo vamos esperar? — Rion sussurrou.

— Um pouco — respondi com toda a confiança de alguém que não tinha ideia do que estava fazendo. Eu não tinha a menor ideia se alguém ousaria se aproximar do castelo. — Precisamos dar-lhes tempo.

Além dos jardins no castelo, eu não havia estado fora das suas paredes desde que entramos, e a vista da borda da ponte levadiça era muito boa. As folhas haviam mudado e a brisa era forte e maravilhosamente fria em minha pele superaquecida. Talvez fosse minha imaginação, mas a atmosfera geral parecia mais leve do que no reinado de Barthly. As folhas vermelhas e douradas brilhavam à luz do sol, a grama estava mais verde, o céu mais azul, e até o fosso, escuro como breu quando o cruzamos pela última vez, havia clareado de preto para marrom-escuro. Talvez a morte de Barthly tenha trazido uma era de renovação. Talvez sua magia tivesse sido suspensa e isso se refletisse nas mudanças da terra e do céu.

Com as mãos nos quadris, respirei fundo.

— Isso não é tão ruim — eu comentei. — É agradável aqui fora.

Lila se agachou e colocou a mão pálida no solo, cravando os dedos no solo.

— É maravilhoso.

Matt inclinou a cabeça para trás, e a luz do sol acariciou suas feições, destacando a definição das suas maçãs do rosto e as sardas desbotadas na ponta do seu nariz.

Bethany puxou uma mecha do meu cabelo.

— Seu cabelo está destacado nesta luz. É o mais ruivo que já vi.

— Porque está lavado.

Eu me contorci enquanto Bethany coçava as unhas ao longo do meu couro cabeludo, os nós dos dedos batendo contra a minha coroa.

— Olá?

Bati na mão de Bethany e observei o caminho. Do outro lado da ponte levadiça estava um pequeno grupo de pessoas, liderado por um homem vestido com uma túnica simples e uma calça de trabalho. Ele segurava um chapéu de palha nas mãos, no qual ele mexia enquanto se aproximava com cautela.

— Olá — eu gritei de volta. — Sejam bem-vindos.

— Você é o... — ele se atrapalhou — Rei Arek? Majestade?

— Sim. Eu sou o Rei Arek.

Seu rosto se contorceu erguendo as sobrancelhas.

— Mas você é tão jovem, se me permite dizer isso.

— Sem problemas. Sim, eu sou jovem, mas derrotei Barthly, uh, quero dizer, O Perverso, com os meus conselheiros aqui. — Eu gesticulei para trás de mim. — O que me torna o governante legítimo deste reino.

— Vocês todos são muito jovens.

— Nós somos — Lila confirmou.

— Ela é uma fae.

— Metade.

— E ele é um mago?

— Mago inteiro, sim.

Matt revirou os olhos.

— Como sabemos que você não é como ele? — A voz de uma mulher irrompeu do grupo. — Ouvimos os rumores, mas você tem uma barda. Você poderia estar nos manipulando.

— Sim, eu tenho uma barda, mas ela é totalmente confiável. Somos boas pessoas. Bem, tentamos ser. Não somos perfeitos, mas não somos maus. Nós somos bons, na maioria das vezes.

— Estragando o bom trabalho que você está fazendo até aqui — Matt murmurou. — Poderia muito bem lhes dizer que vamos matar apenas metade deles.

— Você não está ajudando — sussurrei de maneira brusca e belisquei seu braço. Ele pisou no meu pé.

O representante do grupo avançou um pouco. Os saltos das suas botas bateram na ponte.

— E você vai permitir que entremos no castelo?

— Sim. Tal como a minha declaração… disseram-me que é tradição permitir que o povo deste reino faça uma petição ao seu rei.

Com as minhas palavras, a tensão dos seus ombros diminuiu, e o homem coçou a barba.

— É tradição. Ou era, antes de eu nascer.

Antes do seu nascimento? O cara parecia uma luva velha. Como ele tinha menos de quarenta anos? Uau. Os tempos tinham sido difíceis.

— Bem, está de volta. E se todos vocês desejarem entrar, temos uma sala do trono muito agradável, onde podemos fazer as petições.

O homem deu mais um passo na ponte, olhou por cima do ombro, acenou com a cabeça para o grupo atrás dele, então se virou para mim.

— Obrigado, Rei Arek. Estou ansioso para…

Um grande tentáculo branco irrompeu do fosso, desenrolou-se, envolveu o homem e o arrancou da ponte para a água turva antes que qualquer um de nós pudesse piscar.

— Que porra é essa? — Matt gritou. — Que porra é essa?

— Henry! — Alguém berrou. — Henry!

— Ah, merda. — Tirei minha espada mágica da bainha e corri para o meio da ponte, jogando minha coroa para longe no processo. O tentáculo apareceu com o homem em suas mãos, gritando e encharcado. Eu não conseguia ver a que ele estava preso — além de uma membrana carnuda branca e bulbosa logo abaixo da linha da água —, mas eu sabia que não poderia ficar ali e assistir a um camponês que confiou em mim ser comido pelo monstro do fosso.

Dando alguns passos para trás, respirei fundo.

— Arek! Não!

Eu não escutei. Com a espada erguida, corri até a borda e saltei.

17

Eu sabia que a capa era uma má ideia.

O frio congelante da água foi um tapa quando atingiu minha pele, roubou minha respiração e contraiu meus músculos. A corrente da capa fechou com força em um estrangulamento na minha garganta enquanto o tecido pesado se arrastava atrás de mim. Felizmente, a corrente quebrou após alguns puxões fortes, caso contrário, meu salto imprudente teria me levado a uma morte imprudente.

Abaixo da superfície, a água estava mais turva do que parecia da ponte, só que fui capaz de ver o monstro do fosso em toda a sua glória aterrorizante, até mesmo com os olhos semicerrados. Cara a cara com ele, percebi duas coisas: primeiro, que ele parecia com uma versão gigante da criatura retratada em uma pintura emoldurada no castelo com uma legenda que dizia: *polvo destrói navio à vela*; segundo, percebi que pular na água provavelmente havia sido uma má ideia.

Mas, como estava bem na frente do polvo, arrisquei e empurrei minha espada em uma direção geral. O som ondulou pela água enquanto ele guinchava. Isso! Eu atingi algo. Ponto para mim! Exceto pelo fato de isso parecer chamar sua atenção, e apesar da minha tentativa de nadar para longe, eu também me encontrei envolvido por um membro carnudo.

Ele me puxou para cima. Chegando à superfície, respirei fundo, embora quase não houvesse espaço para minha caixa torácica se expandir e minha inspiração soasse mais como um ganido estrangulado. Seu tentáculo me apertou com tanta força que meus ossos estalaram.

— Arek! — Essa era a voz da Sionna.

— O que você estava pensando? — E esse era o Matt.

— O quê? — Gritei de volta. Passei o braço sobre os olhos, tirando o cabelo molhado e os fluxos de água do meu rosto. — Não gostaram do meu plano?

— Atinja os braços!

— Aguente firme!

— Lila!

— Deixa comigo.

O polvo agitou seus tentáculos, o que, além de me deixar extremamente nauseado, me colocou próximo ao pobre camponês chamado Henry, que parecia tão em pânico quanto eu. Uma vez ao alcance, lancei minha espada na direção geral do tentáculo que o segurava. A lâmina cravou-se profunda na carne e o sangue azul jorrou da ferida em um jato. Arrancando a minha espada, eu ataquei mais uma vez e observei com alívio quando o tentáculo afrouxou seu aperto sobre o pobre Henry.

— Quando ele te libertar — chamei, o mais alto que pude com a respiração sendo mantida fora do meu corpo —, caia na água e nade para o outro lado da ponte.

Henry emitiu uma espécie de grito estrangulado que tomei como confirmação do plano.

— Prepare-se. — Usando as duas mãos, puxei minha espada do braço que se contorcia.

Mas um segundo antes que eu pudesse atacar novamente, ele me chicoteou para o outro lado, minha cabeça roçando de maneira nauseante perto da parede externa do castelo. Grunhindo, empurrei minha mão na carne esponjosa, tentando arrancá-la. Não funcionou.

— Uma ajudinha! — Eu berrei.

Uma flecha saiu da costa e atingiu a criatura na parte da cabeça que havia emergido da água. Outra cravou em um tentáculo. Virei a cabeça para ver que Sionna havia confiscado um arco e flecha de um dos aldeões. Útil.

Bramindo de dor, o monstro me lançou de volta ao alcance de Henry. Em vez de furar o tentáculo, levantei minha espada acima da cabeça e usei toda a minha força para cortar o braço. O fio recém-afiado da minha espada — porque eu havia aprendido minha lição, muito obrigado — cortou o membro. Henry caiu como uma pedra na água, desaparecendo em uma onda espumosa de tinta. Depois de um momento, vi sua cabeça surgir acima da superfície.

Tudo bem, um problema resolvido. Agora, passando para o segundo: meu estômago estava se familiarizando muito bem com a minha coluna. Gritei quando o tentáculo ao meu redor se apertou ainda mais e os espectadores no solo responderam da mesma forma. Agora que Henry estava fora de perigo, fiz um balanço da situação. O monstro emergiu totalmente do fosso, sentado no topo de uma pilha de pedras, todos os oito membros batendo em aparente caos. Lila saltou para cima de um dos tentáculos ondulantes e, com os pés leves que tinha, correu por toda a extensão até derrapar na cabeça globular. Com a adaga na mão, ela esfaqueou o monte corpulento, o sangue azul esguichando em todas as direções.

Excelente. O vômito agora se tornou uma possibilidade real. Entre o movimento, o cheiro e a compressão, eu estava à beira de uma sobrecarga sensorial.

No solo, Bethany usou sua harpa para subjugar a multidão e encantá-la para longe da criatura, enquanto Rion puxava Henry da água. Sionna desembainhou a espada e lutou contra alguma coisa na grama curta, mas, de onde eu estava, eu não conseguia ver o que a fazia se agachar em sua postura de guerreira com a espada manchada com o mesmo sangue escuro que a minha. Matt brilhava com poder, seu cajado em suas mãos, a joia na ponta brilhando com intensidade lançava rajadas mágicas na criatura.

— Arek! — Lila gritou. — Liberte-se, senão você será esmagado! Ou comido.

Certo. Nunca me foram ditas palavras mais verdadeiras.

O monstro não estava me segurando em um ângulo ideal para que conseguisse cortar meu caminho para a liberdade. O aperto em minha espada enfraquecia a cada segundo, minhas mãos nuas deslizavam ao longo do cabo escorregadio com o sangue. Com a força me escapando, optei por serrar para ter meu caminho livre. Mas à medida que as bordas da minha visão escureciam e lutava para respirar, percebi que não conseguiria ser solto por conta própria.

No chão, Rion, Sionna e Matt estavam travando uma batalha com um enxame de polvos menores que haviam rastejado para fora do fosso e agora ameaçavam oprimi-los. Ah, bebês monstros. Que fofos!? E perversos. Eles subiram na armadura de Rion, se enroscaram nas pernas de Matt e cobriram Sionna com um fluido viscoso preto como tinta.

Os encantos de Bethany não funcionavam em criaturas mágicas — havíamos aprendido isso com a pixie — e ela ficou longe da batalha, protegendo o grupo de camponeses.

— Arek! — Lila exclamou. Minha amiga se equilibrou em um tentáculo que se contorcia. — Estou chegando. — Ela deu um passo, mas a mamãe monstro não a deixou ir mais longe. Outro tentáculo chicoteou em sua direção. Lila saltou por cima, mas bateu a ponta do pé e caiu na água. Ela mal fez barulho, mas não ressurgiu.

Ah, merda. Ok. Isso era ruim. Minhas entranhas iriam se tornar minhas externas se eu não fizesse alguma coisa. Lila estava no fosso; os outros, cercados. Eu teria um reinado curto se não saísse dessa e ajudasse meus amigos.

Com minhas últimas forças, berrei.

— Matt!

Ele ergueu a cabeça de onde os pequenos bastardos esponjosos subiam por suas pernas. Seus olhos se arregalaram e seu rosto perdeu a cor. Levando a ponta do seu cajado na cabeça de um minimonstro, ele o sacudiu antes de colocar a ponta de madeira do seu cajado sob outro para tentar arrancá-lo de sua perna. Quando os tentáculos foram liberados, seu cajado foi lançado para o lado e bateu na placa do peito de Rion com um estrondo alto.

As criaturas recuaram. Os dois que se agarravam a Rion escorregaram para o chão e até mesmo o aperto da mãe afrouxou um pouco.

Matt fez uma pausa, a compreensão surgindo. Ele se lançou para a espada de Rion, puxando-a das mãos dele. Ele bateu com a parte plana da lâmina contra a placa dura no peito de Rion: outro estrondo dissonante. Outro guincho e contorção das criaturas.

Som.

Eles eram vulneráveis ao som.

— Som! — Eu exclamei. — Bethany!

Isso era tudo que eles precisavam. Bethany correu para o lado de Matt, dedilhando sua harpa. A joia do cajado de Matt brilhou, e ele falou palavras que não entendi e mal pude escutar por causa do súbito encontro de poder. O vento ganhou velocidade e a atmosfera se comprimiu. Matt bateu com o cajado no chão e um estrondo forte emanou, tornado ainda mais alto o som da harpa de Bethany.

Nunca havia escutado nada tão ensurdecedor antes. Eu só poderia comparar o som à ocasião quando as rochas se quebraram nas montanhas próximas e caíram em uma avalanche.

Tenho certeza de que isso causou sérios danos à audição, mas funcionou. Ainda bem que funcionou. O polvo se contorceu. O sangue jorrou das feridas que Lila e eu infligimos em uma exibição excepcionalmente nojenta. Talvez nojento o suficiente para que Bethany vomitasse e depois desmaiasse em meus braços. Eu seria o herói, sobrevivendo ao tentáculo constritivo do monstro do fosso, mas só se sobrevivesse.

O barulho continuou e, finalmente, *finalmente*, seu aperto se afrouxou e ela me soltou. Eu caí na água. Meus pés bateram primeiro e depois fui direto para baixo. Passar de mal conseguir respirar para não conseguir respirar foi traumático, mas não ser capaz de ver devido à tinta espessa da água trouxe um outro nível de medo. A água era como agulhas contra minha pele, gelada em meu rosto e em minhas mãos.

Lutei pelo que pensei ser meu caminho para cima, mas quase não estava progredindo e meus pulmões estavam começando a queimar. Maravilha. Eu não morreria nas mãos de um monstro, iria me afogar. Rei Arek, o Bondoso, eliminado por sua necessidade de ar.

Uma criatura de outro mundo apareceu na minha frente, nuvens de cabelo loiro girando em torno dela. Olhos brilhantes me analisaram na escuridão enquanto ela nadava para o meu lado, abaixando-se sob meu braço e nos impulsionando para cima.

Nós rompemos a superfície.

— Você está bem aí, Rei Arek, o Impulsivo?

Tossi e meu peito arfou, enquanto Lila me puxava em direção à margem.

— Oh, graças aos espíritos, é você. Eu não aguentaria uma sereia hoje. Ela bufou.

— Isso é nojento. A propósito, eu não me inscrevi para isso.

— Concordo. Concordo totalmente. — Afastei o cabelo encharcado de água e tinta do rosto. — Ugh. Este é um novo nível de perverso. — Pela expressão de Lila, devo ter parecido um ghoul.

— Só não vomite.

Balançando na água, nadamos até a margem, enquanto o polvo se debatia e gritava nas proximidades, se contorcendo de dor com o ataque de som que emanava de Matt e Bethany. Aos poucos, seu açoitar diminuiu e seus membros submergiram em espasmos de morte.

Ao nos ver na água, Sionna abandonou sua tarefa de esfaquear os monstros menores e correu para a beira da areia. Ela entrou e agarrou meu braço, puxando-me para cima até que meus pés estivessem de volta no chão sólido. Deslizando pela grama molhada, dei alguns passos antes que minhas pernas desabassem. Rolei de costas e encarei o céu azul sem nuvens.

— Arek!

Matt abaixou seu cajado, e foi toda a abertura de que a criatura precisava. Em um último ataque desesperado, ela balançou um tentáculo e acertou Matt no torso.

A força do golpe jogou Matt para trás. Seu grito de surpresa rasgou o ar enquanto ele voou e colidiu com a árvore solitária que tinha no caminho da aldeia. Um estalo nauseante ecoou alto entre os suspiros e gritos dos espectadores quando o corpo de Matt ficou mole.

Pulando para ficar de pé, cambaleei até onde ele estava imóvel, passando por todos que estavam entre mim e ele, meu corpo tremendo de medo. Meu coração parou. Minha respiração parou. Meu cérebro parou. As únicas coisas em mim que continuaram foram meus pés e o sangue que escorria dos meus ouvidos.

— Matt! — gritei, minha própria voz confusa. — Matt!

Ele gemeu.

O alívio tomou conta de mim quando ele se contraiu, rolou sobre o estômago e se obrigou a ficar de pé. Milagrosamente, ele segurou seu cajado e se apoiou com força nele.

— Ai — ele exprimiu, abaixando sobre seu estômago. Ele cambaleou em minha direção.

— Oh, graças aos espíritos, você está vivo.

Ele sorriu, os lábios apertados, o rosto branco como um lençol.

Agarrei seu braço para firmá-lo, embora eu precisasse me equilibrar. Meus joelhos estavam fracos de exaustão e pânico.

— Você está bem?

Ele não respondeu.

— Matt?

Ele ergueu a mão trêmula e limpou o canto da boca, espalhando sangue pela bochecha. O vermelho-brilhante contrastava com a palidez da sua pele.

Nós dois encaramos o sangue.

— Matt? — minha voz era baixa, mesmo na quietude entre nós.

Ele encontrou meu olhar, me deu um sorriso torto, então seus olhos rolaram para trás e ele desmaiou em meus braços.

18

Abaixei no chão, apoiando a cabeça de Matt no meu antebraço, o resto dele embalado perto do meu peito. Meus joelhos cravaram na terra fofa. A fileira de sangue escorreu como um cometa em sua bochecha, manchando mais o interior dos seus lábios, e eu esperava que ele apenas tivesse mordido a língua em vez da alternativa. A alternativa que significava pulmões esmagados ou órgãos perfurados. A alternativa que era costelas quebradas ou coração machucado. A alternativa que era a morte, pois eu não poderia viver com isso.

— Matt? — Bati em sua bochecha. Sua cabeça pendeu; o redemoinho escuro do seu cabelo era quase indistinguível das manchas de tinta na minha camisa branca antes imaculada. — Matt? — Segurei sua bochecha com meus dedos frios e enrugados pela água. Sua pele estava quente contra a palma da minha mão, seu hálito morno na ponta do meu polegar. — Vamos lá, Matt. Acorde.

Ele não acordou. Seus olhos permaneceram teimosamente fechados. Outro pequeno filete de sangue escorreu do canto dos seus lábios. Um caroço duro se formou na minha garganta. Meus olhos se encheram de lágrimas. O medo se instalou como uma pedra na minha barriga.

— Matt, *por favor*.

Sem resposta.

— Socorro — pedi, mal fazendo um som. Virei minha cabeça para onde os outros estavam a poucos metros de distância. — Socorro! — gritei, minha voz subiu, alta e agitada. — Ele precisa de ajuda! Por favor! Alguém é curandeiro? Alguém?

Eu me virei para ele, descansei minha mão em seu peito enquanto as pessoas corriam, gritando com vozes altas e em pânico, os pés batendo no chão. Minha mão se ergueu com sua respiração e caiu; embora ele ofegasse e estivesse instável, pelo menos ele respirava.

— Majestade — alguém chamou de maneira hesitante. Eu não sei quem era, e a ignorei. Meus olhos se fixaram no rosto inerte de Matt, incitando-o a acordar, desejando qualquer sinal de vida. Eu precisava que ele ficasse bem. Eu precisava que ele acordasse, sorrisse e fizesse comentários mordazes, me provocasse por me preocupar tanto com ele, me empurrasse e me chamasse de pateta. Por favor, fique bem. Por favor, fique bem. Por favor. Por favor. Por favor. — *Majestade*.

— Arek!

Erguendo a minha cabeça, vi Sionna parada perto de mim com Bethany e outra mulher que não conhecia.

— Ela é a curandeira da cidade. Deixe que ela examine o Matt.

— Sim — sussurrei. — Sim. Por favor.

— Abaixe-o, por favor, majestade. Posso avaliá-lo muito melhor se ele estiver deitado.

Com as mãos trêmulas, o coloquei no chão e me sentei sobre os calcanhares. Alguém colocou a mão em meu ombro enquanto a curandeira trabalhava, e estiquei o pescoço para encontrar Rion parado atrás de mim, seu aperto aumentou. Lila estava ao lado dele, segurando um casaco grosso, batendo os dentes.

Certo. Estava congelando. Meu tremor era uma mistura de exaustão, medo e frio por causa do fosso. Passei meus braços em volta do meu corpo trêmulo para parar o chacoalhar e para evitar que perdesse o controle.

A curandeira se ajoelhou ao lado de Matt e espalmou os dedos sobre ele, pairando uma polegada acima do tecido amarrotado das suas melhores roupas. Ela sussurrou palavras e um brilho irradiou por seus longos braços, reunindo-se sob suas palmas em pontos brilhantes de luz dourada. Ela o moveu ao longo do torso de Matt. A respiração dele ficou presa e meus punhos se fecharam. Ela então colocou as mãos em cada lado da cabeça de Matt e pressionou as pontas dos dedos nas têmporas dele. O brilho varreu sua pele e ele apareceu iluminado por dentro antes que a luz desaparecesse sob suas roupas. Bethany assistia com interesse por cima do ombro dela; as sobrancelhas levantadas, a boca pressionada.

Bethany. Eu tinha me esquecido da Bethany. Esta teria sido a situação perfeita para tê-la desmaiando em meus braços depois de bancar o herói. Havia sangue coagulado — com o qual ela não era capaz de lidar — e houve atos heroicos que desafiaram a morte. Quase morri duas vezes, mas saí vitorioso. Talvez. Eu não tinha certeza. O que aconteceu com o monstro? De qualquer forma, havia perdido minha chance e bem, eu realmente não me importava. Eu não poderia me importar. Porque Matt... Matt...

— Ele vai ficar bem.

— O sangue?

Ela colocou um único dedo no lábio de Matt, fazendo a carne afundar.

— É de uma ferida na língua. Nada sério. Já está fechada.

A multidão soltou um suspiro coletivo. Eu me inclinei para o lado, caindo de joelhos e sentado, me sentindo fraco e aliviado.

— Ele está bastante machucado e ficará debilitado por vários dias.

Baixei a cabeça e passei a mão nos olhos. Tinha que recuperar minha compostura; que enfrentar o grupo; que dar ordens e explicações; que governar.

— Vamos levá-lo para o castelo — falei, olhando para onde a mão de Matt repousava na grama. — Vamos precisar de uma maca e...

— Ei. — Lila se agachou ao meu lado e cutucou o meu ombro. — Olhe para cima.

Engolindo, respirei fundo para me acalmar e olhei para cima, para a multidão ao meu redor. Só que eles não estavam mais ao meu redor. Eles... se ajoelhavam.

— O que está acontecendo?

— Acho que eles podem estar demonstrando respeito por você. — Ela deu de ombros.

— Oh. — Lambi meus lábios, tinham gosto de fosso. Estremeci. — E eu acho que devo me levantar.

— Você consegue?

— Não sei.

Rion agarrou meu braço e, entre ele e Lila, consegui me firmar. Minhas costas doíam. A dor se expandiu ao longo de todo o comprimento do meu corpo, mas eu me dirigi à multidão:

— Por favor, não façam isso. — Estendi minhas mãos. — Sério. Estou cansado demais para formalidades.

— O senhor pulou no fosso atrás do meu parceiro. — Um homem enorme e corpulento se destacou do grupo. — O senhor o salvou.

— Eu não fiz isso.

Lila me cutucou de novo.

— Aceite o elogio, idiota.

— Quero dizer. Qualquer um teria feito isso.

O parceiro de Henry balançou a cabeça.

— Não, não teria. — Ele deu uma espiada em Matt. — E não teria ficado tão preocupado com o amigo.

O desejo de me colocar entre Matt e a multidão, de protegê-lo do olhar curioso deles era intenso, mas o reprimi. De qualquer forma, eu não tinha certeza se conseguiria fazer isso sem a ajuda de Rion.

— Matt é meu mago e meu melhor amigo, eu não estaria aqui sem ele. Nem sem os outros que também estão aqui: Bethany, Lila, Rion e Sionna são as pessoas que permaneceram comigo o tempo todo. Eles são a razão pela qual fomos capazes de derrotar O Perverso. — Falando nisso, onde diabos eu deixei cair a minha espada?

— Então, somos gratos por ter sido você e o seu grupo de amigos que nos libertaram do reinado dele.

Resisti ao impulso de acenar para ele e dizer algo irreverente. Matt estava inconsciente no chão e Rion segurava a maior parte do meu peso. E, sim, literalmente pulei em um fosso para salvar alguém de um monstro horrível, cheio de tentáculos. Não era hora para brincadeiras e piadas, isso era sério.

— Obrigado. Faremos o nosso melhor para corresponder à sua confiança.

Ele abaixou a cabeça.

— Obrigado, Rei Arek, o Bondoso.

Ah, *espíritos*.

Antes que eu tivesse a chance de estragar o momento, um servo do castelo apareceu carregando uma maca. Entre Sionna, Bethany e a curandeira, eles moveram Matt com cuidado do chão para o tecido bem esticado entre duas longas varas. O parceiro de Henry se moveu entre as hastes na parte de trás e outro sujeito de aparência forte da multidão agarrou a frente. Entre os dois, eles levantaram Matt com cuidado e se moveram com firmeza em direção ao castelo.

Harlow os conduziu pela ponte levadiça; a curandeira, Sionna e Bethany estavam logo atrás. Eu os observei antes de tentar andar, porque não tinha certeza se meus pés estavam presos ao meu corpo. O nome de Matt era uma batida de tambor pulsante na minha cabeça, mas a curandeira afirmou que ele ficaria bem e me apeguei a isso com tanta força que era a única coisa que me mantinha de pé.

Lila e Rion me apoiaram, e nós três cambaleamos lentamente pelo jardim. Lila carregava o cajado de Matt, e nós encontramos minha espada em um pedaço de grama.

— Vejo que você a afiou — Rion comentou com aprovação.

— Aprendi a lição. — A lâmina estava revestida de um preto viscoso que fedia. A bile subiu pela minha garganta.

A carcaça do monstro do fosso estava meio submersa na água, seus bebês espalhados por toda parte. A visão me deixou um pouco triste, mas então me lembrei que a criatura tentou me comer e toda a empatia que senti se foi.

— O que vamos fazer com essa coisa?

— Não acho que precisamos nos preocupar com isso — Rion respondeu.

Os habitantes da cidade já estavam pegando as carcaças menores e jogando-as em uma carroça. Outro grupo de aldeões havia enrolado uma corda em torno de alguns dos tentáculos que haviam caído para fora da água e começavam a puxar.

— Ótimo — eu disse. — A propósito, assim que sairmos de vista, vou desmaiar.

O aperto de Rion em volta da minha cintura aumentou.

— Entendido.

Fiel à minha palavra, assim que passamos pela porta levadiça aberta e viramos a esquina, cedi à escuridão que persistia nas bordas da minha visão e desmaiei nos braços de Rion.

19

EU NÃO TINHA PERMISSÃO PARA VISITAR MATT.

Pelo visto, inalar água fria de fosso e tinta de polvo, depois ficar com roupas ensopadas, pode fazer alguém se sentir mal. Desenvolvi uma tosse horrível, que não me parecia tão ruim, mas o fato de ter sido enrolado em cobertores e confinado em meus aposentos era terrível. A tosse deixou a minha garganta em carne viva e fez as minhas costelas doerem. A curandeira não tinha certeza se era contagioso e não queria correr o risco de Matt desenvolver uma tosse semelhante com o estado em que estavam seus ferimentos.

Recebi um chá para aliviar os sintomas, mas não aliviou minha irritabilidade.

Estava no terceiro dia do meu confinamento e, embora tivesse certeza de que Matt havia acordado bem o suficiente para ameaçar transformar todos em sapos, minha pele coçava para falar com ele. Eu não o via desde que havia sido carregado mole e ensanguentado na maca e não gostava do fato de essa ser a última imagem dele na minha cabeça.

Em meu tédio, folheei o diário da princesa sem entusiasmo. Cheguei à conclusão surpreendente de que desmaiar era muito perigoso. Bethany queria alguém para salvá-la, mas ela quem havia nos salvado durante a situação do monstro do fosso. Ela protegeu os habitantes da cidade e amplificou a magia de Matt o suficiente para ajudar a matar a criatura. E Matt foi quem desmaiou — direto em meus braços — em um momento que foi uma estranha mistura das minhas esperanças mais profundas e dos meus piores pesadelos.

De maneira lógica, eu sabia que precisava continuar com o plano de cortejo, mas o meu coração dizia o contrário. Ver Matt ferido apenas destacou de um jeito mais nítido o fato de que sempre seria ele. Independentemente do que acontecesse, ele seria a pessoa mais importante para mim. Mas os meus sentimentos não mudavam o fato de que eu precisava encontrar alguém ou coisas ruins aconteceriam, então, infelizmente, eu continuei a minha pesquisa.

Percorrendo as páginas do diário, encontrei uma passagem que poderia ser útil:

"Ela fingiu não saber dançar. Percebi o seu truque. Todas as mulheres nobres aprendiam a dançar desde cedo para evitar cometer uma gafe social em uma cerimônia real. Mas prometi ensiná-la, mostrar-lhe os passos das danças tradicionais. Nós nos encontramos no estábulo; o cheiro de feno fresco denso no ar, tão denso quanto a tensão entre nós. No início, ensinei a postura, minhas mãos contornando sua cintura, correndo ao longo dos seus braços para posicioná-los, corrigindo sua postura e apoiando-a enquanto nos movimentávamos. Meu corpo pressionava as suas costas enquanto dançávamos, minha respiração ofegante em sua nuca. Eu mantive o tempo em uma voz suave: 1-2-3, 1-2-3, uma mão espalmada em sua frente — sob a sustentação apertada do seu espartilho — a outra segurando seu cotovelo. Sua manobra não durou muito e logo ela se virou rapidamente em meus braços e me jogou contra a parede do estábulo. Ela me beijou como se não pudesse respirar sem minha boca pressionada contra a dela."

Tossi e coloquei o diário de lado. A pulsação do meu sangue disparou e eu não podia sentir isso, não com o suor que já fazia cócegas em minhas têmporas por causa do aperto dos cobertores.

Uma batida soou na minha porta.

— O quê? — Eu soei como um ganso estrangulado e em pânico.

— Arek?

Suspirando, movi os cobertores e afundei na maciez do colchão, colocando o diário debaixo do travesseiro.

— Sionna? Pode entrar.

Ela entrou, seus passos silenciosos, e fechou a porta com suavidade. Já havia uma cadeira posicionada ao lado da minha cama, de quando os outros vieram me visitar. Sionna não hesitou em se sentar na beirada da cama.

— Como vai?

— Estou bem — respondi, afastando a sua preocupação, e logo depois sufocando uma tosse traidora. — Sério, estou bem. Mais um dia e estarei de pé.

— É bom ouvir isso.

— Como está Matt?

— Dolorido — Sionna comentou, mas sorriu para me tranquilizar. — Dormindo a maior parte do dia graças às poções que a curandeira fez para ele. Mas ele está bem.

Dei um suspiro de alívio.

— Não está morto, então?

— Não, não está morto. — Ela sorriu e colocou uma mecha do cabelo escuro atrás do ombro. — E nem você, apesar de pular de uma ponte em um monstro.

Dei de ombros.

— Eu só cheguei primeiro do que o resto de vocês.

— Os habitantes da cidade ficarão felizes em saber que você está melhorando. Eles estão preocupados.

— Provavelmente porque desejam que o dia da petição seja remarcado o mais rápido possível.

Sionna revirou os olhos.

— Essa não é a única razão. Eles estão chamando você de Rei Arek, o Corajoso.

— Graças aos espíritos! Isso é muito melhor do que Rei Arek, o Bondoso.

Ela balançou a cabeça.

— Eu gostava de Rei Arek, o Bondoso. Há força na bondade.

— Também há força na coragem.

— Bem, por outro lado, há uma grande parte que se refere a você como Rei Arek, o Jovem.

— Ora, isso também não é bom. Eu terei que mudar isso vivendo para sempre.

Sionna riu e colocou a mão delicada sobre a boca.

— Como está Meredith?

Sionna suspirou encantada e silenciosa.

— Ela é maravilhosa. Eu... gosto dela de verdade.

Sorrindo, estendi a mão e acariciei a dela que repousava na cama.

— Eu estou tão feliz por você.

— Mesmo?

— É claro, por que não estaria?

— Pensei que você poderia estar... — ela parou e abaixou a cabeça.

Ah, não. Ah, *não*. Parecia que Sionna havia notado algumas das minhas ereções inadequadas. Hum... talvez ela não fosse tão desatenta a esse respeito quanto esperava. Bem, sem preocupações agora.

— O quê? Com ciúmes? De você ou de Meredith? Porque eu tenho que dizer...

Ela deu um tapa na minha perna.

Eu ri.

— Não, estou muito feliz por você. — Um rubor se espalhou por minhas bochechas. — Eu era um menino da aldeia que nunca havia conhecido alguém como você; é claro que desenvolvi uma paixonite de menino de escola quando nos conhecemos.

Seu rosto se contraiu.

— O quê? — indaguei.

— Você tinha uma queda por mim?

— Sim. Por pouco tempo. Não mais. Espere. A que você estava se referindo?

— Hum...

— Sionna? O que você quis dizer?

Se contorcendo, ela não encontrou meu olhar.

— Só que encontrei alguém e você... não? Que você está... sozinho.

— Você acha que estou sozinho?

— Não!

— Então o quê? — Minhas entranhas ficaram geladas. — Você conversou com Matt?

— *Você* conversou com o Matt? — Ela indagou com cautela.

Eu apontei para ela.

— Ele deixou escapar, não foi? Sobre a lei mágica das almas gêmeas?

Ela ficou imóvel, me encarando.

— Que lei mágica das almas gêmeas?

Ai, merda.

— Nada. — A que espíritos ela estava se referindo? — Do que você está falando?

— Do que *você* está falando? Que lei mágica das almas gêmeas?

— Há um eco aqui? — retruquei. — Por que ficaria chateado por você e Meredith?

Ela abriu a boca e então a fechou.

Chegamos a um impasse em que nos enfrentávamos confusos, mas nenhum de nós falou. Estreitei meus olhos. Ela inclinou a cabeça. Eu levantei meu queixo e cruzei os braços. Ela se recostou na cadeira e refletiu minha pose.

Depois de um momento de um intenso fitar nos olhos um do outro, tive que desviar o olhar.

— Sionna...

— Lei mágica das almas gêmeas — ela exigiu, seu tom não deixando espaço para discussão. — Explique.

Bem, qual era o sentido de ser rei se eu não pudesse me exibir?

— Não.

Ela ergueu uma sobrancelha.

— Arek...

— Eu sou o rei. Estou dizendo para deixar isso pra lá. — Lambi meus lábios. — A menos que você queira me explicar sobre o que estava falando.

Ela estreitou os olhos.

— Oh, olhe para o sol. Eu tenho que ir. Tenho novos recrutas para treinar. — Ela se levantou e se dirigiu para a porta.

Novos recrutas? Há?

— Espere, Sionna. Espere! — Sentei-me rápido, muito rápido, e a tosse que estava segurando estourou rasgando minha garganta. Dobrando-me, agarrei a xícara de chá na minha mesa de cabeceira. Ela a tirou da minha mão antes que eu a deixasse cair, e eu me joguei de volta nos travesseiros até que o ataque diminuísse. Assim que consegui respirar, ela envolveu minha mão em torno da xícara.

— Beba, Arek.

Estava frio, mas acalmou a minha garganta. Depois de alguns goles, coloquei de volta na mesa.

— Recrutas?

— Ninguém te disse?

Balancei a minha cabeça, não confiando que eu não iria explodir em uma crise de tosse outra vez.

— Depois dos seus atos heroicos ousados, mais ou menos uma dúzia de rapazes e moças apareceram no portão no dia seguinte pedindo para se juntarem ao nosso exército. Mais alguns vieram um dia depois. E outros apareceram hoje. Eles receberam alojamentos, seu primeiro salário, e nós começamos o treinamento. — Sionna sorriu. — Rion está com eles agora, equipando-os com roupas, uniformes, armas e suprimentos.

— Uau. Mesmo?

Ela concordou com entusiasmo, os olhos castanhos brilhando.

— Nós dois concordamos que eles começarão como guardas do castelo, para proteger nosso rei impulsivo.

— Eu não sou impulsivo.

— Sim, você é, matador de monstros.

— Matt e Bethany que o mataram. Eu apenas cortei alguns dos seus braços. — Ela deu um tapinha na minha cabeça e ajeitou a confusão vermelha da minha cabeceira.

— Se está dizendo. — Ela colocou a mão no meu ombro e apertou. — Eu preciso ir, mas você deveria ir visitar o Matt.

Fiz um gesto para mim mesmo envolto em cobertores.

— Não estou autorizado. Me mandaram ficar aqui.

Ela enrugou o nariz.

— Pensei que você fosse o rei.

Ela saiu, fechando a porta com suavidade.

O que ela quis dizer sobre Matt? Ele havia dito algo que a faria pensar que eu não aprovaria seu relacionamento? Por que não aprovaria? Meredith era uma fofa. Sionna gostava dela, e Meredith a fazia feliz. Aquilo era o suficiente para mim.

Adormeci pensando nisso e acordei horas depois com o sol já no horizonte. Havia perdido o almoço, e o criado que me servia o deixou próximo à mesa sob uma redoma polida. Eu não estava com fome, mas estava inquieto.

Sionna estava certa. Eu era quase um adulto, poderia tomar minhas próprias decisões. Era o rei.

Ficar de pé não foi muito difícil. Mas me vestir foi quase uma tortura e me deixou sem fôlego. Em vez de calçar as botas, enfiei os pés nas minhas pantufas. Renunciei à coroa, mas agarrei uma capa grossa, que envolvi ao redor dos meus ombros e puxei o capuz para cobrir o meu rosto.

Abrindo a porta com um rangido, saí e me arrastei pelo corredor. Quando estava na maior ala residencial, percebi que não tinha ideia de qual dos quartos pertencia à Matt. Estávamos morando no castelo há quase um mês e nunca tinha ido até ele, o que dizia mais sobre mim do que desejava.

Ok. Eu conhecia Matt, e conhecia os outros. Com base nas portas que pontilhavam o corredor de cada lado, eu deveria ser capaz de descobrir qual era o dele. Rion não estaria aqui, porque ele quis estar nos alojamentos dos cavaleiros, que ficavam em outra parte do castelo. Lila também não estaria aqui, pois estaria em um lugar com muita luz e janelas. O de Bethany seria o maior aposento. O de Sionna seria estratégico, então o de Matt... Parei na frente de uma porta humilde, situada no meio do corredor.

Mordi o meu lábio. Oh, que diabos? Empurrei e abri a porta.

O quarto era minúsculo se comparado ao meu. A cama ocupava a maior parte do espaço com facilidade, e uma grande cômoda ocupava o resto. O cajado de Matt estava apoiado ao lado da sua cama, onde ele estava deitado, esticado em um cochilo. Uma cadeira foi puxada próximo a ele; e havia um maço de bandagens e um pote de unguento em uma mesinha próxima.

Fechando a porta da maneira mais suave possível, contornei a cadeira e me sentei na beira do colchão. O cabelo escuro de Matt caía em seu rosto e enrolava na curva das suas orelhas. Ajeitei uma parte que caía em seus cílios para um ponto que não o incomodaria quando ele acordasse. Ele estava envolto em bandagens, do topo da calça até as axilas, onde manchas amarelas, azuis e roxas ainda escuras apareciam.

— Porra, Matt — suspirei. — Eles não me contaram que você estava tão machucado.

Ele se mexeu, seus olhos se abrindo em fendas.

— Você não parece nem um pouco suspeito.

É claro. Joguei o capuz para trás.

— Melhor?

Ele concordou.

— Eu lhes pedi para não falarem nada para você — balbuciou.

— Por quê?

— Não queria que você saísse correndo da cama no frio.

Suas palavras saíram juntas, a primeira deslizando direto para a próxima, um efeito da sua sonolência ou das poções. Mas eu entendi e revirei os olhos, embora os dele tivessem se fechado novamente.

— Bem, não teria feito isso. — Mentira. Eu estaria bem aqui, tremendo e reclamando, mas bem aqui.

— Mentiroso.

Droga. Ele era bom.

— Bem, estou aqui agora e há um pedaço da cama que está desajeitado pelo seu corpo desengonçado e olhe, há cobertores, travesseiros e tudo que preciso para me aquecer e tirar uma soneca.

— Fique à vontade. — Ele ergueu a mão. Ela balançou como se não tivesse ossos, mas seu gesto era claro. Era uma oferta, e se ele não se sentia estranho, eu também não me sentiria.

Chutei meus pés na cama e sacudi as minhas pantufas. Enfiei meus pés sob o cobertor e agarrei o outro que estava pendurado no final da cama. Nos cobri e me aninhei ao lado dele. Sua cama estava mais fria do que a minha, mas a pele de Matt estava quente com o sono, sua respiração era regular e profunda e, embora tivesse acabado de acordar apenas alguns minutos antes, estava pronto para cochilar outra vez. Semanas sem dormir me pegaram em um instante.

— Lamento que você esteja ferido. — Não ousei tocá-lo ou me enrolar nele como queria e como tínhamos feito tantas vezes. — Obrigado por me salvar.

Sua boca subiu preguiçosamente no canto.

— Você pulou de uma ponte.

— Eu pulei.

— Não faça isso de novo.

— Eu não vou.

— Mentiroso.

Fiz um barulho pelo nariz pronto para me defender, mas toda a pretensão de afronta que reuni se derreteu quando ele franziu a testa, que ficou enrugada.

— Não me faça rir — ele arfou.

— Eu não disse nada.

— Você pensou nisso.

— Eu pensei.

Ele bufou e fez uma careta.

— Volte a dormir, eu não queria acordar você.

Matt não gostou de receber ordens, mas o fato de ele ter me escutado pela primeira vez foi uma prova da intensidade da sua dor. Ele exalou, e entre uma respiração e a outra, suas feições relaxaram e ele adormeceu.

Coloquei minha cabeça no travesseiro ao lado dele e o observei, seu rosto ridiculamente maravilhoso, seu cabelo selvagem, e as sardas no nariz, e aquela verruga no lado do seu pescoço, e aquela cicatriz em seu queixo de quando brincamos de espadas com forquilhas de feno e eu o furei com uma das pontas por acidente.

Nós passamos por algumas coisas assustadoras, mas ver Matt ser jogado como uma pedra por uma catapulta foi o pior até agora. Pior do que o filho do dono da taverna apaixonado. Pior do que a pixie que queria se alimentar da sua magia. Pior do que os seguidores do Perverso, que nos ameaçaram com facas, espadas, venenos, pássaros e cães. Pior do que os valentões na aldeia e o mago que havia prometido a Matt liberdade, poder e tudo o mais que ele queria na frágil condição da profecia. Pior do que Matt dizendo que não me amava.

Adormeci observando-o enquanto o sol se punha no horizonte, e a imagem dele parecendo a morte foi substituída por uma imagem dele com bochechas rosadas e lábios entreabertos; dormindo durante a tarde, inteiro, vivo e lindo. Foi o melhor sono que tive nas últimas semanas.

20

— RION, ENTÃO?

Matt estava mais acordado do que esteve há dias. Desde a noite em que saí do meu quarto, tenho visitado ele com frequência, ficando o máximo que consigo, fazendo as refeições ali, lendo livros para ele e até mesmo negligenciando alguns dos meus deveres reais. Foi o máximo que estivemos juntos desde a morte de Barthly e gostei, mesmo que os espectros dos ferimentos graves e da quase morte pairassem sobre nós.

Apoiado em travesseiros, Matt pegou os ovos que o criado havia trazido. Eles haviam colocado uma bandeja para nós na cama, completa, com um bule de chá para cada um de nós. O dele era para a dor. O meu era para a tosse, que havia desaparecido quase completamente, assim como o pior dos hematomas do Matt.

— Esse é o plano — respondi com a boca cheia.

— Desmaiar não funcionou para você, hein?

Eu levantei uma sobrancelha.

— A única pessoa neste cômodo que desmaiou foi você.

Com as bochechas coradas, Matt desistiu dos seus ovos e pegou um pãozinho.

— Não foi isso que um passarinho me contou.

— O que Lila falou?

— Que você desmaiou e Rion o carregou para o seu quarto.

— Ela fala demais.

Matt deu uma risadinha, então estremeceu, curvando-se um pouco.

— Bem, pense por outro lado. — Ele arrancou um pedaço de pão e me entregou. — Você realmente desmaiou em seus braços. Isso é um bônus para o seu plano.

— Verdade. Embora ache que foi menos romântico e mais constrangedor.

Fazendo uma careta, Matt colocou o resto do pão na boca.

— Você não pode sentir vergonha do Rion. Ele é a personificação literal das boas maneiras e não provocaria uma alma a menos que tivesse certeza de que isso era permitido.

— Isso é verdade. — Eu bati os dedos em meus lábios. — Isso provavelmente não nos torna uma boa combinação.

— Tudo pode acontecer.

— Você está com bom humor.

— Estou sentado. A certa altura, pensei que me uniria ao colchão.

— Isso teria sido lamentável — falei enquanto saltava na borda. — Gosto do seu colchão.

Matt balançou a mão para mim e errou meu ombro.

— Ai — ele disse, enrolando em si mesmo.

— Essa deveria ser a minha fala.

— Cala a boca.

Imitei costurar minha boca, e Matt balançou a cabeça. Eu queria perguntar a ele sobre sua conversa com Sionna, mas não tinha coragem. Seja lá o que fosse, era entre eles, e se Matt quisesse que eu soubesse, ele me diria. Era surpreendentemente maduro vindo de mim, mas eu era o rei. Eu amadureci. Um pouco. Mais ou menos. Bem, ainda não faria uma festa em minha homenagem por chegar à idade adulta. Para começar, eu estaria morto, porque não tinha alma gêmea. Por outro, a idade adulta ainda estava a dois meses. Dois meses muito curtos.

— Explique de novo: como você se aproximará do Rion?

— Achei que você quisesse que calasse a boca. — Matt me deu seu olhar de Matt não impressionado e eu sorri, apesar disso. — Tudo bem. A princesa descreveu em seu diário que a lady fingiu não saber dançar para seduzi-la. Vou fingir que não sei lutar com espadas.

— Você não sabe lutar com espadas.

— Sei um pouco.

— Não o suficiente para não ser quase espremido até a morte por um monstro do fosso.

— Circunstâncias extenuantes!

— Certo.

— Ei, eu libertei Henry. Decapitei Barthly. Tenho alguma habilidade.

— Você tem sorte quando balança um pedaço de metal pesado contra as coisas.

Estreitei meus olhos.

— Eu me sinto desrespeitado.

Bufando uma risada, depois estremecendo, Matt desabou nos travesseiros, inclinando a cabeça para trás. Ele olhou para o teto e respirou fundo.

— Não me faça rir.

— Estou falando sério. Mas, no que diz respeito à minha incrível destreza com uma espada, Sionna me contou que temos recrutas para treinar por causa do incidente com o monstro do fosso.

Matt ofegou.

— Isso é ainda mais engraçado.

— Pare de rir — repreendi.

— Então pare de me dizer coisas hilárias.

— Eu só falei porque significa que podemos realmente começar a planejar o banquete, o baile e tudo o mais que Bethany quiser. Nosso plano de contingência pode avançar.

A testa de Matt franziu e o pequeno sorriso que brincava em seus lábios desapareceu, substituído por uma carranca.

— Matt? Você precisa se deitar?

— Nunca mais, obrigado.

— Vai ficar difícil dormir assim.

Ele fechou os olhos.

— Estou bem desse jeito.

— Certo. Essa é a minha deixa. — Deslizei com cuidado do meu lugar na beira do colchão, e então tropecei. Peguei a coluna da cama de Matt para me endireitar quando a sensação de alfinetes e agulhas formigou ao longo do meu pé direito.

— O que está fazendo? — Matt perguntou.

— Nada! — Tirei minha pantufa. Meus dedos do pé formigaram e brilharam, como se fossem translúcidos. Engolindo em seco, balancei meu pé e o coloquei no chão. O tapete estava visível através da minha pele. Pisquei, então mexi os dedos dos pés e eles se solidificaram. Decididamente sem entrar em pânico, soltei a cabeceira da cama, levantei a bandeja do café da manhã do colo de Matt e a transferi para o chão perto da porta.

— Você está roubando o meu café da manhã?

— Estou te deixando mais confortável. — Peguei a tigela de frutas cortadas da bandeja e a coloquei na mesa de cabeceira do Matt, caso ele de fato ainda estivesse com fome. — Porque você está adormecendo.

— Não estou.

— Mentiroso.

— Arek?

— Vá dormir — pedi. Puxei o cobertor da ponta da cama sobre seu torso enfaixado e prendi as bordas ao redor dele com cuidado. Eu verifiquei meu pé outra vez e o enfiei na minha pantufa. Estava tudo certo. Huh. Devo ter me sentado de maneira estranha para sentir um formigamento. E o brilho foi um truque da luz do vitral da janela do Matt.

— Seja legal com Rion — Matt pediu, com a sobrancelha enrugada. — Ele é um bom homem.

— Ele é. Serei meu eu adorável de sempre. Eu prometo.

Bufando, um sorriso suave se espalhou pelos lábios de Matt.

— Idiota.

— Desrespeitoso. Deixei sua fruta na mesa. Volto mais tarde.

A resposta de Matt foi um ronco.

Saí do quarto sem fazer barulho, fechando a porta atrás de mim. Quando estava no corredor, encostei-me nela e empurrei meu pé contra a pedra. Não foi nada, só um estremecimento de nervoso, uma refração da luz. Meu próprio cansaço e preocupação causando descoloração.

Mas, para garantir, precisava me apressar e implementar meu plano para cortejar Rion antes que fosse tarde demais.

21

— Fico feliz que você tenha pedido para revermos seu treinamento com a espada — Rion comentou enquanto eu o seguia do castelo para o campo de treinamento dos cavaleiros.

Minha capa balançava atrás de mim enquanto eu caminhava. Minha coroa brilhava na luz do sol forte. Depois do incidente com o polvo, evitei usar roupas muito apertadas ou com laços, mas, como estava tentando impressionar um potencial parceiro, pedi a Harlow minhas melhores roupas, mas que conseguisse me movimentar livremente. Além disso, planejava encontrar os novos soldados recrutas e não ficaria bem se eles me vissem em minha túnica e calças normais.

— Bem, depois do monstro do fosso, decidi aceitar sua oferta.

— Excelente. Vamos começar com essas espadas de treinamento de madeira e aos poucos avançamos para o aço.

Rion me jogou uma das espadas. Eu a peguei — por pouco — então girei o cabo em minha mão com um floreio.

— Ok. Então, como devemos começar?

Nunca achei que Rion fosse um mestre das tarefas. Imaginei que nossa sessão seria muito parecida com o que ocorreu entre a princesa e a lady do diário, mas não era isso que ele tinha em mente. Primeiro, praticamos formas, pegadas, passos, defesas e golpes. Cada vez que minha forma era considerada desleixada ou imprecisa, Rion não me envolvia com seus braços grossos e protuberantes e guiava meus membros para a postura ou posição correta com gentileza. Não. Em vez disso, ele usava a ponta da sua espada de madeira para me cutucar e estimular até que empunhasse na posição desejada. Eu teria pequenos hematomas por toda parte quando concluíssemos esta aula.

— Avance, Arek.

Meus músculos tremiam, mas eu ataquei.

— Avançar. — A parte plana da sua lâmina pressionou a parte de trás do meu joelho e me impeliu para frente. — Isso. Agora, segure.

Meu peito pesava. O suor escorria pelas minhas costas. Eu sentia dores como se fosse o primeiro dia de fazer feno e tivesse passado o dia ceifando e ajuntando. Um mês no castelo e meu corpo amoleceu. Cerrei os dentes e segui as instruções de Rion até minha túnica ficar molhada e meu rosto ficar tão vermelho quanto meu cabelo.

— Excelente, majestade.

Majestade? Eu me endireitei da minha posição.

— Rion, é...

— Vamos lutar.

Ele bateu a ponta da espada contra a terra, em seguida, caiu em uma posição de combate. Eu o imitei. Ataquei primeiro, na esperança de pegá-lo desprevenido. Funcionou por um momento, antes que ele golpeasse minha espada para longe e, em seguida, jogasse a dele em mim. Consegui tirar sua espada do caminho e me afastei dançando, rindo. O estalo das nossas lâminas de madeira encheu o pátio, assim como minha risada entre as arfadas, a instrução de Rion quando eu fazia algo errado e o elogio quando executava um movimento corretamente. Era como uma dança, uma série de movimentos sincronizados. Meu pulso disparou. A batida rápida do meu coração pulsava forte na minha cabeça e na minha mandíbula. Depois de vários minutos, Rion me desarmou com um floreio e minha espada de madeira voou pelo pátio.

Com as mãos na cintura, eu sorri.

— Isso foi divertido.

Alguns aplausos vieram de trás de mim e me virei para descobrir que tínhamos um público. Vários dos recrutas estavam observando. Eu acenei. Todos eles paralisaram e alguns se curvaram rapidamente.

— Excelente sessão, majestade.

Apertei o ombro de Rion.

— E é por isso que Sir Rion é um dos seus instrutores — gritei para o grupo. — Ele e a general Sionna são os dois melhores lutadores desta época.

Rion corou.

— Mesma hora amanhã? — eu perguntei. Ele concordou. — Excelente. Vejo você então.

Naquela noite, meu humor estava ótimo. Depois de jantar com Matt e lhe contar tudo sobre o nosso treino, mergulhei em uma banheira quente para tentar diminuir a dor que inevitavelmente estaria sentindo no dia seguinte. Embora eu ainda tenha demorado muito para adormecer, quando o fiz, dormi bem.

VOLTEI NO DIA SEGUINTE SEM A CAPA E A COROA. E DE NOVO NO OUTRO treino. E mais uma vez no outro. E no próximo depois desse. Antes que percebesse, uma semana inteira se passou e estávamos firmes na segunda; Rion ainda não havia me tocado durante as nossas sessões, apenas com a lâmina da espada de treino, mas descobri que não me importava. Parei de errar de propósito e gostei de aprender o ofício da esgrima e os benefícios da atividade física. Dormia melhor. Meu humor estava melhor. Eu me descobria ansioso para treinar até suar depois de horas sentado em um trono, ou estudando, além de aprendendo regras e etiqueta. Passamos das espadas de madeira para as de aço e acrescentamos escudos, e logo Rion me ensinaria a usar uma lança.

Hoje, porém, ele bateu no estofamento do escudo do meu braço.

— Espere — pedi, levantando minha mão. — Preciso de um minuto. — Cambaleei até o balde de água que mantínhamos perto do pátio, arrastando meu escudo atrás de mim. Eu o deixei cair na grama, em seguida, peguei um copo. Engoli a água, com jorros derramando dos lados da minha boca e pelo meu pescoço, cortando uma faixa através do suor e da sujeira. Quando acabei, limpei minha boca com a manga. Ofegando, me apoiei em um poste de madeira que Rion uma vez explicou que era para segurar um boneco de treino. Minha respiração soprou em rajadas visíveis, e o vapor subiu do calor da minha pele. — Estou exausto.

— Podemos encerrar por hoje, majestade. Se você desejar.

— Não — balancei minha cabeça, meu cabelo molhado de suor. Minha túnica estava ensopada. Enrolei minhas mangas sobre os cotovelos para ter um movimento melhor, e meus antebraços flexionaram quando peguei minha espada e a girei em minha mão. — Não. Eu quero continuar o treino.

— Você está melhorando.

— Eu não poderia ter piorado muito.

Sorridente, Rion cruzou os braços protuberantes. Ele era mais alto que eu, mas apenas por alguns centímetros. Seu cabelo loiro-escuro caía até o queixo, mas quando praticávamos, ele o amarrava para trás com um pedaço de couro. Por isso, pude apreciar a forte linha da sua mandíbula, o aparar de sua barba e os contornos de seu rosto. Ele só ficou mais bonito ao longo dos meses que o conheci, e poderia nos imaginar juntos governando o reino. Sua firmeza e sinceridade eram bons contrapontos à minha impulsividade e sarcasmo. Mas ele ainda não havia demonstrado qualquer interesse em mim. Nem um pouquinho. Todo o toque entre nós veio de mim, ou de uma necessidade, como me ajudar a ficar de pé depois que ele me derrubava.

— Não. Eu não acho que você poderia ter piorado.

Provocação! Aquilo era um bom sinal.

— Desrespeito! — Eu balancei meu dedo para ele, embora meu sorriso desmentisse qualquer ira genuína. — Flagrante desrespeito.

Rion abaixou a cabeça e curvou-se ligeiramente na cintura, abrindo os braços.

— Minhas desculpas, majestade.

Ok, isso foi fofo. Foi um flerte? Rion estava flertando comigo?

— Então — prossegui, inclinando minha cabeça, tentando flertar também — qual será a minha próxima habilidade? Sei que não domino nada, mas estou melhor. Qual é o próximo nível?

Rion coçou a barba.

— Se você puder ensinar outra pessoa.

Não era isso que esperava. Minhas sobrancelhas se ergueram.

— O quê?

Com os olhos brilhando com uma ideia, Rion apontou para mim.

— Sim. Isso é perfeito.

A cada dia, reuníamos mais e mais público à medida que praticávamos. Eu não me importava. Os soldados precisavam ver que Rion era alguém em quem confiava e que ele sabia o que estava falando para que pudessem estar abertos a aprender com ele. Exceto nesse exato momento. Eu realmente me importava agora, porque Rion examinava a multidão. Ele estalou os dedos.

— Lorde Matt!

Eu me virei para localizá-lo, surpreso ao saber que estava fora da cama. Ele havia conseguido andar em seu quarto no outro dia, mas não sabia que estava disposto a sair no pátio. Eu o avistei na multidão, apoiado em seu cajado, vestido com uma túnica simples, mas com um manto pesado pendurado sobre os ombros. Os recrutas perceberam quem estava entre eles e sussurraram enquanto se separavam como um rio ao redor de uma rocha, e Matt se movia lentamente em nossa direção.

— É o mago — um deles sussurrou alto o suficiente para eu ouvir. — O poderoso que destruiu o monstro do fosso.

— Pensei que o Rei Arek tivesse matado o monstro.

— O Rei Arek salvou Henry, mas foi Lorde Matt, o Grande, quem o derrotou.

O Grande? *O Grande?* Como ele era Lorde Matt, o Grande, e eu estava preso ao Rei Arek, o Bondoso?

Matt se aproximou com cautela, os olhos brilhando de diversão enquanto ele também ouvia a conversa.

— Não — eu disse a Rion. — Essa não é uma boa ideia. Ele acabou de melhorar.

— O que significa que, como seu professor, você precisará ser gentil com ele e garantir que não se machuque ao realizar os movimentos.

Matt ergueu o queixo.

— Posso segurar uma espada, Arek. Ainda mais se isso for pra ajudar você a aprender a sobreviver por um pouco mais de tempo.

A multidão deu uma risadinha.

— Ele chama o rei pelo nome — o barulhento sussurrou.

Revirando os olhos, cruzei o campo e peguei uma espada de treino do suporte. Eu não seria capaz de ensinar Matt da mesma maneira que Rion me ensinou — empurrando seu corpo usando a espada de madeira — então teria que pensar em outra coisa. Matt encostou seu cajado na madeira, tirou o manto e me encontrou no meio do pátio. Entreguei o cabo a Matt e ele o envolveu com seus dedos compridos.

— Não; assim. — Coloquei minha mão sobre a dele e a girei suavemente para a posição correta no punho. — Você quer segurá-la como se estivesse cumprimentando-a com um aperto de mão. Aja como se estivesse encontrando-a pela primeira vez.

Os lábios de Matt se curvaram.

— Bem, prazer em conhecê-la, espada.

— Você é ridículo.

— Tenha cuidado aí, Arek. Você está do lado errado da extremidade pontuda.

Rindo, eu me coloquei atrás dele.

— Bom ponto. — Movi o braço de Matt para a posição correta, apoiando seu cotovelo na minha palma e colocando minha mão no meio das suas costas. — Tudo bem. Agora acerte seus pés. — Cutuquei sua perna com meu joelho. — Sim, aquele, avance um pouco.

Matt arrastou os pés até que estivessem mais ou menos no lugar correto.

— Assim?

— Sim. Isso é bom.

— Excelente — Rion comentou, observando à nossa frente. Ele também segurava uma espada e ergueu a ponta na direção de Matt. — Agora, vou simular um ataque de cima, então mova Matt para a posição correta. — Rion atacou em um movimento bem lento.

Inclinando-me, corri minha mão por seu braço e manobrei sua espada na posição correta para bloquear. Agarrei a saliência do seu quadril oposto e o puxei com gentileza.

— Matt, ponha o pé para trás. Não, o outro. — Eu corrigi, sufocando um gemido quando ele pisou nos meus dedos. — Sim. Bom. Mantenha sua postura reta. — Envolvendo meu braço em torno dele, pressionei minha mão em seu peito para firmá-lo. Seu coração palpitava como um beija-flor sob minha palma. A pele da sua nuca se arrepiou e percebi que respirava como Rion havia me ensinado, mas bem no ombro e na orelha de Matt. Antes que pudesse murmurar um pedido de desculpas, a espada de Rion estalou contra a de Matt. Mesmo sendo um golpe leve, o braço de Matt agitou e me apressei para firmá-lo, agarrando seu pulso para evitar que o braço caísse.

— Bom. Agora desvie do meu golpe e ataque.

O corpo de Matt era um bloco que emanava calor por toda a frente do meu corpo. O tempo havia esfriado consideravelmente, mas tinha suado muito durante meu treino com Rion e havia tirado o meu manto. Agora, porém, a umidade esfriou a minha pele e estremeci com a brisa. Eu me espremi mais perto, sugando o calor de Matt, enquanto lhe mostrava como repelir o golpe, em seguida, montar um ataque por conta própria.

— Ok, dê um passo à frente. — Meu joelho bateu na parte de trás da sua perna e ele deu um passo. — Agora, golpeie com o braço da espada.

Quando ele fez isso, apoiei seu braço com a palma da minha mão, passando-a por baixo para corrigir sua forma e, em seguida, apoiei ao longo das suas costelas.

Matt respirou fundo.

Retirei minha mão como se ele estivesse pegando fogo.

— Você está bem? — Indaguei, com medo de ter tocado em um dos seus hematomas persistentes.

— Ótimo — ele respondeu. — Estou bem.

— Tem certeza?

Ele enrijeceu em meus braços.

— Eu não sou fraco.

— Nunca disse que era — retruquei. — Mas você estava ferido.

— Acho que terminei. — Matt largou o braço da espada e saiu do meu abraço. Tremendo com a repentina falta de calor do seu corpo, eu desenrolei minhas mangas com pressa, e, em seguida, passei meus braços em volta do meu torso.

Ruborizado do pescoço para cima, Matt passou a mão pelo cabelo.

— Acho que vou me limitar à magia. — Ele sacudiu a cabeça em direção aos espectadores. — Mas acredito que você encontraria um voluntário disposto a terminar.

Eu não queria encontrar um voluntário disposto. Eu queria... bem, não importava. Matt obviamente não estava bem com a nossa proximidade física em público. Ele não se importava quando estávamos em nossos quartos; na verdade ele iniciou essa história, subiu na minha cama primeiro, depois me convidou para a dele quando estava ferido. E eu estava grato por isso não ter mudado entre nós. Mas aqui, diante de Rion e dos novos recrutas, estava desconfortável, e precisava respeitar isso.

— Também terminei por hoje. — Eu o segui de volta até seu manto e cajado, não querendo que a nossa interação terminasse com um gosto amargo. — Vou acompanhá-lo de volta.

Ele ergueu uma sobrancelha.

— Quem falou que vou voltar para o meu quarto? Eu disse que estava farto de brincar com espadas, não do meu passeio.

— É mesmo? Para onde Lorde Matt, o Grande, está indo agora?

— Por quê? O Rei Arek, o Bondoso, vai me seguir pelo castelo agora?

— Sim.

O grupo de soldados, extasiados e com os olhos arregalados, explodiu em sussurros enquanto observava a troca.

Claramente divertido, Matt prendeu o manto sobre os ombros.

— Para o jardim então, *majestade*.

Fiquei admirado com como ele continuava fazendo o meu título honroso soar como um insulto.

Juntei minhas coisas, colocando o meu casaco e prendendo meu cinto com a espada mágica pesada em meu quadril. Corri a mão pelo meu cabelo escorregadio de suor. Nojento. Eu precisaria de um banho mais tarde.

O grupo reunido saiu do caminho quando passávamos por eles e deixávamos o pátio. Matt carregava seu cajado em uma das mãos e se encolhia em seu manto, puxando o capuz forrado de pele.

— Chique — provoquei.

Ele bufou.

— Diz o homem que usa uma capa.

— Foi uma vez. Tudo bem, duas vezes — admiti. — Mas me arrependi no momento que pulei no fosso.

Rindo, Matt me conduziu por um labirinto de cercas vivas, grama alta e moitas cheias de pássaros fazendo ninhos. Vários lugares em meio ao terreno haviam sido negligenciados por anos, eu fiz uma nota mental para contratar jardineiros para a primavera.

— Aonde estamos indo? — questionei, enquanto me espremia em um local apertado, espinhos de uma roseira se prendendo no tecido da minha capa.

Em vez de responder, Matt questionou:

— Como vão as coisas com Rion?

— Rion? — perguntei. — Ah, sim, Rion. O cortejo. Hum. Aquele homem é feito de pedra. Não que eu tenha tentado muito. Quer dizer, eu tentei, porque não quero morrer. — Deveria contar a Matt sobre o momento estranho em seu quarto, quando meus dedos dos pés desapareceram, mas não queria preocupá-lo. Eu ainda tinha seis semanas até meu aniversário. Eu me preocuparia mais tarde. — Mas não há nada por parte dele.

— E por sua parte?

Dando de ombros, eu suspirei.

— Ele é bonito. Ele é legal. E ele é um bom amigo. Mas ele não é para mim.

Matt acenou com a cabeça. Ele bateu a ponta dos dedos na boca.

— Devo presumir que você vai para Lila?

— Sim, eu acho. Só que Lila… é reservada. Nós não sabemos nada sobre ela além de que é parte fae e que pode roubar as roupas do seu corpo se você não estiver prestando atenção.

— Nós sabemos mais do que isso.

— Sabemos? Mesmo?

Matt acenou com a mão em uma porta velha e desgastada e ela abriu para dentro. Ele me conduziu até um jardim murado, que de alguma forma era mais emaranhado e coberto de vegetação do que os outros por onde passamos. E estava muito, muito mais quente.

— Claro que sabemos. Ela irá segui-lo na batalha. Ela subiu o braço de um monstro do fosso para salvá-lo. E ela ficou. — Matt parou em um cultivo de flores próximo. — Lila foi a primeira a se despedir e ainda assim ela ficou.

Eu puxei meu colarinho. O ar estava úmido e quente, como quando tínhamos um breve aguaceiro no dia mais quente do ano e as gotas se transformavam em vapor com o contato. Plantas verdes vibrantes rastejavam ao longo das paredes de pedra — projetadas até o céu, mais altas do que qualquer coisa que já vi — lançando todo o lugar em uma luz verde.

— Ficar é esperar muito pouco.

— É? — O olhar de Matt era penetrante. — Ficar é o maior ato de lealdade que qualquer um deles demonstrou. Uma coisa é seguir uma profecia que tem um ponto-final. Outra é ficar de maneira indefinida, sem um final conclusivo, sem saber o que o futuro reserva ou qual seria a sua função.

— Eu dei cargos a eles. Lembra?

— E essa foi a coisa mais inteligente que você fez até agora. Dar-lhes um propósito.

— Obrigado pelo elogio. Mas o que isso tem a ver com Lila?

— Ela sempre foi reservada. Não sabemos nada sobre sua família ou mesmo se ela ainda tem uma. Não conhecemos suas motivações além de moedas e riquezas. Mas nós confiamos nela.

— Sim. Eu confio nela. Ela saltou sobre uma besta se contraindo para me salvar. — Eu contorci para tirar minha capa. — Por que diabos está tão quente aqui?

— Está enfeitiçado. — Matt acenou com a mão. — Quando descobri isso, o feitiço estava enfraquecendo. Eu o fortaleci para durar pelos próximos anos. Dentro dessas quatro paredes de jardim sempre haverá calor suficiente para cultivar tudo de que precisamos.

— Mesmo? — indaguei, a voz crescendo em admiração. Saí do lado dele e explorei o que pude. A área não era grande — tinha o tamanho de uma das salas de jantar do castelo — mas estava repleta de ervas, flores, videiras e tudo que se podia imaginar. Passei minha mão ao longo da pedra, que era quente ao toque, e fiquei maravilhado com a engenhosidade de Matt. — Isso é incrível.

— Ervas e plantas para o médico da corte usar em suas poções e unguentos. Árvores frutíferas, caso precisemos delas no inverno. E isso. — Ele usou a ponta de seu cajado para mover uma folha e revelar um grupo de pequenas flores vermelhas brilhantes.

— O que são essas flores?

— Verdade-do-coração.

— Não sei o que é isso.

— Eu li sobre elas em um pergaminho na biblioteca. É uma flor rara. O pólen incita a pessoa a revelar o que está em seu coração.

Minhas sobrancelhas se ergueram.

— Quando você encontrou isso?

— Antes do monstro do fosso. — Ele mordeu o lábio inferior. — Para ser honesto, eu não queria usá-las, mas você está ficando sem tempo. Eu tinha esperança em Sionna, Bethany e Rion, mas prefiro que você não perca duas semanas tentando cortejar Lila se ela não tiver nenhum sentimento por você.

Curvado, analisei as flores. Com a inspeção, percebi que suas pétalas vermelho-sangue tinham a forma de pequenos corações.

Matt empurrou a ponta do seu bastão em meu peito.

— Não fique muito perto. A menos que você queira revelar o desejo do seu coração para mim.

Eu me endireitei.

— Rá! — Minha risada saiu mais como uma explosão de pânico do que qualquer outra coisa. Tentei disfarçar com uma tosse enquanto me afastava da flor, mas não tive sucesso, se a sobrancelha levantada de Matt for uma indicação. Mas uau. Não queria tocar nisso porque fazer um monólogo para Matt sobre seu rosto, suas sardas e seu... tudo terminaria em vergonha e lágrimas. Eu limpei minha garganta. — Tenho certeza de que você quer detalhes sobre o quanto desejo continuar vivo. E sobre a torta que comemos na outra noite.

— Eu dispenso — Matt respondeu sarcástico. — De qualquer forma, sugiro que planeje um passeio com Lila. Vou preparar as flores.

— E depois? Colocar na bebida dela? Polvilhar na torrada? Enfiar na cara dela?

— Vou pensar em alguma coisa. — Matt franziu a testa. — Você só precisa estar por perto para fazer as perguntas certas.

— Tudo bem. — Com as mãos na cintura, fiquei maravilhado mais uma vez com a engenhosidade do espaço quente. A vibração dos verdes e as diferentes cores das flores eram lindas. A forte umidade enrugou a minha pele. O calor era bem-vindo em comparação com o frio do outono intenso do outro lado da porta. — Isso é mesmo brilhante, Matt. Um jardim eterno.

— Não pensei nisso. — Ele girou o cajado na mão, a ponta torcendo a grama sob a madeira. — Eu apenas o reforcei.

— Ainda assim. Você realmente é Matt, o Grande.

Ele bufou.

— E você é Arek, o Bondoso.

— Ugh. Pare. — Girei o pescoço e olhei para trás, até o céu. O sol fraco espalhava uma luz difusa por entre as nuvens que se acumulavam. — Você também, não.

— Não sei por que você não gosta do nome. É muito melhor do que Arek, o Terrível. Arek, o Feio. Arek, o Desprezível. Arek, o Repulsivo. Arek, o...

— Pare. Por favor, pare de me descrever.

Irritando-se, Matt bateu com o ombro no meu.

— Dramático. Não estou descrevendo você, apenas dando exemplos do que você poderia ser. Esses são ruins. Bondoso não é.

— Isso me faz parecer fraco.

— Bondade não é fraqueza. — Ele fez uma careta. — Depois de tudo que passamos, seria fácil ser cínico, virar as costas para todos e apenas cuidar de nós mesmos. Porque, quem cuidou de nós? Hein? Quem, além de nossos pais, já se importou conosco? Fui expulso de minha aldeia natal por causa do *boato* da magia. Você foi escolhido para uma missão que nunca quis. Fomos perseguidos, feridos, aterrorizados, envenenados, espancados e quase mortos. Mesmo agora, você está enfrentando uma morte em potencial.

Suspirando, cruzei os braços.

— Risco ocupacional de ser rei, eu acho.

— Sim — ele concordou, revirando os olhos —, nada bondoso. Nada altruísta. Nem um pouco completamente leal a um povo que nem sabia seu nome há dois meses. Não é o rei mais generoso que esta terra teve em uma era.

— Para ser justo — corrigi, levantando meu dedo indicador —, minha competição real era Barthly, então não é um padrão muito alto para se ultrapassar. E, em segundo lugar, só coloquei a coroa na minha cabeça porque você me pediu e porque pensei que haveria uma princesa em uma torre que seria capaz de assumir depois que eu reinasse por uma tarde. Não é como se de repente eu tivesse decidido ser a pessoa que todos procuravam para consertar as coisas. — Sorrindo, dei uma cotovelada na costela de Matt, então me lembrei dos seus ferimentos assim que ele estremeceu com o contato.

— Eu sei disso — Matt estourou, todos os traços de humor sumiram do seu tom e do seu rosto. — Se não tivesse lhe dito para colocar aquela coroa estúpida na sua cabeça, você não estaria preso ao trono e não seria forçado a essa situação de alma gêmea. Você não precisa me lembrar disso.

Levantei minhas mãos.

— Uau. Matt. Está tudo bem. Estava brincando. Foi uma piada. Eu não te culpo por isso.

— Bem, mas deveria! Você tem razão. Fui eu quem disse para tirar a coroa da cabeça de Barthly e colocá-la na sua. E até impliquei com você sobre isso. Esta situação é minha culpa. É minha culpa.

— Matt! Não é sua culpa. Isso foi um mal-entendido.

— Um mal-entendido que vai mudar a sua vida para sempre! Ou acabar com ela!

Minha pulsação disparou. A umidade, que havia acolhido quando entramos no espaço fechado, agora parecia claustrofóbica.

— Desde quando eu sigo cada ordem que você me dá? Hein? Poderia ter ignorado. Faço isso *o tempo todo*, ou você não se lembra de grande parte da nossa infância? Sou um idiota impulsivo. Nós dois sabemos disso. Só porque você falou para colocar a coroa, não significa que não faria isso de qualquer maneira e me sentaria no trono. Era provável que eu realmente colocasse, logo depois de ter sido limpa.

O rosto de Matt era uma tempestade. Seus nós dos dedos estavam brancos pela força com que ele segurava seu cajado. O vermelho subia por suas bochechas e descia pelo pescoço sob a túnica.

— Não minta para me fazer sentir melhor.

— Não estou... — Minha voz falhou. Meus ombros subiram até as minhas orelhas. — Não estou mentindo. Eu juro.

A expressão de Matt era cética.

— Por favor, não se sinta culpado. — Essa foi a pior coisa que poderia dizer.

— Não me sinto culpado! — ele explodiu. — Eu me sinto estúpido! Desamparado! Me sinto preso!

Congelei. Eu escutava os meus batimentos cardíacos em meus ouvidos.

— Preso?

— Esquece. Eu não quis dizer isso. Não quis dizer nada disso. — Ele apertou a ponta do nariz entre o polegar e o indicador. — Estou cansado e dolorido. Não estou sendo eu mesmo. Vou voltar para o meu quarto.

Matt se sentia preso no castelo por minha causa? Ele preferiria estar em outro lugar? Minha cabeça girou.

— Vou caminhar com você.

— Não! — Ele balançou a cabeça. — Não. Eu estou bem sozinho. Não preciso da sua ajuda. — Ele engoliu em seco e virou a cabeça. Seu cabelo escuro caía em seu rosto obscurecendo suas feições. Meu coração doeu. — Apenas certifique-se de ter um encontro com Lila nos próximos dias. Eu terei o pólen pronto.

— Matt...

Ele se afastou com as costas rígidas e deixou o jardim mágico, a porta abrindo e fechando sem o seu toque. Fiquei encarando Matt. Foi uma mudança tão abrupta da nossa sessão de treinamento, e todo o meu corpo ficou frio, apesar do calor do local. Senti falta dele tão subitamente que parecia uma lança atravessada em meu peito. Meus dedos formigaram e olhei para minha mão segurando o punho da espada em meu quadril. Com a boca seca, a ergui e olhei através da palma da mão.

22

— Você está verificando como estão todos ou eu sou um caso especial? — Lila perguntou de um jeito seco enquanto me guiava pelo castelo. Sua capa escura esvoaçava atrás dela enquanto caminhava de maneira rápida e leve da sala do trono para um dos pátios. Ela segurava um embrulho de couro nas mãos, mas não me contou para o que era, apenas que iria precisar durante o nosso passeio.

— Só você. — As palavras saíram mais mordazes do que provocadoras, porém, isso se devia mais ao meu humor do que qualquer coisa que Lila tivesse feito ou dito. Desde minha briga com Matt há dois dias, mal havíamos nos falado, apenas para trocar informações sobre o pólen e meu encontro com Lila. Eu não tinha certeza do que havia feito de errado. Se tinha feito alguma coisa. Mas ele estava com raiva de mim e, portanto, estava irritado com ele.

— Você não confia em mim.

— Eu confio em você quando se trata de coisas como salvar minha vida e distribuir a quantidade correta de moedas. Fora isso, me considere desconfiado por um bom motivo.

Ela jogou uma mecha de cabelo loiro por cima do ombro.

— É justo. — Lila semicerrou os olhos para mim, sem prestar atenção para onde ia; em vez disso, ela analisou meu rosto enquanto se movia pelos corredores com uma graça sobrenatural. — Você está bem? Parece que alguém roubou seu pedaço de torta.

Eu belisquei meu nariz.

— Você roubou meu pedaço de torta?

Ela pressionou a mão no peito e ostentou uma expressão inocente, algo que sem dúvidas aprendeu com a Bethany, e que não funcionou muito bem em suas feições finas.

— Eu? — Ela sorriu como um tubarão. — Não. Não roubei nenhuma torta. Por que roubaria uma torta quando posso pedir à mãe de Meredith para fazer uma para nós? Por falar nisso, ela é incrível.

— E para onde exatamente estamos indo? Você não disse.

— Você vai ver.

— Isso tem ligação com morte e destruição?

Ela bateu no queixo e cantarolou.

— Não.

— Me incomoda você ter de pensar sobre isso.

— Me incomoda — ela me cutucou no peito — que você esteja rabugento. Tem a ver com Matt? Ele também está de mau humor.

Não brinca. Eu estava bem ciente de que ele estava de mau humor. Mas o fato de Lila saber disso também me incomodava.

— Ele está? Eu não saberia dizer.

— Oh, então *tem* a ver com ele.

— Nem tudo é sobre Matt.

— Mas isso é.

Quando Lila se tornou tão ligada no que acontece? É influência da Sionna, óbvio.

— Podemos continuar, por favor? — Tudo bem. Estava sendo um cortejo ruim. Até eu sabia disso. Mas não conseguia reunir nenhuma energia em relação a Lila quando todos os meus pensamentos se concentravam em Matt. Seu rosto tão lindo, sua estúpida magia perfeita e seus comentários sarcásticos e hilários. Fiquei perturbado que ele se sentisse culpado por minha situação. Fiquei perturbado que ele se sentisse preso ao castelo. Tudo nele me *perturbava*: o quão inteligente ele era, como se importava com todos, como se colocava em perigo por minha causa, como me seguiu quando fugi, como ficou quando o polvo o acertou e o mandou pelo ar, como cultivou flores para mim, como tremeu quando segurei seu braço enquanto ele empurrava a espada de treino, como o calor do seu corpo contra o meu fazia meus joelhos fraquejarem e minha cabeça girar. Como Matt era o único que eu queria, mas tinha certeza de que ele não me queria.

Lila estalou os dedos na minha cara.

— Onde diabos você estava?

— Bem aqui.

— Sei, tá bom.

Olhando em volta, descobri que Lila tinha me levado para um pátio perto dos estábulos. Ela cruzou o pátio de pedra, abriu as portas e desapareceu dentro do edifício às escuras. Os cavalos lá dentro relincharam e alguns pássaros pequenos voaram ao redor das vigas. Um grande gato laranja se esticou em um fardo de feno e balançou o rabo, me encarando com olhos amarelos brilhantes.

— Lila?

— Espere.

Eu sabia o que acontecia nos estábulos. Bem, tinha ouvido falar sobre o que acontecia nos estábulos em histórias e contos de taverna obscenos. Não acho que era isso que Lila queria, mas quem sabe. Ela sempre foi um mistério.

— Ok, Arek, conheça o Corvo.

Lila passou pela porta e saiu para a luz do sol. Em seu braço estendido estava a porra do maior pássaro que já havia visto em toda a minha vida. Suas garras eram tão grandes quanto a pata de um urso, e a garra do meio envolvia todo o braço magro de Lila, cavando no couro resistente que ela vestia na manga. Suas penas eram pretas como breu, mas sua cabeça era careca e rosa, e seu bico assombraria meus pesadelos. Definitivamente não era um corvo, mas o primo de um abutre ou outra ave de rapina enorme, algo feito para caçar e comer coisas grandes. Como vacas. Ou pessoas.

— Corvo — ela chamou, séria. Ele virou a cabeça em sua direção, seus olhos castanho-avermelhados brilhando ao sol. — Diga oi para o Arek.

O Corvo não grasnou ou guinchou. Não, o Corvo sibilou. Desconcertado, dei mais um passo para trás.

— Que porra é essa, Lila? O que é isso?

— É o meu mascote! — ela declarou isso com alegria. — Eu o encontrei trancado em uma jaula no castelo. Depois de alguns dias de visitas e de alimentá-lo com carne crua na minha mão, nos tornamos amigos. Ele mora no estábulo agora.

Oh, meus deuses. Ela havia encontrado o agente pessoal de desmembramento do Perverso, ou o ciclone monstro, e fez amizade com ele. Este pássaro demônio era seu animal de estimação. O terrível navio para o submundo era seu *amigo*.

— Lila, não tenho certeza se Corvo é um mascote.

— Você tem razão. — Ela tocou o dedo sob seu bico e acariciou as penas do seu peito. Ele tentou mordê-la, mas ela puxou a mão em um movimento tão rápido que seu corpo ficou desfocado; e depois disso ela o mimou. Se fosse qualquer outra pessoa, teria perdido um dedo. — Ele é um companheiro.

Abaixando a minha cabeça, eu corri minhas mãos sobre o meu rosto.

— Oh, meus deuses.

— O quê? Qual é o problema?

— Nada! Nada. — Apressei-me em tranquilizá-la para que o Corvo não interpretasse como uma ofensa a ela de alguma forma e decidisse bicar meus olhos depois de me estripar com suas garras. Gesticulei desamparado para o pássaro da morte. — Ele é fofo. — Ele me encarou com seus olhos grandes e firmes, investigando dentro da minha alma. Eu queria me encolher e chorar.

— Não é mesmo?

Mordi a língua para manter cada comentário potencialmente depreciativo para mim, porque Lila parecia bastante contente. Era melhor cuidar de um pássaro da destruição muito grande do que perfurar pessoas por acidente quando assustado? Eu não sabia. Como deveria saber? Eu não estava preparado para isso.

— O Corvo faz truques?

Lila arfou horrorizada.

— Truques? Claro que não. Ele não é um bobo da corte e não está aqui para sua diversão.

— Oh, desculpe.

— Estou brincando. É claro que ele faz. Você quer vê-lo buscar?

Eu não queria ver nada além disso.

— Com certeza.

— Corvo — ela chamou. Ele desviou o olhar de mim para ela, inclinando seu longo pescoço para o lado em uma estranha semelhança a um humano. — Encontre um bastão e traga-o de volta.

Ele sibilou e abriu suas asas. A largura total delas era maior que Lila. Ele as agitou e todo o braço dela dobrou sob seu peso quando ele se lançou no ar. Ele circulou o pátio várias vezes, lançando uma sombra aterrorizante, depois desapareceu no topo da torre oeste.

— Hum. Onde ele foi?

— Encontrar um bastão.

— Quando ele vai voltar?

Ela encolheu os ombros.

— Quando encontrar um.

— Você está preocupada que ele traga algo além disso?

— Como o quê?

— Como uma criança pequena!

— Ele não faria isso. Ele não é mau.

— Tem certeza? Porque ele aparenta ser o mal encarnado. Ele parece um antigo demônio que voltou para decretar vingança. Ele é o que mantém as crianças acordadas à noite. Ele é a criatura que inspira os contos de terror.

Lila cruzou os braços e ergueu o queixo.

— Ele é um pássaro, não um ser malévolo.

— Oh, tudo bem, então. Eu me sinto muito melhor agora. Isso foi muito esclarecedor e estou feliz por você ter encontrado um mascote. Mas não posso deixar de expressar minha preocupação por você estar abrigando um pássaro assassino.

Lila franziu a testa.

— Corvo não é um pássaro assassino. — Ela ergueu uma sobrancelha. — Você o está julgando pela aparência?

— Não. É claro que não. — Sim. Sim, eu estava. — É que ele não foi feito para outra coisa senão matar outras coisas. Ele é um presságio de destruição. Ele é um...

Um guincho de pânico interrompeu o meu monólogo. Ficando tenso, troquei um olhar com Lila, erguemos as sobrancelhas e tivemos um momento de conversa silenciosa. Ouvimos o grito novamente, desta vez mais agudo, e em um acordo silencioso, corremos em direção ao barulho. Peguei a espada no meu quadril e Lila sacou sua adaga enquanto corríamos para a beira do pátio e disparávamos ao longo do caminho externo que levava a uma pequena área gramada. Derrapando até uma faixa de sombra fria ao lado de um edifício externo, parei de repente.

Uma toalha de piquenique estava no chão, com uma cesta e duas taças sobre o pano. Matt estava ao lado, segurando seu cajado com as duas mãos e lutando contra um Corvo agitado e agressivo. O pássaro tinha a ponta do cajado — a parte com a joia — presa em seu bico enorme e batia as asas de maneira descontrolada, na tentativa de arrancá-lo das mãos de Matt.

— Eu vou explodir você! Não pense que não vou! — Matt puxava, mas o Corvo segurava com sua força sobrenatural. Cada batida da sua envergadura enorme enviava uma rajada de ar que deixava Matt cambaleando. — Solte, peru que cresceu demais!

— Corvo! — Lila berrou. — Esse bastão não!

Oh, meus deuses. O Corvo encontrou um bastão. Um que por acaso era o cajado de Matt, e ele queria pegá-lo para Lila. Se Corvo não fosse tão assustador, eu teria gargalhado até chorar, porque isso era realmente hilário.

Porém, corri atrás de Matt, passei meus braços em volta dele e agarrei o cajado, adicionando minha força ao cabo de guerra.

— Chame-o, Lila! — eu gritei bem no ouvido de Matt.

Ele se assustou. Todo o seu corpo estremeceu no meu e seu aperto afrouxou de surpresa. O cajado deslizou alguns centímetros por nossas mãos unidas.

O Corvo sibilou em triunfo, envolvendo suas garras enormes em volta do pescoço do cajado.

Saltando para frente, a parte de trás da cabeça de Matt bateu na minha clavícula, mas eu agarrei mais alto na madeira e a puxei.

O Corvo sibilou mais uma vez, seus olhos vermelhos arregalados e brilhantes. Suas garras arranharam a madeira, deixando sulcos. Eu me encolhi com o som e com o guincho indignado de Matt.

— Solte meu cajado!

A atmosfera ficou densa com magia, como se uma tempestade se formasse no céu. A ponta cravejada com a joia queimava enquanto lutávamos. O Corvo bateu seu bico poderoso, cortando o tecido da manga de Matt e por pouco errando seu braço.

Era assim que eu morreria. Eu sabia, simplesmente sabia. Eu não iria desaparecer porque não conseguia encontrar minha alma gêmea; não morreria nas mãos de seguidores furiosos do Perverso; não iria adormecer na minha cama com uma idade avançada e não acordar. Não. Esta seria a minha morte: nas garras do Corvo, o horrível animal de estimação de um dos meus melhores amigos. Ou no rastro de uma torrente de relâmpagos mágicos quando Matt ficasse nervoso o suficiente para explodir as penas do Corvo.

— O que vocês estão fazendo aqui? — Matt bradou.

— Nós? O que *você* está fazendo aqui? — Eu retruquei.

— Lutando contra esse monstro pelo meu cajado. Que diabos é essa coisa?

— Esse. É. O. Mascote. Da. Lila. — respondi com os dentes cerrados. Minhas palmas estavam escorregadias de suor, e o cajado de Matt havia ficado liso com o tempo não tendo onde se agarrar. Minhas mãos se esfolando a cada puxão que o Corvo dava.

— Mascote dela? — A densa e esmagadora magia que se acumulava diminuiu um pouco.

Os olhos de Matt se estreitaram enquanto ele examinava o pássaro.

— É claro — murmurou.

— Corvo! Largue! — Lila bateu o pé. Ela estava entre nós e o pássaro, de um lado do cabo, e acenou os braços no rosto do Corvo.

Ele não deu ouvidos às exigências de Lila para largar o bastão. Corvo decidiu que puxar para trás não estava funcionando e, portanto, forçou para frente. A ponta do bastão atingiu Matt no estômago e ele se curvou.

— Apenas larguem! — Lila gritou, acenando com as mãos.

— Quem? Ele ou nós? — eu gritei de volta.

— Vocês!

— Não! — Matt torceu o cajado para frente e para trás em uma tentativa de tirá-lo do alcance do Corvo. — Não posso deixar o cajado cair nas mãos erradas.

— Confie em mim!

Cansado de brincar com a gente, Corvo guinchou, um som enervante que enviou um arrepio pela minha coluna. Ele estalou o bico. Ah, merda. Soltei o cajado. Matt virou a cabeça e me encarou se sentindo traído quando Corvo o puxou para cima e os pés de Matt levantaram do chão, os dedos das botas esculpindo sulcos no chão.

— Solte!

Franzindo o rosto, Matt balançou a cabeça.

— Não! Diga a ele para conseguir seu próprio cajado.

— Isso é o que ele está tentando fazer. — Lila se lançou e agarrou os braços de Matt. O peso que foi adicionado trouxe nosso amigo de volta para o chão. Seu corpo estremeceu e seus joelhos dobraram-se tão profundamente que ele quase caiu.

— Ei, largue ele. — Embora tivesse liberado o cajado, eu não ficaria parado assistindo Matt se machucar de novo. Entrei na briga segurando a túnica dele com uma mão e seu cajado com a outra. Nós quatro lutamos, grunhindo e gritando uns com os outros, ou no caso do Corvo, emitindo os sons guturais mais profundos e perturbadores.

— Por que vocês não me escutam? — Lila esbravejou.

— Quem? Nós ou o Corvo? — Eu estabilizei o grupo, sem puxar nem empurrar, apenas segurando com os meus calcanhares cravados. A toalha embaixo de nós se enrolou nos pés de Matt e Lila. A cesta de piquenique tombou para o lado e as taças de prata rolaram.

— Vocês! — ela retrucou e deu um puxão forte.

Matt tropeçou para frente. Seu pé pousou em uma das taças quando o Corvo deu um puxão bem cronometrado e sibilou. O pé de Matt escorregou debaixo dele, e então, de um momento para o outro, Matt caiu, ficando deitado de barriga para cima. Sem que ele segurasse o cajado, eu o soltei e Lila também. O Corvo decolou, carregando o longo bastão pelo céu em vitória.

— Matt!

Lila se ajoelhou ao lado dele e colocou a mão em seu ombro.

— Não se preocupe, ele vai trazer de volta. Eu prometo. Estamos brincando de "vai buscar".

Resmungando e ofegando, Matt rolou para o lado, e, junto com seu xingamento, veio o som de vidro quebrando. Ele congelou, então, sentou-se depressa, batendo com a cabeça na de Lila, antes de se levantar, ajeitando o tecido de sua túnica e acariciando seu torso.

— Ah, merda. Ah, merda.

Ele girou em um círculo. Enquanto procurava desesperado, uma nuvem de pólen vermelho flutuou do seu bolso direto para o rosto da Lila, em seguida, flutuou para cima entre nós dois.

Vermelho. Pólen. Verdade-do-coração.

Coloquei a mão no nariz e na boca, me afastando depressa para longe do pó. Observei com horror enquanto Matt e Lila inalavam; ele por causa do esforço de lutar contra o pássaro assassino, ela, sem saber sobre a verdade-do--coração. O pólen voou para dentro do nariz dela, e quando Matt respirou fundo, foi direto para sua boca.

Ele enfiou a mão no bolso, tirou pedaços de vidro quebrado e segurou os restos de um frasco e partículas vermelhas brilhantes na palma da mão.

— O que é isso? — Lila perguntou, enquanto se levantava. Ela se curvou sobre a mão de Matt com a sobrancelha franzida.

Ele levantou a cabeça e me encarou, seu rosto sem cor, sua expressão o mais perto do terror que eu já tinha visto.

— Matt? — Lila perguntou. — Arek? O que está acontecendo?

Nós dois a fitamos.

— Por que vocês estão olhando para mim como se eu tivesse algo no rosto? — Ela passou a mão no nariz. — Tenho? Eu comi um bolinho de morango mais cedo. — Ela esfregou a boca com a manga, e o pólen se espalhou pelo lábio superior. — Eu estava com glacê no rosto e você não me contou? Que tipo de amigo você é?

O pior tipo, Lila. O pior.

O Corvo circulava acima de nós; o cajado de Matt agarrado com força em suas garras. Lila estendeu o braço, e o Corvo desceu, largou o cajado na toalha retorcida e pousou elegantemente no couro ao longo do antebraço dela.

— Bom trabalho, Corvo. — Ela esfregou as costas do pássaro. — Vejam, eu disse que ele traria de volta.

Os olhos de Matt estavam arregalados. Ele agarrou a cesta e sacudiu os restos do vidro e pólen dentro dela, antes de fechá-la. Depois, enxugou a palma da mão na calça, deixando uma mancha vermelha no tecido. Balançando a cabeça, ele olhou para mim e colocou a mão limpa sobre a boca.

— Sério, o que há de errado com vocês dois? Nós pisamos em alguma coisa? — Ela ergueu uma bota e verificou a parte inferior. — Matt, o que você estava fazendo aqui... — ela parou. Seus olhos estavam vidrados, suas pupilas se dilataram e sua boca se abriu ao expirar.

— Matt — chamei, falando por entre meus dedos, sabendo que ele logo também sucumbiria ao pólen. — Pegue seu cajado e corra para o seu quarto. Vá! — Bradei quando ele parecia prestes a protestar. — Antes que você revele algo que não deseja. Eu cuido disso.

Matt não esperou por mais nenhum consentimento: ele agarrou seu cajado e saiu correndo. Quando estava seguro, abaixei a minha mão e dei passos lentos em direção a Lila, embora o Corvo me fitasse como se eu fosse um rato, ou talvez um cervo. Era difícil dizer. Ele com certeza poderia comer um cervo, se quisesse.

Lila abaixou o braço. Surpreso, Corvo caiu em um emaranhado de penas pretas sibilantes. Teria sido hilário. Mas não foi, porque ela agarrou a capa bem sobre o coração e suas feições se contorceram de dor.

— Lila — chamei, como se estivesse falando com um unicórnio assustado. — Lila, você pode me ouvir?

Ela abriu a boca, seu lábio inferior brilhava. Ela olhou para mim, ou através de mim, com os olhos brilhantes enevoados.

— *Rion.*

— Hum. Não. Sou o Arek. — Ah, merda. Ah, merda. Ah, merda. Isso era pior que eu pensava.

Ela balançou a cabeça.

— Não. *Rion.* — Uma lágrima caiu por sua bochecha. — Rion.

Parei abruptamente. Espere. O quê? A verdade do coração de Lila era... Rion? Eu pisquei.

— Ele está no pátio de treinamento.

Ela correu como se tivesse sido disparada por uma catapulta. Lila sempre foi mais rápida do que o resto de nós; com pés leves, ela conseguia se mover sem fazer barulho. Agora, minha amiga era um borrão. Ela me deixou ali de pé com o Corvo na toalha de piquenique.

Não ficaria com ele.

Corri atrás dela, e o Corvo disparou atrás de mim, perseguiu meus calcanhares como um pássaro do inferno faminto. Embora eu tivesse quase certeza de que ele não estava atrás de mim, mas de sua mestra, sua amiga, a pessoa que o libertou e o alimentou. Huh. Talvez ele fosse seu animal de estimação e não uma ave assassina voluntária.

Graças à rotina de treinamento de Rion, eu não estava sem fôlego quando cheguei ao pátio, mas estava vários metros e segundos atrás de Lila, que derrapou na pedra em direção a Rion antes que eu pudesse gritar seu nome. Pelo menos, estava lá para explicar tudo depois do fato e testemunhar a destruição inevitável.

— Lila! — gritei.

Ela não ouviu. Ela passou voando pela turma de soldados treinando, seu cabelo loiro como uma trilha de cometa, seus pés leves como penas. O grupo não teria chance de pará-la, mesmo se a tivessem notado, mas ela permaneceu intocada e não detectada até que parou abruptamente bem na frente de Rion.

Se Rion foi pego de surpresa, não demonstrou, exceto pela contração quase imperceptível do seu rosto e o aperto da sua mandíbula, mas foi tão sutil que apenas seus amigos próximos teriam notado. Sem dúvida, Lila percebeu.

— Lila? Aconteceu alguma coisa?

Não fui tão rápido ou silencioso, então todos os soldados em treinamento se viraram quando eu corri entre eles, ziguezagueando pelas fileiras, tentando alcançar Lila e parar seja o que for que estivesse para acontecer. Corvo era um presságio atrás de mim, suas asas enormes batendo na parte de trás das cabeças e nas laterais dos rostos dos guardas desavisados. Derrapei até parar de vez na grama ao lado dos dois. O Corvo passou rapidamente por mim e disparou para o céu, circulando.

— Lila? — Rion incitou.

Agarrei o braço dela.

— Lila não é ela mesma, Rion. Houve um equívoco com um certo pólen. Verdade-do-coração? Você já ouviu falar disso antes? Bem, Matt e eu encontramos um pouco disso e estávamos brincando com ele, e o frasco quebrou no bolso de Matt. Lila foi encharcada acidentalmente. Ela precisa dormir — tagarelei. — Ela estará bem amanhã.

— Arek, o que está acontecendo? Ela está bem?

— Ela está ótima. — Eu menti. — Muito bem. Eu juro. — Puxei o braço dela. — Vamos, Lila. Vamos roubar algo. Isso vai fazer você se sentir normal. Melhor! Se sentir melhor. Não normal. Você é normal. Bem, você não é normal.

— Eu te amo.

As sobrancelhas de Rion se ergueram e eu dei um tapa na minha testa.

— Eu te amo, Rion. — Lila declarou outra vez. Havia uma sinceridade em seu rosto, em sua linguagem corporal, em sua aura, que nunca havia visto antes. Até sua capa estava jogada para trás, seu capuz abaixado, seus ombros nus.

— Eu te amo desde que você salvou aquele coelho da armadilha.

— O quê? Que coelho?

— Estávamos morrendo de fome e ele pegou um coelho para o nosso jantar, mas então ele o deixou fugir. Naquele momento eu soube... — Ela engoliu em seco. Seus olhos brilharam. Lembrei-me daquela noite. Meu estômago estava comendo minha coluna por causa da fome e os outros estavam no mesmo barco. Pegamos um coelho. Um único coelho. Mas Rion o libertou acidentalmente. Bem, isso foi o que ele havia dito. Agora me parece que ele o deixou ir embora. Eu apontei meu dedo para ele.

— Você o libertou por ela?

Lila inclinou o rosto para Rion.

— Você sabia que não gostava de testemunhar dor. E sabia que os outros ficariam zangados com você. Mesmo assim deixou o coelho ir embora. Eu me dei conta disso no mesmo instante, porque você se importava tanto.

— Como um raio — disse baixinho. Foi o que Lila me falou naquele dia, semanas antes, sobre como o amor seria para ela. Como ser atingido por um raio. Instantâneo. Em um momento.

As bochechas de Rion coraram. Ele tirou a luva com os dentes e jogou-a no chão. Com a gentileza da nobreza, ele colocou uma mecha do cabelo de Lila atrás da sua orelha pontuda, segurou sua bochecha e acariciou a linha do seu rosto com o polegar.

— Eu não me importo com ninguém mais do que me importo com você.

De repente, eu estava no meio de uma história de romance e cavalheirismo. Não sei como isso aconteceu. Bem, eu sei como isso aconteceu. Pólen foi o que aconteceu.

Corvo pousou no boneco de treino e colocou suas enormes asas perto do corpo. Esticando o pescoço, ele também observou a situação, mas com um brilho de reconhecimento nos olhos. Os suspiros dos recrutas aterrorizados com sua aparição validaram meu desconforto geral sobre ele, mas não podia ressentir sua presença. Ele também era amigo de Lila — embora fosse novo no círculo — e deveria ser capaz de testemunhar a história de amor desabrochando na nossa frente.

Soltei o braço dela e dei vários passos para trás. E bem a tempo, porque Rion abaixou a cabeça, Lila ficou na ponta dos pés e eles se beijaram.

Seguiram-se leves aplausos dos recrutas junto com alguns assobios. Não pude conter meu próprio sorriso, mas me abstive de gritar e só aplaudi de modo educado. Não conseguia esquecer que era o rei para essas pessoas. Balancei a cabeça em aprovação majestosa, enquanto meu próprio coração vacilava.

Estava feliz por meus amigos, mas de repente estava muito ciente de que Lila tinha sido minha última chance de uma resolução amigável para o meu problema. Estava ferrado, pois ainda usava uma coroa e ainda estava ligado magicamente a um trono ao qual não estava exatamente interessado. E precisava vincular minha alma a uma alma gêmea, ou iria desaparecer. Meu estômago embrulhou. Meu tempo era curto e minhas opções eram poucas. Meus pés formigaram.

Então minhas pernas cederam.

23

SIONNA E BETHANY ME ENCARARAM COM A PIOR CARA DE DESAPROVAÇÃO.

Elas receberam a versão abreviada dos eventos quando os recrutas carregaram o meu traseiro descoordenado para o castelo e me colocaram em minha cadeira na sala do conselho. Elas não conheciam toda a história, mas sabiam que algo estava acontecendo, porque de maneira alguma Lila correria voluntariamente para os braços de alguém e confessaria seu amor.

Por falar nisso, Lila e Rion não estavam presentes. Nem Matt. Ele e Lila haviam se trancado até que os efeitos da verdade-do-coração passassem, enquanto Rion, de modo atípico, havia me abandonado ao meu destino com as duas mulheres assustadoras que no momento estavam com os braços cruzados e me encaravam como se eu fosse uma formiga que arruinou o piquenique delas.

— Você pode começar a se explicar quando quiser — Sionna exigiu, apontando o dedo para mim.

— O que te faz pensar que eu tive alguma coisa a ver com o que aconteceu? Bethany estreitou os olhos.

— Porque nós te conhecemos.

— Isso é cruel, Bethany.

— E o fato de todos terem visto você perseguindo a Lila — Sionna acrescentou. — Que então confessou amar o Rion. Na frente de uma multidão. De pessoas. Enquanto estava sendo perseguida por você e um abutre.

Eu levantei meu dedo.

— Aquele é o Corvo. Mascote da Lila. E ele não a estava perseguindo com má intenção, ele a adora.

— Arek. — O tom de Sionna oscilou entre assassino e paciente, então decidi acabar logo com o meu sofrimento.

— Lila pode ter inalado um pólen que mudou seu comportamento por alguns minutos.

O queixo de Bethany caiu.

— Um pólen? Como o pólen da luxúria?

— Não era o pólen da luxúria.

— Como diabos ela inalou um pólen da luxúria?

Eu joguei minhas mãos para o alto.

— Não era pólen da luxúria. Era o pólen de uma flor chamada verdade--do-coração. Não tinha nada a ver com luxúria.

— Tudo bem. — A voz de Bethany estava séria. — Você quer nos explicar por que dopou a nossa amiga, nossa ladra, nossa lady das finanças, com a verdade-do-coração?

— Eu não dopei a Lila, o frasco quebrou.

Com os olhos semicerrados, Sionna seguiu em frente.

— Você quer nos explicar por que estava com um frasco de verdade-do--coração para começar?

— Na verdade, não. — Minha voz ficou alta. Puxei a gola da minha túnica. Eu gostaria de ter minha coroa, porque poderia lembrá-las da minha posição de autoridade. Ok, eu duvidava que isso mudaria alguma coisa. Bethany tinha menos preocupação com minha posição do que eu e, embora Sionna a respeitasse, agora ela estava com *raiva*.

Bethany zombou e mexeu no cabelo.

— Você tem muito o que explicar, Arek. Não sei nem por onde começar.

— Hum. Não vamos começar, e vamos fingir que explicamos?

— Nossa tolerância para suas piadas está diminuindo, *majestade*.

Ai. Sionna não estava brincando. Aquele pedacinho de humor que ela havia demonstrado nas escadas semanas antes não estava em lugar nenhum, e, é claro, eu conseguia entender o porquê. Basicamente, ataquei uma das nossas amigas; fiz dois amigos nossos se trancarem porque temiam interagir com qualquer pessoa ainda sob a influência da flor; entendi que cometi um erro, mas eu estava desesperado. Momentos de desespero não exigiam medidas desesperadas?

Deslizei na minha cadeira.

— Eu cometi um erro. Sinto muito. Vou me desculpar com Lila quando ela se sentir melhor.

— Você quer dizer quando ela não estiver drogada?

Ugh. Ok.

— Eu realmente sinto muito. Foi uma péssima ideia. Matt e eu nunca deveríamos ter...

— Matt? — Sionna colocou as mãos nos quadris. — Matt está envolvido nessa história?

— Hum. Não. Ele não está. Esqueça que falei o nome dele.

Sionna deu um tapa na mesa com tanta força que os talheres chacoalharam. Ela se inclinou, mostrando os dentes, os músculos tensos, cada centímetro da guerreira mortal que havíamos precisado em nossa luta. O castelo e seu recente romance não a tornaram mais calma — nem um pouco — especialmente quando ela estava furiosa. Eu estava bem ciente da sua habilidade de me estripar com apenas um aviso.

— Comece a contar tudo, Rei Arek, ou haverá um golpe bem aqui, agora mesmo.

Eu estremeci. Intimidado, virei minha cabeça e fitei a tapeçaria na parede.

— Tudo bem. Vocês querem a verdade? Estou morrendo. — Com seus arquejos, corrigi. — Quero dizer, estou desbotando. Desaparecendo. Morrendo. Não sei bem a diferença, mas imagino que o resultado seja o mesmo. — Não consegui enfrentar seus olhares, então cutuquei minhas unhas. Elas eram sólidas e reais, graças aos deuses. — É uma lei mágica e Matt e eu temos tentado combatê-la, mas até agora falhamos.

— Você está mentindo — Bethany acusou. Ela agarrou sua harpa de onde estava ao lado da tigela de frutas sobre a mesa e acenou para mim de maneira ameaçadora. — Posso encantar você pra te fazer falar.

— Não estou mentindo! — Levantei rápido, mas as minhas pernas tremeram e me joguei com força de volta na cadeira. — Não estou mentindo. Tudo bem. Esta é a verdade. Quando coloquei aquela maldita coroa na minha cabeça, ela me uniu ao trono. Estou preso aqui. Não posso ir embora. Sou o Rei Arek, de agora e para sempre, ou até que eu morra, o que vier primeiro. Que será a morte se não encontrar alguém com quem ligar a minha alma.

A expressão dura de Sionna não vacilou, mas seus olhos se estreitaram ligeiramente.

— A lei da alma gêmea — ela disse de um jeito categórico.

Eu concordei:

— A lei da alma gêmea.

— Acho que agora é a hora de se explicar.

— Estou explicando. Pensei que estivesse, pelo menos. Você pode perguntar a Matt, quando ele não estiver magicamente compelido a agir de acordo com a verdade de seu coração.

Ela exalou pelo nariz.

— Arek, eu sou sua amiga, mas poderia esmurrá-lo agora mesmo.

— Eu sei. Se pudesse chutar o meu próprio traseiro, faria isso. Mas vejam, não acabou de um jeito horrível, não é mesmo? Lila e Rion estavam apaixonados um pelo outro esse tempo todo. — Meus ombros subiram até minhas orelhas. — Vocês sabiam? Algum de nós sabia disso?

Sionna e Bethany trocaram um olhar.

— Não — Bethany admitiu. — Eles são indecifráveis. Eu não imaginava.

— Eu também não.

— Tudo bem. Final feliz e tudo mais. Não, os fins não justificam os meios; vou pedir desculpas para a nossa amiga e permitirei que ela fique com o pássaro assassino, mesmo que isso me deixe com os nervos à flor da pele, mas eu tinha um motivo para fazer o que fiz.

Bethany suspirou, puxou uma cadeira e se sentou ao meu lado. Sionna não seguiu o exemplo dela, mas saiu de sua impressionante inclinação de intimidação e, em vez disso, encostou-se na parede com os tornozelos cruzados.

— O que quer dizer com você está desaparecendo? O que isso significa? — Bethany questionou, o rosto preocupado.

Esfreguei minhas mãos no rosto.

— Quando me sentei naquele trono, uma onda de magia tomou conta de mim e basicamente me uniu ao trono para o resto da minha vida. Tentei abdicar e a magia quase me matou. A única maneira de fazer a transição de poder do trono é pela morte.

— Isso não explica por que você estava de posse da verdade-do-coração. E perseguindo a Lila. E por que existe um pássaro chamado Corvo. Ou por que havia uma toalha de piquenique e taças perto dos estábulos.

— Há muita coisa para chegar nisso aí — falei.

— Arek — Sionna retrucou em advertência.

— Tudo bem. Não, não explica nada disso. Mas uma das condições para ser rei é que devo ter uma ligação espiritual com alguém. Tenho até meu aniversário de dezoito anos para escolher alguém; caso contrário, vou desaparecer e o trono ficará disponível para outra pessoa tomar o meu lugar.

A sobrancelha de Bethany se arqueou e então seus lábios se contraíram.

— E você pensou que Lila poderia ser o seu vínculo de alma? — Ela mal conteve a risada. Não a culpei por isso. Em retrospecto, todo o plano de tentar cortejar meus amigos foi apenas um esforço extremo para evitar o problema.

— Não, na realidade, não achei. Eu só queria ver se Lila tinha algum afeto por mim para ver se valia a pena tentar cortejá-la.

— Cortejá-la? — Bethany caiu na gargalhada com isso. — *Cortejá-la?* O quê, nós estamos em um pergaminho de romance?

— Hilário. Estou morrendo.

Seu sorriso sumiu e ela estremeceu.

— Desculpa.

— De qualquer forma, ela não sente nada por mim. Não, eu não estou tentando cortejar nenhum de vocês, não mais.

— Não mais — Sionna repetiu, as palavras calculadas, as pausas significativas.

— Sei que parece bobo, mas não queria estar com alguém que não conhecia. Nunca quis ser rei. E não desejo me ligar a alguém que não me conhece. Eu só tinha três meses, tenho muito menos que isso agora, e pensei em começar com meus amigos. Achei que, se algum de vocês tivesse algum indício de afeto por mim, talvez pudéssemos fazer algo funcionar. Lila era minha última esperança.

Bethany e Sionna trocaram um olhar, eu não sabia o que isso significava.

— Então você tentou cortejar Lila, eu e Sionna… e o Matt? — Bethany perguntou, com cuidado. Hesitei antes de responder. Ela sabia como eu me sentia? As *duas* sabiam como eu me sentia? Mesmo se não soubessem, a verdade sobre os meus sentimentos por Matt estava prestes a se espalhar. A ideia de *finalmente* poder compartilhar meu segredo com alguém era tão tentadora. Matt era a pessoa que procurava sobre todos os assuntos, mas estava claro que ele não poderia me ajudar com isso, não depois de ele ter me rejeitado, não depois das nossas inúmeras desavenças, não quando tínhamos superado o constrangimento. Tem sido tão difícil não ter com quem conversar. Mas então imaginei uma Bethany ou Sionna preocupada, indo até Matt para discutir meus sentimentos dentro do contexto da minha situação atual. Mesmo que estivesse bem-intencionada, seria a maneira perfeita de fazer Matt se sentir obrigado a ter um vínculo espiritual comigo para salvar a minha vida, e eu simplesmente não podia arriscar colocá-lo nessa posição.

— Matt está envolvido em tudo isso desde o início.

— E? — Ela incitou.

— Matt sabe de tudo. Foi ele quem encontrou a verdade-do-coração. Ele planejou para que eu e Sionna ficássemos presos na torre juntos, mas não deu certo. O monstro de tentáculos foi um bônus que não planejamos, mas também não funcionou, porque você não desmaiou em meus braços. E realmente precisava das aulas de espada com Rion, apesar de ele não ter me tocado nem uma única vez no tempo que treinamos juntos, agora sei o motivo. — Depois que tudo acabou e Bethany e Sionna olharam para mim com mais pena do que nojo, eu me encolhi. Caindo para frente, enterrei meu rosto em meus braços cruzados. — Estou ferrado.

— Você poderia ter nos perguntado diretamente. Não sei por que manteve isso em segredo.

Gemendo, levantei minha cabeça e cravei meu queixo em meu antebraço.

— Eu sabia que no minuto em que contasse qualquer coisa, muitos de vocês se sentiriam obrigados a ficar comigo. Não queria que vocês se sentissem como se tivessem que fazer isso. Sei que no início estávamos todos entusiasmados em governar este reino, mas é difícil pra caralho. Nós temos nossas vidas inteiras pela frente, por que vocês iriam querer ficar presas aqui comigo neste castelo frio? E se vocês decidissem que queriam ir embora e ficar com suas famílias?

— De novo — Bethany respondeu secamente. — Você poderia ter nos perguntado diretamente.

— Ugh.

Sionna cruzou o espaço entre nós e acariciou a minha cabeça.

— Somos a sua família, Arek. Nós não deixaríamos você aqui.

E isso era o que eu temia, bem ali. Que eles pudessem ir embora e eu ficaria aqui sozinho — sem amigos ou família — e sem outra forma de abdicar além da morte. Maldita Sionna perceptiva.

Eu não sei o que aconteceu. Talvez fosse porque finalmente tudo ficou claro entre nós ou talvez fosse porque Sionna e Bethany estavam irritadas comigo, ou por eu não conseguir sentir meus pés além das constantes alfinetadas e agulhadas. Mas deixei meu rosto cair em minhas mangas e desabei sob o peso esmagador de todos os meus medos, meu estresse, minhas obrigações para com um reino que eu não queria governar.

Não consegui me conter. Chorei, meu rosto ardendo com rios de lágrimas quentes. Gritei tudo o que estava preso dentro de mim desde que decepei a cabeça do cara mau: as noites sem dormir, a dor da rejeição de Matt, a responsabilidade do trono, a pressão de encontrar alguém para se relacionar comigo por toda a eternidade — tudo veio em uma enxurrada de soluços. O humor e a irreverência enfim se dissiparam, por baixo disso estava a bagunça de um garoto que desejava voltar para uma vida simples e nunca ter sido escolhido para aquilo.

Meu corpo inteiro tremia com cada soluço devastador. Cerrei meus punhos, o tecido da toalha de mesa enrolando em meus dedos. O pequeno espaço onde coloquei meu rosto aqueceu com minhas arfadas e minhas mangas umedeceram com as minhas lágrimas.

Não notei os braços de Bethany em volta de mim até que ela os apertou com força e sussurrou sons suaves em meu ouvido. As unhas de Sionna arranharam meu couro cabeludo. Ela passava meu cabelo entre os dedos, um movimento rítmico que acalmou meu estômago embrulhado.

— Está tudo bem — Bethany declarou, esfregando minhas costas. — Está tudo bem, Arek. Tudo vai ficar bem.

Meu coração doía. Meus ombros caíram. Eu não conseguia parar, apesar de tentar.

— Sinto muito — ofeguei. — Eu sinto muito.

— Está tudo bem — Sionna afirmou. — Está tudo bem. Nós vamos dar um jeito nisso. Juntos.

— Ela está certa. Somos uma equipe. Somos a sua família. Não vamos deixar nada acontecer com você.

Suas afirmações acalmaram minha mente, mas as lágrimas continuaram caindo. A barragem havia rompido e não havia como parar a inundação.

— Odeio dizer isso — Bethany continuou, falando por cima da minha cabeça com Sionna —, mas acho que podemos precisar da orientação de um adulto responsável.

— Concordo.

Oh, deuses.

— Não, Harlow, não — consegui pedir.

Bethany sorriu carinhosa.

— Não. Ele não. Eu estava pensando em alguém um pouco mais amoroso.

— Deixe comigo — Sionna avisou.

Escutei a porta abrir e fechar e então fui deixado sozinho com Bethany.

— Sabe — ela disse, pensativa —, poderia encantar alguém para lhe dar uma chance. Eu não poderia fazer a pessoa se apaixonar por você, mas conseguiria pelo menos fazer que vocês tivessem um encontro. Isso seria fácil.

Eu bufei pelo meu nariz entupido.

— Não, obrigado.

— É, também não iria querer algo assim.

Bethany ficou comigo até que eu recuperasse minha compostura, me distraindo com contos do castelo e histórias bobas sobre seu tempo na taverna. Ela manteve uma mão no meu ombro e dedilhou sua harpa com a outra. Suas palavras se misturaram. Os pensamentos gritando em minha mente se aquietaram e minha respiração ofegante se equilibrou.

Quando Sionna voltou alguns minutos depois, estava mole, meus olhos semicerrados e meu rosto manchado de lágrimas.

— Oh, meu pobre menino. — Matilda, a cozinheira e mãe da Meredith seguiu Sionna para dentro do cômodo. Ela cruzou o espaço e pousou a mão na minha cabeça. — O rei está bem?

— Eu o encantei um pouco — Bethany avisou. — Para ajudá-lo a se acalmar.

— O que aconteceu?

— Ele teve um dia difícil — Sionna explicou. — Bethany e eu não somos do tipo acolhedoras. Isso está além das nossas capacidades, e Matt não está disponível para nos ajudar.

Com a menção do nome de Matt, a faca em meu interior se torceu. Outra onda de lágrimas ameaçou cair e eu torci meu nariz, virando meu rosto em meus braços.

— Nada que uma refeição aquecida, um banho quente e uma boa soneca não resolvam. — Ela agarrou meu braço. — Venha, querido. Deixe-me cuidar de você. Vocês são jovens demais para fazer tudo o que fizeram. Era apenas uma questão de tempo antes que o estresse se tornasse pesado demais.

Eu fiquei em pé com a sua insistência e, por sorte, parece que os meus pés e pernas permaneceram sólidos. Minha cabeça doía de tanto chorar, meus olhos estavam inchados e meu rosto quente. Ela me levou da sala do conselho para os meus aposentos com Sionna e Bethany logo atrás.

A próxima hora passou como um borrão. Foi bom apenas seguir as ordens de Matilda e não ter que pensar. Ao final do processo, eu estava enfiado na cama — as cortinas fechadas — e caí em um sono exausto.

24

JÁ ERA TARDE DA NOITE QUANDO FUI CHAMADO PARA JANTAR. HAVIA DORMIDO pesado até Harlow bater na minha porta. Olhando no espelho, eu tinha marcas em minhas bochechas por causa do travesseiro, e meu rosto estava inchado do sono e do choro. Pelo menos minha cabeça não doía tanto quanto antes, embora estivesse um pouco envergonhado pelo fato de Matilda ter tido que intervir depois do meu colapso e de Sionna e Bethany terem testemunhado isso. Ah, fazer o quê? Esperava que elas não me provocassem sobre o que tinha acontecido, mas não saberia até que aparecesse no jantar.

Respirando fundo, ajeitei minhas roupas e saí do quarto.

Quando cheguei à sala do conselho, todos já estavam presentes, exceto Matt. Seu assento habitual ao meu lado estava vazio, mas os outros estavam ali. Ignorei a pontada de dor pela ausência dele e a onda de alívio que se seguiu quando percebi que não precisava enfrentá-lo ainda. Lila se sentou ao lado de Rion parecendo decididamente mais com ela mesma que da última vez que a vi. A única diferença era que seus dedos estavam entrelaçados com os de Rion ao lado de seus talheres.

Afundei na cadeira, na cabeceira da mesa. O grupo estava quieto e todos me vigiavam com vários graus de simpatia e aborrecimento, não aguentaria aquilo.

— Oi — comecei. — Será que vocês podem não olhar para mim como se fosse um cordeiro que vai ser abatido e comido, por favor.

Lila pigarreou, erguendo o queixo.

— Me explicaram a situação e, embora esteja furiosa com você por causa do pólen, entendo por que fez isso. — Seu aperto na mão de Rion ficou mais forte. — E as consequências das suas ações não foram tão horríveis.

— Desculpe. — Abaixei a cabeça, com vergonha. — Sinto muito, Lila. Não mereço o seu perdão, mas obrigado por oferecê-lo.

— Haverá vingança — Lila avisou, deslizando a boca em um pequeno sorriso. — Quando isso acabar, e você menos esperar. Vou me vingar de você.

Consegui dar uma risadinha sem entusiasmo.

— Vou aguentar o que vier. — Suspirei. — Devo desculpas a todos vocês. Deveria ter contado tudo. Eu não deveria ter tentado... influenciar seus sentimentos por mim. Eu deveria ter envolvido vocês nas decisões. Pensar que poderia usar o diário da princesa para guiar minha própria situação foi uma tolice.

As sobrancelhas de Bethany se ergueram.

— Você fez o quê?

— O diário da princesa. Ela escreveu detalhes sobre como ela e sua lady se apaixonaram e as situações que as levaram até isso. Achei que poderia tentar por conta própria e ver se isso estimulava algum sentimento entre mim e todos vocês.

— Essa é a coisa mais romântica que já ouvi — Bethany afirmou, os olhos arregalados, as mãos cruzadas sobre o peito. — Sério, Arek. Isso é tipo, o próximo nível do romantismo. Se não te visse como meu irmão chato, poderia ter me apaixonado.

— Obrigado — falei. — Foi ridículo.

— Excluindo o pólen da luxúria...

— Não era pólen da luxúria!

— Não foi uma ideia tão horrível, Arek. — Bethany encolheu os ombros quando os outros olharam para ela. — Que foi? Não, não estou feliz que Arek e Matt, o pequeno duende, tenham escondido isso de nós, mas criar situações românticas para avaliar nossos sentimentos não foi uma ideia ruim. E ele obviamente recuou quando percebeu que não havia nada entre nós, exceto um afeto platônico.

Esfreguei minha sobrancelha.

— Podemos apenas esquecer tudo isso, por favor? Eu nunca mais farei isso. Aprendi com os meus erros.

— Bem, você vai ter que fazer isso de novo. — Bethany puxou uma pilha de cartas de uma bolsa ao lado dela e colocou sobre a mesa. — Estas são todas as respostas à correspondência que enviamos aos nossos vassalos.

— E?

— Eles não vão mandar seus filhos como escudeiros até que mostremos um ato de boa-fé — Rion explicou. Ele olhou para a batata em seu prato. — Eles não confiam em você.

— Por que deveriam? — indaguei, pegando minha taça. Bebi a água, sem perceber o quão desidratado eu estava por ter chorado até que o líquido frio atingiu a minha garganta. — O último cara foi terrível. Eles acham que estão enviando seus filhos para morrer ou serem enredados em atos cruéis por um governante maligno.

— Não começamos a receber recrutas do povo até depois do incidente com o monstro do fosso — Sionna ressaltou. — Só depois da sua demonstração de bravura ao salvar os habitantes da cidade é que eles confiaram em nós o suficiente para ingressar no nosso exército.

— Exatamente. — Bethany concordou apontando para a pilha de cartas. — É por isso que o banquete e o baile são ainda mais importantes do que antes. Será nosso ato de boa-fé para com os lordes e, quando todos eles chegarem, vamos encontrar uma alma gêmea para Arek.

Pisquei. Bethany disse "nós", tipo eles, como se meus amigos fossem encontrar minha alma gêmea.

— O quê? — Eu me impressionei com minha habilidade de ser inexpressivo.

— O que você quer dizer com o quê? Você tentou trilhar um caminho até o amor, mas não funcionou. Agora é a nossa vez de fazer isso por você. Vamos encontrar uma alma gêmea. Você não vai desaparecer. Você iniciará um período de paz que durará mil anos. E morreremos como heróis.

Lila apontou o garfo na direção de Bethany.

— Esta não é uma má ideia, eu gosto dela. Podemos examinar todas as almas gêmeas em potencial para Arek, para que ele não perca tempo.

Bethany estalou os dedos.

— Exatamente.

Não era a reviravolta que eu esperava. Sim, o baile era meu plano de contingência para encontrar uma alma gêmea, mas não previ que meus amigos iriam querer me ajudar. Eu queria me relacionar com uma pessoa que Bethany pensava que seria perfeita para mim? Ou Lila? Olhei desamparado para a cadeira vazia ao meu lado.

— O que diabos está acontecendo?

Franzindo a testa, Sionna deu um gole em sua taça.

— Onde está Matt? Ele deveria participar desta conversa.

— Não sei. Não o vejo desde o pátio.

— Eu conversei com ele. — Bethany olhou de relance para Sionna, sua leveza se foi, sua expressão séria e cansada, de uma forma que parecia triste. — Ele concorda com o nosso plano.

— Oh. Oh. — Ela olhou para baixo e engoliu em seco. — Isso é bom.

Não sabia o contexto daquela interação, mas não gostei. Minha barriga se agitou. Havia um segredo ali que envolvia Matt. Outra pontada seguida de formigamento em minha mão direita.

Olhando para baixo, percebi que meu polegar estava translúcido. Enfiei minha mão na manga para escondê-lo. Estendi a mão esquerda sobre a mesa e espetei um pedaço de presunto do meu prato de maneira desajeitada.

— Então — eu disse, ignorando a inquietação em meu estômago —, nós também poderíamos mandar buscar qualquer uma das famílias de vocês se quiserem. Poderíamos convidá-los para o banquete.

— É uma ideia maravilhosa, Arek. — Sionna ergueu sua taça em minha direção. — Vou mandar buscar minha mãe e irmã.

— E meu irmão — Rion acrescentou.

Lila encolheu os ombros.

— Não tenho ninguém.

— Nem eu — Bethany falou.

— Vocês têm a nós. — Acenei para elas. — Vocês têm a nós. — Encarei meu prato. — Está decidido então. Informem os funcionários do castelo. Tenho certeza de que precisaremos arejar os quartos e juntar comida suficiente para um banquete. Eu… não tenho muito tempo, por isso devemos planejar o mais rápido possível.

— Concordo — Sionna declarou.

Os outros acenaram com a cabeça.

— Bom…

Jantei com a mão escondida no meu colo. Olhei para o meu lado, meu estômago afundando com a cadeira vazia de Matt.

25

DEPOIS DO JANTAR, FUI PARA OS MEUS APOSENTOS, PEGUEI O DIÁRIO DA
princesa e folheei as páginas. Felizmente, meu polegar havia se solidificado e
o usei para analisar as páginas amareladas. Não havia nada sobre almas gêmeas
além de seus escritos sobre sua lady. Também não havia muito sobre como
governar, a não ser conselhos sobre como decidir da forma mais justa possível
durante as petições e cautela sobre ter a certeza de saber toda a história antes
de fazer um julgamento. Havia um pouco sobre relações com os outros reinos,
mas todas essas informações eram discutíveis, já que Barthly havia destruído
todos os bons laços que o governo possuía com as outras monarquias.

Não queria ficar sozinho em meu quarto, então vaguei pelo castelo até
parar em frente à porta de Matt. Eu bati e esperei. Bati de novo quando não
houve resposta. Ou ele não estava ali ou não queria receber visitas. Tentei a
maçaneta, mas estava trancada.

Bem, se ele não estava ali, só podia estar na biblioteca. Fui naquela direção e, ao entrar, o avistei à mesa perto da grande lareira. O fogo estava aceso,
lançando luz e calor no grande cômodo. Velas queimadas até seus suportes
estavam sobre a mesa e pergaminhos se espalhavam pela madeira. Reconheci
o pergaminho profético imediatamente.

Matt ergueu o olhar com a minha entrada.

— Ei — cumprimentei com suavidade.

Ele abaixou a cabeça.

— Ei — disse em resposta.

Ele deu um suspiro profundo, seus ombros subindo e descendo.

— Vejo que você se recuperou da verdade-do-coração.

O canto da boca de Matt se contorceu.

— Vejo que Lila não matou você.

— Foi quase. Mas ela prometeu se vingar. Prevejo uma pegadinha no
meu futuro. Algo grandioso.

— Conhecendo a Lila, é melhor você prender seus pertences ou eles
vão desaparecer.

Eu concordei:

— Boa ideia. — Caminhando mais para dentro do cômodo, analisei Matt. A luz tremeluzente das velas e o fogo destacavam suas feições em forma nítida. A linha reta do seu nariz, suas maçãs do rosto, a saliência do seu queixo, a curva delicada da concha da sua orelha. Seus olhos disparavam enquanto ele lia, sempre estudando, sempre analisando, sempre aprendendo.

Eu me juntei a ele na mesa.

— O que está investigando?

— Tudo — respondeu balançando a cabeça. Ele tirou o cabelo dos olhos. — Estes são todos os documentos que pude encontrar sobre as leis da magia.

— E? — Não consegui esconder o tom esperançoso da minha voz. — Alguma coisa nova?

— Não. — Ele fez uma careta. — Eu li e reli, esperando encontrar uma saída, mas tudo parece igual.

— No instante em que coloquei a coroa na minha cabeça e me sentei naquele trono, me tornei o rei para sempre, até que morra, ou alguém apareça e me usurpe.

Matt concordou com a cabeça.

— Mate você, sim. — Ele pegou o livro de leis. — E o rei precisa de uma alma gêmea. Ou ele vai murchar, secar ou desaparecer. Ainda não entendi direito essa parte.

Eu entendia. Flexionei minhas mãos, em seguida, corri meu dedo sobre a profecia enrugada.

— Você não acha que a resposta está sob a mancha de vinho? — indaguei.

Os lábios de Matt se torceram em uma carranca.

— Não, não está. — Ele parecia tão seguro para alguém que alegou não saber o que estava escrito ali, mas eu não o questionei. Eu confiei nele completamente. Se Matt não achava importante, então não era.

Ergui o diário da princesa.

— Também não está aqui, eu o li várias vezes. — Deixei cair sobre a mesa, ao lado do pergaminho. Embora eu tivesse lido a profecia — e vivenciado a profecia — às vezes ela não me parecia real.

Matt deu uma olhadela de lado.

— Sinto muito.

— Pelo quê?

Ele encolheu os ombros.

— Por tudo. Eu não sei. — Ele se jogou na cadeira mais próxima. — Pela situação. Por estar sendo difícil e temperamental.

— Você sempre é difícil e temperamental. Sempre foi, desde que te conheci. Seria estranho se você não fosse.

— Bem, você tem sido um idiota sarcástico durante todo esse tempo, fico feliz em ver que isso não mudou com a sua nobreza repentina.

— Tanto desrespeito — retruquei, batendo com força no braço de Matt. — Pensei que fôssemos amigos.

— Somos melhores amigos — Matt corrigiu, sorrindo levemente. — Para sempre.

— Ótimo. Eu não suportaria se não fôssemos. — Inclinei-me sobre os pergaminhos, estudando-os sob a luz fraca. — Eu também sinto muito. Por tudo. Por arrastar você nesta missão.

— Você não me arrastou. Eu o segui com prazer.

— Você não precisava ter feito isso.

— Eu precisava — Matt afirmou, apontando para a profecia. — Você precisava de um mago. Diz isso bem ali.

— Eu poderia ter encontrado um.

— Não, você não poderia. — Ele largou o livro que estava em sua mão e fechou os olhos. — Eu ouvi sobre os outros ajudando a examinar almas gêmeas em potencial durante o baile. É uma boa ideia.

— É?

— Sim.

Flexionei meu polegar.

— Acho que sim; pode não ser tão ruim estar ligado a alguém. Colocando em perspectiva, é uma troca justa pela minha vida. Ser feliz é um bônus. Certo?

Matt grunhiu.

— Decida-se, Arek. Em um momento você não quer escolher uma alma gêmea, no outro você está pendurando cortinas e planejando governar pelo resto da sua vida.

— Ei — eu levantei um dedo —, isso não é justo. Isso é uma questão de vida ou morte. Minha vida ou morte. E a vida é a opção que escolho, obrigado. Mas se estou enfrentando a morte, e vou fazer o que puder para sobreviver.

Afundando na cadeira, Matt beliscou a ponta do nariz e fechou os olhos.

— Eu sei. Sinto muito. Não estou de bom humor.

— Rá! — Bati minha mão em seu ombro. — Bem a sua cara, então. Vamos. Acho que os outros estão jogando alguma coisa na sala do trono. Algo com dados. Eu poderia usar sua magia para trapacear.

— Não, obrigado. Acho que vou ficar aqui e continuar procurando, só para garantir.

— Ah, então talvez eu fique aqui com você.

— Não. — Matt empurrou meu ombro. — Vá ficar com os outros. Divirta-se. Senão você irá apenas me distrair e me deixar mais mal-humorado do que já estou.

Eu bufei.

— Não acho que isso seja possível.

— Viu? Já estou irritado.

— Engraçadinho — respondi. — Tem certeza? Eu... não me importaria de me sentar aqui com você. Vou ficar quieto. Ou você poderia ler para mim? Talvez ouvir coisas em voz alta ajude a revelar algo que pode resolver todos os meus problemas.

Com a testa franzida, Matt acariciou a lombada do livro de leis.

— Você prefere ficar aqui comigo revisando essas informações do que ir lá jogar com os outros?

— Como se isso fosse uma questão. É claro que prefiro ficar com você. — Eu fechei minha boca, preocupado que tivesse ultrapassado os limites, mas Matt apenas deu de ombros.

— O castelo é seu, não vou expulsá-lo da biblioteca. — Ele pigarreou. — Aqui. — Ele me passou o livro: *Contrato Mágico: Promessas, Juramentos & Declarações.* — Eu li de capa a capa. Não tem nada, mas talvez ouvir você lendo faça algo se destacar. — Folheei as páginas desbotadas. — De qualquer forma, você poderia melhorar sua leitura. — Ele se levantou e folheou os documentos sobre a mesa.

Lambi meus lábios e abri o livro.

— Capítulo um. Contratos verbais.

ALGUMAS HORAS DEPOIS, MATT RONCAVA CURVADO EM SUA CADEIRA, UM livro aberto em seu peito e um pergaminho enrolado frouxamente em sua mão. Com cuidado, peguei o livro e o pergaminho da sua mão e os coloquei sobre a mesa.

Toquei seu ombro para acordá-lo.

Ele se encolheu.

— Arek?

Meu coração pesou.

— Sim.

— Você não deveria ter ficado — ele deixou cair a perna no chão.

Bem, isso doeu, mas não pude evitar cutucar a ferida.

— Por quê?

— Vai ser mais difícil mais tarde.

Oh. Mais tarde, quando estiver ligado a outra pessoa. Quando não puder passar mais tempo com a pessoa que mais importa para mim no mundo. Matt estava... me afastando. — Vamos — chamei, orgulhoso que minha voz permaneceu firme —, hora de dormir.

Matt deu um grande bocejo. Ele se levantou, mas em vez de me seguir em direção à porta, foi até o sofá perto da parede, agarrou o cobertor das costas e rastejou sobre as almofadas. Deitando, ele nem mesmo tirou as botas e, em um momento, apagou como uma luz.

— Huh. — Assumindo a tarefa sozinho, tirei suas botas e coloquei seus pés sob o cobertor. Apaguei as velas e o fogo. Deixei a bagunça de documentos como estava para continuarmos a revisar pela manhã e fechei a porta com suavidade ao sair.

Pensei que Matt estivesse lidando com as coisas melhor do que os outros — melhor do que eu —, mas talvez não estivesse. Talvez ele apenas fosse melhor em esconder seus sentimentos.

26

UMA BATIDA NA MINHA PORTA ME ACORDOU DE UM SONO AGITADO. PISQUEI, acordando a tempo de ver minha porta abrir e Bethany valsar para dentro vestida com mais tecido e babados do que jamais havia visto em uma roupa.

— Bom dia — ela cumprimentou, radiante. — Você provavelmente deveria estar acordado e vestido a essa hora.

Eu gemi e caí de volta nos travesseiros. A luz do sol que entrava pela janela alta marcava a hora como meio da manhã.

— Provavelmente — respondi, esfregando o sono dos meus olhos.

Eu me sentia cansado, a sensação de formigamento que precedia o desbotamento de partes do meu corpo havia se espalhado durante a noite para minhas mãos. Isso, junto com a expectativa do banquete, do baile e do resto da minha vida, tornou quase impossível dormir.

Bethany se sentou na cadeira à mesa.

— O primeiro dos nossos convidados deve chegar hoje.

— Já?

— Sim. Temos apenas três dias antes do baile de máscaras, Arek.

— Huh. Acho que devo cumprimentá-los quando chegarem aqui.

— Isso seria uma boa ideia. A menos que você não queira. Você é o rei. Você pode delegar.

Dei de ombros.

— Harlow teria um derrame se eu não aparecesse para saudar os primeiros convidados nobres que o castelo vê em décadas. Como você disse, eu sou o rei. De alguma forma. Infelizmente, para mim e para o reino.

Ela desviou o olhar e puxou uma mecha de seu cabelo arrumado.

— O que foi?

Ela enrugou o nariz.

— Você está realmente desatento.

— Bem, nunca me disseram que era esperto demais.

— Você é esperto. — Ela me enfrentou com um olhar intenso. — Quando se trata de tomar decisões rápidas, você é um gênio. Você não se dá valor suficiente.

Sentei-me mais reto porque esta conversa parecia ser uma coisa para a qual queria estar atento.

— Você está tentando flertar comigo, Bethany?

Ela revirou os olhos.

— Arek, eu te amo como um irmão, mas você testa meus nervos demais, o tempo todo.

— Parte do meu charme.

— Certo. Seja como for, não sei se alguém te disse isso, então serei a pessoa a fazer isso.

Caramba. Eu me preparei para a dura verdade chegando.

— Você é um ótimo rei.

O quê? Eu franzi meu nariz.

— Eu não poderia ser muito pior do que o anterior.

— Você vai parar? Aceite o elogio. Você é um grande rei. Você toma decisões sensatas. É um excelente líder.

Eu abri minha boca para protestar, mas ela ergueu a mão.

— Apenas escute. Sei que cada um de nós desempenhou seu papel na derrota de Barthly. Literalmente nos foi explicado naquela profecia. Aconteceu de eu ser a sua barda, o que amei. Adorei usar meus encantos em seu benefício. Sionna era sua guerreira. Lila era sua trapaceira. Rion era seu protetor. E Matt era seu mago.

— E eu era o escolhido que deveria ir até o fim. Eu sei disso.

— *Não*. É aí que você está enganado. O tempo todo você pensou que tudo o que deveria fazer era sobreviver. Que você só era bom nisso e que esse era o seu único propósito.

Minhas mãos se fecharam nos lençóis.

— Sim. Vocês tiveram que me levar para a sala do trono com a espada na mão. Tudo que tive que fazer foi dar o golpe final.

Balançando a cabeça, o cabelo ruivo de Bethany bateu em seu rosto.

— Arek, você é muito mais do que o cara que empunhou uma espada. Você nos liderou. Seu raciocínio rápido nos ajudou a superar muitas situações difíceis. Sua capacidade de delegar e reconhecer os pontos fortes dos outros foi nossa melhor vantagem. Quero dizer, você conseguiu fazer que duas personalidades distintas, Rion e Lila, trabalhassem juntas, e não só isso: que se apaixonassem.

Cruzando meus braços, ergui minha sobrancelha.

— Não sou responsável por aqueles dois se apaixonarem.

— Não, mas você os juntou. Você juntou todos nós.

— Foi a profecia.

— Arek, você *é* a profecia. — Ela pegou a coroa da mesa. As joias cintilaram à luz do sol. — Você é a pessoa que inaugura os mil anos de paz.

— E?

— E todos nós só queremos que você seja feliz.

Peguei um fio solto da colcha.

— E se felicidade não fizer parte da profecia?

— Então é uma profecia de merda.

Eu ri.

— Nisso você está certa.

— Arek, aceite que você é o rei. Que você é um líder. E pelo amor dos deuses, ouça seu coração sobre esse negócio de alma gêmea. Acho que você está tornando isso muito mais difícil do que precisa ser.

— O que você quer dizer com isso?

Ela pressionou os lábios.

A porta se abriu, e Matt enfiou a cabeça para dentro.

— Ei, recebi uma mensagem de um dos nossos guardas de que uma comitiva estará aqui em cerca de uma hora. — Ele me deu uma olhada. — Você provavelmente deveria se vestir, majestade.

Ah, eu era a majestade de novo, mas é claro, dito em um tom que era um completo insulto. Eu realmente precisava aprender como ele fazia isso para poder retribuir o favor.

— Lorde Matt — falei usando seu título, embora não tivesse o mesmo tom, — poderia buscar Harlow para mim? Acredito que precisarei de uma capa para este encontro.

Matt bufou e fechou a porta.

Bethany suspirou.

— O quê?

Ela revirou os olhos, então se levantou e saiu flutuante do meu quarto.

Estava na hora. Minha coroa havia sido lustrada, assim como minhas botas. Eu usava uma capa sobre uma túnica justa e com cordões, além de calças elegantes. Matt estava à minha direita com seu manto, o que me fez rir de prazer quando o vi pela primeira vez. Eu parei rapidamente quando ele me lançou o olhar fulminante clássico me lembrando que encontrara o feitiço para transformar as pessoas em sapos. Sionna e Rion estavam à minha esquerda em armaduras brilhantes. Bethany e Lila estavam no degrau mais baixo. Para meu desespero, Corvo empoleirava-se no alto de uma janela, contemplando a cena com seu bico em forma de gancho, as garras mortais e a aura de escuridão.

Não estrague tudo. Não estrague tudo. Não estrague tudo.

Engolindo em seco, puxei a gola alta da minha túnica, em seguida, ajustei o caimento da minha capa. Cruzei as pernas, depois descruzei e coloquei os pés no chão. Agarrei os braços do trono, então coloquei as mãos no colo e aí decidi que um braço no trono e o outro no meu colo pareceria mais indiferente.

— Pare de se remexer — Matt pediu em voz baixa. — Você vai se sair bem.

Certo. Continuei sentado como uma estátua, o que não era nada natural. Minhas costas estavam tão retas que poderia ser usado como uma vara de medição.

— Anunciando o Lorde e a Lady de Summerhill, William e Eliza, e sua família — o mensageiro proclamou, quando dois indivíduos bem vestidos entraram na sala do trono, seguidos por um grande grupo de crianças e servos.

O lorde se curvou, e a lady fez uma reverência.

— Bem-vindos ao castelo — cumprimentei-os um tanto rígido enquanto fazia minha melhor imitação de Harlow. — Estamos encantados por vocês terem vindo de tão longe para participarem do banquete.

— É uma honra, Rei Arek. — O lorde se dirigiu a mim, devolvendo minha linguagem forçada. Ele me fitou com desconfiança e descrença veladas. — Trouxemos nossa família, incluindo nossos dois filhos mais velhos que podem estar interessados em serem escudeiros de seu principal cavaleiro.

Dois jovens adultos avançaram, ambos mais ou menos da minha idade, e ambos mais altos e robustos do que eu. Por um momento, pensei que eles iriam atacar o trono e me expulsar, mas ao invés disso, eles pararam, lançaram olhares um pouco desconcertados para Matt e seu cajado, e se ajoelharam.

— Oh, não façam isso — pedi depressa, acenando com as mãos. — Por favor. Isso não é necessário.

Eles trocaram um olhar e se levantaram. Gesticulei para o meu lado.

— Estes são o Sir Rion e a general Sionna. Eles decidirão quem se tornará escudeiro. Eu sugiro observarem um treinamento antes do banquete.

— Sim, majestade — responderam em uníssono.

— Até lá, por favor, sintam-se em casa. A equipe do castelo lhes mostrará seus aposentos e cuidará das suas necessidades.

Eles se curvaram.

— Obrigado, majestade.

Depois de alguns minutos agitados, o grupo foi escoltado para fora da sala do trono até as alas dos convidados no castelo.

Eu soltei um suspiro.

— Quantos desses temos que fazer?

Bethany olhou por cima do ombro para mim.

— Cerca de mais uns vinte.

— Vinte?

— Nos próximos três dias.

— Merda.

— Temos que estar presentes em todos eles? — Lila perguntou, puxando a capa verde que usava. — Isso coça. E não acho que o Corvo goste de ficar dentro de casa.

— Não acho que goste dele dentro de casa — murmurei. O pássaro assassino moveu-se no parapeito da janela como se tivesse ouvido e entendido.

— Quer dizer, sim? Eu acho. Conhecemos a primeira família todos juntos, as subsequentes não se sentirão menosprezadas se não estivermos todos aqui?

Harlow pigarreou.

— O Rei Arek está correto.

Uma onda de resmungos coletivos percorreu o grupo, que fiz o possível para ignorar.

Um mensageiro entrou na sala e pisou com agilidade no tapete.

— Anunciando as Damas de Winterhill, Lady Petra e Lady Gwenyth, e sua família.

Todos nós voltamos a atenção, retomando nossas posições, e forcei meu melhor sorriso.

TRÊS DIAS DEPOIS, O CASTELO FERVILHAVA DE GENTE. NÃO CONSEGUIA NEM andar dos meus aposentos até a sala do conselho sem receber uma reverência, uma cortesia ou ser chamado de *majestade* por alguém por quem eu passasse. Tinha que usar a coroa o tempo todo, e ela pesava demais. Eu não podia ser bobo, fazer caretas ou correr por aí com uma túnica por fora da calça e com meu cabelo indomado. Não conseguia sorver minha sopa com medo de um dos convidados ver ou ouvir. Não conseguia nem lutar com Rion sem meia dúzia de pessoas aplaudindo cada vez que eu fazia algo remotamente hábil. Era uma loucura, mas também significava que havíamos conseguido encher a corte com pessoas que me reconheciam como rei. Era uma vitória, embora irritante.

Fiquei aliviado ao encontrar vários pretendentes em potencial da minha idade entre os nobres visitantes. Um dos jovens adultos de Summerhill — que engajou Sir Rion em profundas discussões sobre cavalheirismo e compartilhava os mesmos deuses que ele — tinha uma aparência bastante impressionante, e elu olhou significativamente em minha direção algumas vezes. Apesar de saber que eu não negaria uma dança a elu durante o baile de máscaras e possa ter nutrido um ou dois pensamentos impróprios enquanto estava sozinho em meus aposentos ao considerá-le como alma gêmea em potencial, meu coração não bateu descontrolado como quando pensava em Matt. No entanto, eu tinha que me lembrar que o que sentia pelo Matt não era um padrão realista para um cortejo de uma semana.

Um dos Winterhills passou por mim em um corredor e colocou um bilhete no meu bolso sobre marcar um encontro à meia-noite e, apesar de estar lisonjeado, não tive coragem de me fazer algo que não poderia durar mais do que uma noite. Sabia que o banquete era a missão da minha vida ou da minha morte, só que, mesmo com essa consciência, meu foco estava mais em passar por todo esse caos.

Eu também pensava em Matt constantemente — como ele havia murmurado o meu nome antes de dormir no sofá da biblioteca. Como só o via em proclamações, demonstrações e de passagem desde a chegada dos nossos convidados. Eu sentia falta dele.

Era estranho sentir falta de alguém que estava ali ao lado, mas sentia. Sentia muita falta dele. E doía pensar que isso era apenas uma amostra do futuro. Um futuro em que estaria ligado a outra pessoa. E embora Matt, tecnicamente, ainda estaria na minha vida, não seria do jeito que desejava. Uma coisa era pensar sobre tudo isso como um conceito, mas vivê-lo era muito diferente. Eu me perguntei se a dor iria desaparecer com o tempo ou se sempre seria tão forte, tão imediata.

Apesar da dor de cabeça e do fato de que minha atenção estava dividida entre tantas coisas ao mesmo tempo, ainda não tinha estragado tudo. Sim, havia ceticismo dos nossos visitantes. Havia cautela. Havia descrença. Havia preocupação. Mas não havia nenhuma hostilidade direta e nenhum dos nossos convidados tentou apontar uma espada ou adaga em minha direção.

Ter os outros ao meu redor ajudou, já que eles eram um grupo intimidador. As pessoas frequentemente se assustavam com o cajado de Matt e a harpa de Bethany; muitos ainda desconfiavam da magia depois de Barthly. Fiz o meu melhor para amenizar os temores dos nossos convidados fazendo com que os dois dessem demonstrações. Matt fez plantas e flores crescerem — para o espanto da multidão — e Bethany encantou a todos que conheceu, mesmo sem magia.

Mesmo com todo o sucesso, ainda precisava de um momento sozinho para me recompor antes do grande evento.

— Majestade — Harlow chamou, aparecendo em meu quarto e em minhas reflexões —, o banquete começará em breve. O senhor precisa de ajuda para se preparar?

— Não, obrigado, Harlow. Mas, por favor, verifique os outros.

— Farei isso, majestade. Seu traje para o baile de máscaras está em seu guarda-roupa, para quando chegar a hora.

— Obrigado.

Ele se curvou, um pequeno sorriso iluminando seu rosto severo.

— Posso ter um momento, majestade?

— Sim, é claro. O que foi?

Ele entrou no quarto e fechou a porta.

— Eu queria... bem... todos os servos estão muito felizes em ver o castelo cheio. — Ele cruzou as mãos atrás das costas. — Temos esperado pela paz e sinto que ela finalmente chegou. E é obra sua.

— Obrigado. Bem, não só minha. — Peguei minha capa, que admito, inexplicavelmente passei a amar, e a joguei nos ombros. — Não poderia ter feito isso sem os outros.

— Sim, é claro, majestade. Também sou grato a eles.

— Eu também. — Respirei fundo e passei minhas palmas úmidas nas minhas roupas. Forcei um sorriso. — Como estou? — Abrindo os braços, girei lentamente.

— Como um rei.

— Bem, isso é bom pelo menos. Uma coisa a menos para me preocupar. — Segui Harlow para fora do meu quarto e dei um tapinha em seu ombro quando passei. — Agora, devemos dar um banquete; pronto?

27

NUNCA ESTIVE EM UM EVENTO TÃO RICO, MUITO MENOS COMANDEI UM. Eu estive em festivais de colheita quando a última lavoura era juntada. Estive em vigílias quando a aldeia perdeu um dos seus membros. Estive em celebrações quando duas pessoas desejavam se ligar uma à outra. Mas eu não classificaria nenhum deles como banquetes.

Este era um *banquete*.

Havia comida suficiente para alimentar uma pequena aldeia por meses. Tentei aquietar meus sentimentos de culpa, lembrando a mim mesmo que isso era uma demonstração de boa-fé e que, se eu obtivesse sucesso, beneficiaria a todos.

— É meio revoltante, não é? — Bethany perguntou, inclinando-se para sussurrar em meu ouvido enquanto todos rodeavam e tomavam seus assentos, fazendo uma reverência e se curvando para mim antes de se sentarem.

Eu acenei em concordância.

Sentei-me no meio da mesa principal, que dava para todas as mesas dos convidados. Bethany estava à minha esquerda e Matt à minha direita. Lila e Rion estavam ao lado de Matt e Sionna e Meredith ao lado de Bethany. Harlow estava parado do lado; ele ergueu as sobrancelhas e acenou com a cabeça indicando os convidados. Certo, eu deveria fazer algum tipo de discurso de boas-vindas. As mesas zumbiam com falatórios e risos, então me levantei e limpei a garganta. Quase imediatamente, a atenção da sala se voltou para mim. Em poucos segundos, o grupo se acalmou.

— Obrigado a todos por se juntarem a nós neste banquete de inverno — eu comecei, fazendo um gesto para os presentes. — Sou grato por agora podermos começar a curar as feridas que o regime anterior infligiu à nossa grande monarquia e reino. Meu conselho e eu nos esforçaremos para garantir que a paz cresça em toda a terra e para que a bondade e a amizade sejam a regra, não a exceção. Agora — peguei minha taça e a ergui para os convidados —, aos novos amigos.

— Aos novos amigos — eles repetiram.

Bebi da minha taça de água e a coloquei sobre a mesa.

— Vamos celebrar!

Sentei-me no momento que alguém da multidão gritou:

— Viva o Rei Arek, o Bondoso!

— Sim! Vida longa ao rei!

— Vida longa ao rei! — Meus amigos ecoaram.

Reprimi a carranca que queria fazer para todos eles e, em vez disso, sorri. Depois que os aplausos diminuíram e todos começaram a comer, Matt se apoiou no meu ombro.

— Por quanto tempo você praticou esse discurso?

— Dias!

Ele riu.

— O quê? Eu queria parecer majestoso, então pratiquei. Fui bem?

O sorriso suave de Matt fez meu interior vibrar.

— Foi fantástico. — Ele bebeu de sua própria taça, pegou a jarra de vinho e a encheu até a borda. — Você foi incrível — acrescentou.

Eu desviei o olhar rapidamente, meu rosto quente e minha garganta de repente apertada diante do elogio sincero de Matt. Forcei um sorriso e bati minha taça na dele.

— Que bom que você finalmente percebeu isso — declarei, com tanta presunção quanto pude reunir.

Revirando os olhos, ele se concentrou em sua refeição, servindo uma enorme porção de purê de batatas em seu fino prato de estanho.

— Idiota.

Rindo, peguei a colher da sua mão.

— Babaca.

— Que bom que você finalmente percebeu isso — repetiu, sorrindo com a boca cheia de cenouras.

Abaixei minha cabeça para esconder minhas risadinhas. E enquanto passávamos a refeição juntos, rindo um do outro, registrei cada momento, cada piada, cada lampejo do sorriso de Matt. Porque, por mais que desejasse que este fosse o meu futuro — Matt ao meu lado comandando todos os banquetes — não seria. E o gosto agridoce dessa realidade infiltrou-se entre nós.

Um coro de "Viva o rei!" soou no meio da multidão me trazendo de volta ao presente e para longe dos meus pensamentos sentimentais.

Bethany e Lila contrataram uma trupe de malabaristas para fazer a performance pelos corredores enquanto todos comiam, entretendo as crianças menores, ao mesmo tempo que os artistas tocavam várias músicas para um grupo cantar. Comi até me fartar — me mantive com água, porque não queria fazer papel do idiota bêbado — e recostei-me para ver a cena se desenrolar diante de mim.

— Nada mal — Bethany comentou.

— Você fez um bom trabalho.

— Fiz, não foi?

Eu segurei minha taça e ela bateu a dela contra a minha em comemoração.

— A você — eu disse.

— A mim — ela concordou.

Depois que os pratos foram limpos, era hora do baile de máscaras. Os servos empurraram as mesas para fora do caminho e a multidão se dispersou para vestir suas fantasias.

Consegui me livrar das pessoas sem muitas reverências. Deslizando para os meus aposentos, tirei um momento para mim mesmo e respirei fundo. Joguei minha coroa na mesa e corri minhas mãos pelo meu cabelo.

Tirando minha capa, pendurei-a nas costas da cadeira e abri o guarda-roupa. Não tinha olhado minha fantasia antes, mas deveria ter feito isso. Harlow tinha sorte de haver tantas pessoas no castelo, pois seria inapropriado se eu matasse o mordomo no meio de uma celebração pacífica.

A camisa era verde brilhante. Minha máscara também era verde, com pequenos detalhes roxos e uma grande pena verde presa na lateral; a plumagem subia pela minha cabeça como um pavão. Oh, meus deuses, eu era um pavão.

Puxei as lapelas da camisa e balancei minha cabeça. Ah, bem. Não havia muito que eu pudesse fazer sobre isso agora, e eu não poderia ficar no meu quarto escondido. Isso não funcionaria, especialmente se fosse encontrar minha alma gêmea na multidão de pessoas elegíveis.

Fechando minha porta, vaguei lentamente para a festa. Não me demorei no meu quarto, mas os músicos já haviam começado quando retornei para o grande salão. Parei na entrada e fiquei maravilhado com o trabalho que os empregados e meus amigos haviam feito para a noite.

Matt enfeitiçou alguns balões de luz para flutuar no ar e iluminar a sala com um brilho etéreo. Os artistas percorriam a área. Os criados carregavam bandejas de bebidas. Fitas e confetes foram colocados estrategicamente pela sala.

O mais importante, porém, foi que os cidadãos de Ere celebravam. Eles se misturavam, conversavam e riam. Eles bebiam vinho e comiam doces. Eles gingavam com a música, suas capas e vestidos girando em traços de tecidos brilhantes. Eles estavam *felizes*. Provavelmente pela primeira vez em quarenta anos, eles puderam relaxar e se divertir, e isso parecia maior do que qualquer tratado, acordo comercial ou conexão política.

A atmosfera era festiva e bonita. Por um momento, fiquei orgulhoso. Orgulhoso de tudo o que havíamos conquistado. Fornecemos ajuda, ressuscitamos relações diplomáticas e colocamos a monarquia no caminho da recuperação. Havíamos feito um bom trabalho. E mesmo se desaparecesse na próxima semana, eu levaria isso como meu legado.

— Arek.

Eu me virei ao ouvir o meu nome.

— O objetivo da máscara não é o anonimato? — questionei enquanto Bethany enlaçava seu braço no meu e me arrastava para a pista onde vários casais já estavam dançando. Ela usava um vestido castanho-avermelhado e uma máscara preta com flores roxas. Brilhos e purpurina enfeitavam suas bochechas.

Ela bufou para mim.

— Como se todo mundo não soubesse que o pavão-verde com cabelo vermelho é o Rei Arek, o Bondoso. — Ela me girou e apertou minha mão, guiando a outra para a curva da sua cintura. Nos movimentamos ao som da música; uma valsa, eu acho. Eu era meio ruim nisso, mas Bethany me guiou ao redor da sala. — Agora sei, com certeza, que em algum momento o filho mais velhe do Lorde Summerhill vai nos interromper. O nome delu é Gren, elu é linde e quer ser escudeire do Rion. Elu acabou com os outros recrutas e foi excitante.

Ergui uma sobrancelha.

— Isso não parece bom para a nossa moral.

— Você está brincando? Foi incrível assistir.

Eu a girei e ela riu, seu cabelo ruivo flutuando atrás dela, e quando a puxei de volta para mim, um pouco forte demais, ela caiu de volta em meus braços. Eu gargalhei.

— Não somos bons nisso — declarei.

— Fale por si mesmo, sou incrível nisso.

— Bem, eu não sou bom. Que tal assim?

— Acho que você é ótimo — uma voz declarou. Paramos no meio do passo e Bethany sorriu para mim com conhecimento de causa. — Posso interromper? — A pessoa perguntou.

Esse devia ser Gren.

Bethany fez uma reverência.

— É claro. — Ela pisou no meu pé ao passar por mim. — Divirta-se — ela sussurrou, e então deu uma piscadela.

Gren era mais alte do que eu, mais corpulente também, mas elu não me dominou quando entrou no meu espaço.

— Você vai ter que liderar — avisei.

Gren sorriu.

— Eu posso fazer isso.

Gren foi excelente em me guiar com firmeza para a posição correta enquanto nos movíamos pelo salão. Não conversamos, exceto para trocar gentilezas, porque "você se vincularia a mim para me impedir de morrer?" não era o melhor jeito para começar uma conversa e provavelmente faria Gren correr na outra direção. Mas foi bom estar ali, sentir o aperto delu no meu corpo, as batidas do meu coração, o chão de pedra sob minhas botas e a pulsação da música em minhas veias. Quase foi o suficiente para me distrair do desejo de estar dançando com Matt. Quando a música terminou, meu rosto estava vermelho. Esqueci de soltá-le até que Gren saiu do espaço entre os meus braços.

— Oh, desculpe.

A boca de Gren se contraiu. Elu se curvou.

Eu me curvei em retribuição.

— Obrigado pela dança.

— De nada, majestade.

Dei um sorriso presunçoso.

— O cabelo me denuncia?

Gren balançou a cabeça.

— Não. Você apenas se destaca.

— Oh. — Minha boca ficou seca. — Você também.

A risada de Gren foi baixa e rouca, completamente diferente da de Matt. Era agradável. Boa o suficiente para que eu tivesse o vago lampejo de querer ouvir no meu ouvido, mas o meu pensamento foi interrompido.

— Ok, você já teve a sua vez. — Lila bateu com o quadril em Gren e fisicamente tirou ele do caminho.

Atordoade, o sorriso de Gren diminuiu.

— Oh, sim, minhas desculpas. Outra dança mais tarde, então, majestade?

— Sim. Isso seria adorável.

Lila fez uma careta e agarrou minha mão.

— Sim, mais tarde. — Ela empurrou uma mecha de seu cabelo loiro que estava emaranhado em sua própria máscara sobre a orelha. — Tudo bem, Arek. Eu tenho a alma gêmea certa para você.

— É mesmo? Me conta mais.

A música recomeçou, e Lila me puxou.

— Sim. O nome dela é Petal, ela é da família Autumnhill. Ela gosta de pássaros e de bordados.

E minha noite foi assim. Dancei com Lila, depois com Petal, depois com Rion e então com alguém cujo nome eu não conseguia me lembrar. Dancei novamente com Gren e estremeci quando elu me inclinou para trás no final da música. Eu dancei com outro indivíduo que Bethany trouxe. Na metade do baile de máscaras, havia dançado com a maioria das pessoas com idade para se casar. Foi divertido — quase o suficiente para diminuir minha dor de cabeça —, mas não exatamente, porque, por mais que eu gostasse do cabelo castanho de Gren, a cor não era do tom certo e, apesar das pontas dos dedos de Petal estarem quentes quando ela acariciou minha mão, elas eram lisas demais, faltavam os calos familiares. E apesar de eu gostar de Gren e Petal o suficiente, não eram Matt, e nunca seriam. Durante uma pausa na música, fiz um intervalo muito necessário.

Pedindo licença da pista de dança, caminhei até uma bandeja com água. Peguei uma taça do criado e tomei um longo gole antes de me esconder em um arco próximo a uma tapeçaria.

— Arek! — Sionna sussurrou.

Surpreso, quase deixei a taça cair.

— Sionna! — Exclamei, colocando uma das mãos sobre o coração. — Que diabos?

Ela saiu de trás de uma tapeçaria. Meredith espiou com o queixo afundando no ombro de Sionna.

— Olá — ela cumprimentou sorrindo largamente. Meredith deu uma risadinha.

— Por que vocês estão se escondendo atrás da tapeçaria?

— Minha mãe está aqui — Sionna respondeu como se estivesse contando um segredo. — Esqueci o quanto não me dou bem com ela. — E aí ela riu.

— Você... você está bêbada?

— Não — Sionna respondeu, batendo no ar. — Que absurdo.

— Ela está completamente bêbada — Meredith afirmou, rindo. — Isso é incrível.

— Ótimo.

— Está tudo bem — Sionna declarou. — Tenho guardas muito leais colocados ao redor da sala. Não se preocupem.

Isso era bom saber.

— Ok. Então, divirtam-se. Vou dançar um pouco mais, eu acho.

Sionna agarrou meu braço, sua voz saiu em um tom sério:

— Você já encontrou sua alma gêmea?

— Não. Eu não sei. Quer dizer, há algumas possibilidades. Uma pessoa chamada Gren...

— Eu sei quem é sua alma gêmea — ela disse, balançando a cabeça. — Eu a encontrei.

Pisquei. Achei que Bethany e Lila fossem as únicas tentando me arrumar alguém, mas Sionna também devia estar envolvida na missão. As três devem ter feito uma aposta paralela.

— Continue.

Ela apontou para o final da sala, para um canto escuro.

— Sua alma gêmea está lá. Procure pela máscara vermelha com um bico.

— Você está bêbada.

— Estou falando sério.

Bem, não poderia ser pior do que a lady atrevida que agarrou meu traseiro há algumas danças.

— Ok. Vou procurar.

— Seja legal.

— Eu sou sempre legal.

Meredith gargalhou como uma galinha, não foi nada bonito. Mas Sionna deve ter pensado que era adorável porque ela se virou e beijou a ponta do nariz de Meredith.

E isso era o suficiente para mim. Poderia lidar com palhaçadas bêbadas, mas as fofas eram meu limite. Sionna podia estar embriagada, mas não brincaria com isso. Ela não tinha brincado no passado, mesmo quando eu a irritei.

Deixei o espaço perto da tapeçaria e caminhei no meio da multidão, fugindo dos ansiosos parceiros de dança, pedindo desculpas enquanto os evitava, até chegar ao canto escuro. Como era de se esperar, alguém estava ali, uma pessoa magra em uma camisa vermelha bem cortada, calças pretas e botas pretas. Ele usava uma máscara vermelha com um bico, mas o topete escuro no topo da sua cabeça era um sinal óbvio: Matt.

Sionna havia me enviado para o Matt. Meu coração disparou. Por quê? Ela sabia dos meus sentimentos por ele? Todos sabiam? Isso era alguma piada? Não, Sionna não seria tão cruel, mas se isso fosse um empurrão, ela não teria como saber que ele havia me rejeitado. No entanto, o mal-entendido não impediu que aquela chama teimosa de esperança voltasse à vida. Se ao menos Matt fosse minha alma gêmea. Eu daria qualquer coisa se isso pudesse ser verdade. Qualquer coisa. E com todo aquele turbilhão dentro de mim, não pude deixar de dizer o nome dele.

— Matt.

Ele girou nos calcanhares e cambaleou.

— Arek. — Ele prolongou o meu nome.

— Ai, meus deuses, você também está bêbado?

— Eu? Pfft. — Ele vacilou. — Você é um pavão.

— Eu sou. Isso não muda o fato de que você está bêbado.

Ele bufou.

— Náé verdade. — Suas palavras se misturaram, as sílabas batendo umas nas outras.

Gargalhei. Porque Matt estava bêbado, muito bêbado. Ele segurava uma taça e o vinho derramava em sua mão enquanto ele se movimentava. Pensando nisso, Matt só bebera vinho durante o jantar, e agora ele tinha bebido várias outras taças, a julgar pela maneira como se movimentava.

— Matt, quanto você bebeu?

— Tudo.

— Tudo?

— Sim.

Minha general e meu mago estavam de porre. Minha barda estava ocupada empurrando pessoas elegíveis para mim. Que noite.

Peguei a mão de Matt.

— Vamos, você precisa de água e de um lugar para sentar antes que caia. Ou enfeitice algo por acidente e cause um incidente internacional.

Apesar de seu nível de embriaguez, o aperto de Matt era forte e ele me impediu de puxá-lo para o meio da multidão.

— Dance comigo.

Parei, inseguro e confuso.

— O quê?

— Dançar. — Ele acenou com a mão. — Aquilo que você tem feito muito com as pessoas.

— Sei o que é dançar. — Lambi meus lábios, minha boca seca. Afirmar que estava em conflito seria um eufemismo, mas Matt ofereceu e eu... queria.

— Você quer? Comigo?

Inclinando a cabeça para o lado, ele semicerrou os olhos para mim através dos buracos da sua máscara.

— Dance comigo, majestade.

Engoli em seco. Bem, eu tinha dançado com todo mundo. Por que não dançar com Matt?

— Tudo bem, Lorde Matt.

Suas sobrancelhas se ergueram em um desafio. Não tinha certeza se deveria tentar movê-lo para a pista de dança, então apenas ajustei meu aperto em sua mão e agarrei seu quadril bem leve, guiando-o até a posição. Ele estava maleável de um jeito notável, provavelmente devido à quantidade de álcool. Se ele se cortasse, eu seria capaz de ficar bêbado com o seu sangue.

— Você vai guiar, majestade? Ou eu devo guiar?

— Acredito que deveria ser o melhor dançarino a guiar.

— Excelente. Siga-me.

Eu ri.

— Você? Lembra daquele festival da colheita quando você quase caiu na fogueira?

Ele fez um beicinho.

— Tudo bem.

— Além disso, você mal aguenta ficar de pé.

Dizer que ele estava instável era um eufemismo. Não podia deixá-lo se machucar, então envolvi minha mão na sua cintura e espalhei meus dedos em suas costas para apoiar seu corpo desajeitado. Isso nos trouxe para perto, tão perto que podia ver o castanho dos seus olhos e a sombra dos seus cílios na luz colorida da sua magia flutuando acima de nós. Felizmente para nós, a próxima música começou com um ritmo mais lento que não exigiria que eu valsasse Matt pelo chão.

Dei um passo, ele me seguiu e, em poucos segundos, dançamos e giramos em torno do espaço apertado, a multidão abrindo caminho para nosso esforço desajeitado. Mesmo com Matt pisando nos meus pés de vez em quando, e com o tropeço que demos em uma mesa, nada daquilo parecia estranho. Parecia *certo*, como se aquele fosse o lugar do Matt me ajudando com todo aquele caos.

Apesar de Matt estar embriagado, em poucos instantes seu andar se equilibrou e ele me acompanhou passo a passo. Eu o girei, e foi deselegante, mas ele soltou uma risada ofegante e voltou para os meus braços com fluidez. Sorrindo, eu o puxei para mais perto, até que não houvesse mais nada entre nós além de tecido e ar. Sua respiração atingiu meu queixo e ele cheirava a vinho. Seu aperto na minha mão era firme, seu outro braço enrolado em volta do meu ombro, as pontas dos dedos cravadas na minha camisa como pontos de pressão. Eu era um prisioneiro daquele momento, ciente do meu parceiro em todos os níveis: onde ele estava pressionado contra mim, onde não estava, onde eu queria que estivesse. Apesar do quão doloroso seria mais tarde, eu não estava disposto a soltar.

Meu coração disparava e todo o meu ser ansiava por ele. Era uma espécie de magia, estar tão perto de Matt, ver a covinha em suas bochechas, a verruga na lateral de seu pescoço, a cicatriz em seu queixo, a pulsação em sua garganta. Meu olhar subiu para o arco vermelho da sua boca, a forma como ela se inclinou em minha direção, e todo o meu corpo esquentou.

— Você é um ótimo dançarino, majestade. — Seus cílios tremeram. Ele abaixou o queixo e desviou o olhar, mas eu queria que ele olhasse para mim, apenas para mim.

— Pare de me chamar de majestade.

— É o seu título.

Revirei os olhos.

— Você não se importa com títulos.

— Não — ele concordou, e então seu olhar estava de volta em mim. Ele lambeu os lábios. — Não me importo. Eu me importo com você.

— É? — Perguntei, minha voz baixa e sem fôlego, tão dolorosamente cheia de esperança que eu não poderia esconder mesmo se eu quisesse. — Você se importa comigo?

— Sempre me importei. — Sua testa se enrugou. — Mesmo antes de tudo isso.

Ele parou de dançar abruptamente e fiquei no meu lugar. Ele enrolou a mão na minha nuca, me puxou para ele e me beijou.

Ele me beijou. Ele me beijou no meio de uma multidão, pressionando sua boca na minha, insistente, deselegante e a melhor coisa que já me aconteceu.

Congelei, e então o beijei de volta, porque *era o Matt*. Matt estava me beijando. Eu o apertei, esmagando-o contra mim, porque nunca mais queria deixá-lo me soltar. Isso era tudo que eu desejava desde que cumpri a profecia, e estava acontecendo. Talvez... talvez eu conseguisse meu final de conto de fadas. Talvez um "felizes para sempre" tinha sido escrito para mim no fim das contas.

Eu estava apenas vagamente ciente de que a música havia parado. Alguém puxou meu braço. Eu encolhi os ombros para afastá-lo, porque eu não iria parar de beijar Matt por nada, mas foi ele quem parou.

Seus lábios estavam vermelhos, seu rosto estava rosa e seus olhos estavam úmidos.

— Ah, merda — ele disse, pressionando os dedos na boca. — Ah, merda. — Em seguida, se virou e correu.

— Matt!

Bethany puxou meu braço e me virei para ela.

— Que porra, Bethany?

Ela estreitou os olhos.

— Você estava fazendo uma cena — ela sibilou. — E agora está fazendo uma pior. Mas vá atrás dele, que lidarei com isso.

O "isso" era um monte de fofocas, sussurros e pessoas com as mãos na boca de forma escandalizada. Oh, sim. O rei provavelmente não deveria dar uns amassos em seu mago no meio de um baile de máscaras. Mas, tanto faz, Bethany consertaria isso; ela poderia encantar uma cobra para fora de sua pele se fosse necessário.

Ela me empurrou antes que pudesse piorar a situação falando alguma coisa, e saí correndo atrás de Matt. Os corredores fora da sala do trono também estavam lotados, mas com indivíduos inteligentes que tiveram seus encontros fora da vista dos convidados em geral. Registrado. Fica a dica para a próxima vez: beijar Matt no corredor.

Se houvesse uma próxima vez. É melhor que haja uma próxima vez. Eu esperava desesperado para que houvesse uma próxima vez, porque eu o amava. E talvez, apenas talvez, ele também me amasse.

Ou talvez, uma voz de dúvida sussurrou para mim, ele apenas estivesse bêbado e sobrecarregado, e talvez não tivesse a intenção de fazer isso. Ele poderia estar envergonhado. Eu balancei minha cabeça, tentando dissipar esses pensamentos. Seja lá o que fosse, eu precisava encontrá-lo.

A pluma da minha pena quicava e acertava a minha cabeça enquanto eu corria. Arranquei a máscara enquanto derrapava até parar em frente às portas da biblioteca e as escancarar.

Matt estava ao lado da mesa, a cabeça baixa, a máscara jogada no chão. Seus ombros tremiam.

— Matt.

Ele se virou e enxugou o rosto com a manga, esfregando apressadamente as evidências da sua angústia.

— Ei — falou, seu rosto vermelho do vinho e das lágrimas. — Uh… me desculpe. — Sua voz estava ferida.

Levantei minha mão e cruzei a distância entre nós. Meu interior vibrava e minhas mãos tremiam quando toquei seu rosto e me aproximei dele.

— Ei — falei. — Você está bem?

— Não — ele respondeu, o rosto se contraindo. — Estou bêbado.

Minha garganta travou.

— Sei que você está. Está tudo bem. — Eu queria chorar. Queria levar Matt para o meu quarto e beijá-lo até meus lábios ficarem dormentes e adormecermos enrolados nos cobertores. Eu queria contar que o amava. Não queria que ele ficasse triste. Eu queria que ele ficasse bem. Eu queria que ele fosse o meu vínculo de alma. Juntos para sempre.

— Não deveria ter feito isso — ele afirmou, parecendo arrasado.

Respirei fundo. Medo e preocupação reviraram em meu estômago.

— Por quê?

Lágrimas escorreram do canto dos olhos de Matt.

— Porque eu *não posso*. Não importa o que Bethany diga.

Foi como ser esfaqueado. Eu fui esfaqueado uma vez; bem, não esfaqueado de verdade, arranhado por uma faca em uma luta. Encontramos alguns seguidores de Barthly e um deles conseguiu dar um golpe de sorte na minha costela antes que Matt o acertasse com magia e Sionna passasse sua espada por ele. Ele só me causou um ferimento superficial, mas sangrou muito e doeu pra caralho.

Isso era pior, muito pior. Porra, Bethany deve ter se intrometido e pedido a Matt para pelo menos tentar ficar comigo para ajudar a impedir que eu desapareça. Saber que Matt havia tentado, mas não conseguia fazer isso, doía mais do que sua primeira rejeição. Isso machucou nós dois e eu odiei. Eu odiei a situação. Eu odiei que Matt não pudesse sentir por mim o mesmo que eu sentia por ele. Eu odiei que ele tentou se forçar a isso. Eu odiei cada lágrima que escorregou pelo seu rosto corado.

Passei meu polegar sobre sua bochecha e limpei uma lágrima.

— Você não precisa fazer nada que não queira, Matt. Por favor, não faça nada que você não queira, mesmo se achar que isso me faria feliz.

Seus olhos se fecharam.

— Rei Arek, o Bondoso — afirmou em um suspiro. — Sempre dizendo a coisa certa. Fazendo a coisa certa. Totalmente altruísta.

— Não é verdade — retruquei. — Sou um pirralho horrível. Sou egoísta. Eu sou o pior. Droguei a nossa amiga para ver se ela gostava de mim.

Ele riu em meio às lágrimas.

— Decisão ruim.

— Tenho muitas dessas. — Balancei para trás em meus calcanhares. Se havia uma coisa que eu poderia tentar dar a Matt neste momento, era uma saída. — Você está bêbado.

— Estou.

Ele se afastou de mim e senti a perda de seu calor profundamente. Se o beijo de Matt foi a melhor coisa de todas, esta foi a pior. Ele cruzou o cômodo e mexeu em uma cesta que foi deixada de qualquer jeito no sofá. Era a mesma cesta daquele dia com Lila, do piquenique que Matt orquestrou que deu muito errado devido ao pássaro mortal dela. Ele puxou uma garrafa e a ergueu.

— O que está fazendo?

— Dividindo uma bebida com o meu rei — ele explicou, sua voz cheia de amargura. Então suavizou: —, com o meu melhor amigo.

Matt fez uma careta enquanto abria o vinho. Em seguida, ele bebeu direto da garrafa, engolindo enquanto riachos de vinho escorriam dos cantos da sua boca. Quando parou, esfregou o rosto com a manga e cambaleou na minha direção. Ele me ofereceu a garrafa e eu tomei um gole. Era doce, um vinho de frutas, Lila teria gostado. Deuses, Matt sempre foi tão ligado em todos, prestando atenção aos menores detalhes.

Eu lhe devolvi, e ele tomou outro gole como se estivesse se preparando.

— Agora estou muito bêbado — declarou, e suas pernas tremeram. Ele deu um passo e tropeçou. Por instinto, envolvi meu braço em torno dele e o agarrei, puxando-o para perto. Meus dedos apertaram a sua costela. Seu ombro bateu no meu, e ele enfiou o rosto perto do meu pescoço, sua respiração um sussurro sobre a minha pele.

— Devíamos pegar água antes que você desmaie — sugeri, minha voz sufocada.

Fraco, ele encolheu os ombros quando seus olhos começaram a se fechar.

— Você vai ligar quando acordar amanhã com a sensação de ter caído de uma colina.

Movendo-o, meio que o carreguei, meio que o arrastei, até o sofá. Eu o joguei o mais devagar que pude, mas seus membros se debateram. Enrolando-se nas almofadas, enfiou as mãos sob a cabeça enquanto colocava o cobertor sobre ele.

— Vou buscar água para você.

Eu me endireitei, mas sua mão disparou de debaixo do cobertor, seus dedos em volta do meu pulso.

— Fique.

Seus olhos já estavam fechados e ele estava prestes a desmaiar. Um copo d'água não iria ajudá-lo. Precisava voltar para o baile, dançar, me misturar e encontrar alguém disposto a ser o elo da minha alma. Era uma questão de vida ou morte; só que mesmo que meu coração tivesse sido ferido pela rejeição outra vez, eu não podia recusar um pedido do Matt.

— Ok. — Sentei-me no chão ao lado do sofá, na frente dele, e apertei sua mão entre as minhas. — Eu vou ficar.

Um pequeno sorriso enfeitou seus lábios.

— Obrigado, majestade.

Engoli minhas lágrimas.

— De nada, Lorde Matt. Durma agora.

Ele dormiu.

Fiquei no chão duro e frio por um longo tempo, observando a subida e descida da respiração de Matt. Coloquei sua mão de volta ao seu lado e ajeitei seu cobertor. Com o tempo, os sons do baile de máscaras diminuíram, e eventualmente, silenciaram. Inclinei minha cabeça para trás na almofada, ao lado das pernas de Matt, e meus braços caíram para os lados. Meus dedos roçaram a capa de um livro familiar.

O diário. Deixei com Matt há tanto tempo. Ele deve ter lido. Eu o peguei e folheei, parando em uma página que parecia ter sido bem manuseada.

Quando ele começou a acumular poder, sabia que haveria pouco tempo para nos prepararmos. Rumores chegaram rapidamente sobre um mago das trevas, alguém que seria a nossa derrocada. Nossos profetas viram o fim da linhagem da minha família, mas não sabíamos que isso aconteceria tão cedo. Enquanto meu pai e minhas irmãs se preparavam para a batalha, afastei minha lady. Ela queria ficar ao meu lado, mas eu não permitiria. Eu não poderia permitir. Eu a amava e sabia que se ela ficasse também seria o seu fim. Eu não conseguia suportar essa ideia. Eu a amava tanto que só pensava em sua segurança, em sua felicidade, e não seria a causa da sua morte. Eu a deixei ir embora. Foi a coisa mais difícil que já fiz, mas eu a deixei ir embora e enfrentei meu destino sozinha. Meu único arrependimento foi ter feito isso com dureza e ela ter deixado o castelo aos prantos. Se algum dia eu sair daqui, vou confessar que a amo.

Era a passagem que Lila havia lido naquela primeira noite, enquanto as chamas da pira funerária iluminavam o céu. A princesa perdeu a chance de dizer à sua amada que a amava. Em vez disso, ela a afastou, empurrando-a em direção a um futuro melhor. Fechei o livro com força. Eu não queria pensar em arrependimento, não com meus lábios ainda ardendo do beijo de Matt.

Com a garganta apertada, fitei o rosto adormecido de Matt. Seu rosto tão lindo, seus lábios carnudos e desajeitados que havia beijado. Deslizei o diário para longe de mim e ele bateu na perna do sofá. Eu me virei e enterrei meu rosto na almofada perto do quadril de Matt e estremeci. Fechei meus olhos para banir os pensamentos que a passagem formou em minha mente, mas não consegui.

A princesa nunca contou a sua lady sobre seu amor, e perdeu sua chance devido a circunstâncias que fugiam de seu controle. Não queria passar pela mesma coisa. Mesmo se esta noite tivesse deixado claro que meus sentimentos não seriam correspondidos, eu queria dizer isso abertamente, pelo menos uma vez. Sem suposições. Sem insinuações. Sem rodeios em torno da verdade. Eu contaria a Matt logo pela manhã, quando ele acordasse. Mas, por enquanto, eu queria expressar meus sentimentos, registrá-los para não esquecer sua força à luz do dia. Com meus dias em contagem regressiva, não havia tempo para arrependimento ou constrangimento.

Por sorte, estávamos na biblioteca. Encontrei uma pena, um pote de tinta e um pedaço de pergaminho no meio da bagunça na mesa de Matt. Na tentativa de abrir espaço, coloquei de lado alguns dos livros de história e papéis, descobrindo a profecia esticada sobre a mesa. Sorri para mim mesmo, pensando em como um simples pedaço de pergaminho nos trouxera até aqui, a este castelo, a este momento. Quem sabe onde as próximas palavras que eu escreveria nos levariam. Mas eu, enfim, estava pronto para descobrir. *Meu querido Matt*, comecei, depois derramei todos os meus sentimentos sobre a página, meus meses de anseio, meus anos de afeto, meu gosto por sua sagacidade seca, por sua mente afiada e pelo redemoinho do seu cabelo. Escrevi sobre meu plano de contar a ele sobre meus sentimentos quando a profecia terminasse e, quando não acabou, sobre o meu medo de que, se contasse a verdade, ele se sentiria obrigado a se unir a mim por causa das circunstâncias. E, por último, a esperança que senti quando ele me beijou no baile esta noite, mas o meu entendimento de que ele não se sentia da mesma maneira. Quando terminei, assinei: *Com amor, para sempre, Arek* com um floreio. Larguei a pena e limpei as mãos manchadas de tinta na minha calça.

Com tudo isso concluído, eu ainda não queria deixá-lo. Eu teria uma dor horrível no pescoço pela manhã, mas preferi me sentar no chão e descansar minha cabeça no sofá. Sem dúvida, teria que ouvir toda uma palestra de Harlow sobre fugir do baile de máscaras e abandonar meus convidados pela manhã, mas era um pequeno preço a pagar para estar ao lado de Matt.

28

UMA BATIDA FORTE ME ACORDOU. ESFREGUEI MEU PESCOÇO DOLORIDO E XIN-guei. A luz do sol entrava pelas janelas como uma lâmina. Resmunguei e levantei minha mão para bloqueá-la, embora não tenha ajudado muito.

— Ai, ai, porra — Matt disse, puxando o cobertor sobre a cabeça. — Que diabos?

Ah, sim. Matt. Ele bebeu. Nós dançamos. Nós nos beijamos. Eu corri atrás dele. Nós caímos no sono. Ele estava de ressaca e odiando a vida.

Eu o amava. Ele não me amava.

— Por que tem um gosto de algo morto na minha boca? — Matt perguntou. Ele apertou os olhos para fora do cobertor. Seus olhos estavam vermelhos. Um vinco da almofada marcava sua bochecha. Seu cabelo estava arrepiado.

— Você bebeu todo o vinho do castelo.

— Oh — exprimiu. Ele estalou os lábios. — Oh.

— É.

Ele esfregou a mão no rosto.

— O que mais eu fiz?

Eu rolei para fora do caminho do sol e me esparramei no piso, por sorte, meu rosto na sombra.

— O que você quer dizer com o que mais?

— Eu me lembro do banquete. Lembro-me de dançar… o que aconteceu depois? Como vim parar aqui?

Meu corpo ficou frio e meu estômago embrulhou.

— Você não se lembra?

Ele gemeu baixinho.

— Oh, deuses, dancei em uma mesa? Transformei alguém em sapo? — Ele fez outro barulho miserável. — Minha cabeça. Meu cérebro está vazando pelos meus ouvidos.

— Você… — Engoli em seco. — Não se lembra de dançar comigo?

A batida veio de novo, desta vez mais alta e insistente.

— Com você? — Apesar do sol, ele saiu totalmente debaixo do cobertor e se sentou com cuidado. Ele ficou de um tom esverdeado e tapou a boca com a mão, engolindo em seco várias vezes. Eu me esquivei, apenas por precaução, mas ele se controlou. — Não — ele sussurrou. — Nós dançamos?

Ele me observou com cautela. Não tinha considerado a possibilidade de Matt não se lembrar de que tínhamos nos beijado quando imaginei como lidaria com minha confissão esta manhã. Mas conforme outra rodada de batidas agressivas começou e Matt franziu o rosto de dor, decidi que agora realmente não era o momento para mergulhar em relacionamentos e emoções complicadas. De repente, contar a ele tudo o que aconteceu com pressa enquanto ele tentava não vomitar não parecia a melhor opção. Seria mais tarde, então. Teríamos que conversar mais tarde; agora, a solução mais fácil era contar uma versão resumida da verdade.

— Sim. Você pisou nos meus pés na dança mais estranha da história deste reino e então viemos para cá para escapar do baile de máscaras. Então você bebeu mais e desmaiou.

Ele murchou de alívio.

— Oh, graças aos espíritos.

Meu coração partiu um pouco mais.

As batidas continuaram.

— Entre — gritei, esperando quebrar a tensão estranha entre nós. Grogue, eu não estava com humor para nada disso.

Harlow pigarreou ao entrar na sala.

— Majestade — ele falou, me interrompendo —, seus convidados estão esperando pelo senhor para o café da manhã.

— Você está falando sério?

— De todo o meu coração, majestade — Harlow respondeu firme.

Ugh. Por que o sarcasmo foi a única coisa que Harlow aprendeu em suas interações comigo?

— Onde?

— Na sala de jantar formal.

Eu me levantei e cambaleei. Minhas pernas formigavam e não conseguia dizer se meus pés estavam apenas adormecidos ou haviam desaparecido completamente, o que poderia ser um problema.

Matt gemeu como se estivesse morrendo e rolou para o lado, ficando um pouco verde.

— Por favor, não falem de comida — ele choramingou.

— Fique aqui. Deixe Harlow cuidar de você. — Passei por Harlow, meu estômago embrulhado pelas emoções: Matt não lembrava de nada; eu ainda o amava; os convidados esperavam na sala de jantar; eu precisava encontrar uma alma gêmea; meu corpo estava desaparecendo. — Matt precisa de água. Talvez um pouco de vinho. E definitivamente de um remédio para dor.

— É claro, majestade. — Harlow pigarreou. — Posso sugerir que o senhor volte para os seus aposentos e se troque antes de encontrar os nossos convidados?

Olhei para mim mesmo: eu usava a fantasia da noite anterior, minha camisa estava para fora da calça e amassada. Eu sabia que meu cabelo estava uma bagunça sem nem olhar no espelho e meu rosto ficou vermelho de vergonha.

— Tão ruim assim, hein?

Harlow murmurou.

— Para ser franco, sim.

— Certo. — Eu estava prestes a completar a caminhada da vergonha em meu próprio castelo. E nem mesmo isso, porque Matt e eu não tínhamos feito nada além de nos beijarmos. *Matt.* Encarei seu rosto contraído enquanto ele corajosamente tentava ignorar o sol, Harlow e a tarefa de acordar. Sim, conversaríamos mais tarde. Quando ele se sentisse melhor.

— Majestade — Harlow pediu.

— Sim! Estou indo. — Eu me afastei dos meus pensamentos e coloquei tudo — Matt, meus sentimentos, o vínculo da alma — de lado. Agora, eu tinha que ser o rei.

O CAFÉ DA MANHÃ FOI HORRÍVEL.

Sentei-me à cabeceira de uma mesa longa demais, cheia de nobres, muitos ainda meio adormecidos. Os poucos que estavam acordados me observavam com olhares penetrantes e fiquei grato por Harlow ter colocado um conjunto de roupas para mim na cama. A última coisa de que precisava neste dia já horrível era cometer uma gafe social que desfaria o progresso que havíamos feito com a corte.

Mesmo assim, nenhum dos convidados falou, todos exaustos do grande banquete e do baile. Com base em suas aparências, eu me perguntei até quão tarde a festa havia ido, e por que o café da manhã tinha sido agendado para tão cedo no dia seguinte. Definitivamente fora um descuido.

Depois que a comida foi servida, a sala se encheu de sons de mastigação, o arrastar de talheres contra os pratos e um ronco ocasional. Pelo menos a comida estava boa.

Do meu conselho, apenas Sionna tinha vindo para o café da manhã. Os outros estavam ausentes, mas eu não podia culpá-los. Se não fosse rei, também não teria me obrigado a levantar. Mas fiquei grato pela chance de conversar com Sionna a sós. Precisava saber por que ela havia me empurrado em direção a Matt na noite anterior, o que ela pensava que poderia acontecer. Só que era melhor começar aos poucos. Não tinha certeza se seria capaz de manter minha compostura se tivesse que suportar qualquer questionamento direto dela — e eu precisava — na frente dos convidados.

— Onde está Meredith? — Inclinei-me para ela e indaguei em voz baixa.

— Convocada para a cozinha esta manhã — ela respondeu.

— E sua mãe e irmã?

Sionna apertou os lábios.

— Se tiver sorte, a caminho de casa.

Dei uma risadinha.

Ela me cutucou com o braço.

— Como está Matt?

Mantive meu tom leve de modo intencional.

— De ressaca. Nunca o vi naquele tom de verde antes.

Sionna abafou uma risada na palma da mão.

Agradeci aos espíritos o rumo que a conversa tomou.

— Falando em Matt — comecei. — Ontem à noite, por que...

— Psst, *majestade*.

Virei minha cabeça para o som e avistei Meredith na porta. Ela estava com um aspecto pálido e parecia nervosa, o que parecia ser o estado normal das pessoas na manhã seguinte ao baile. O que me preocupou, no entanto, foi como ela acenou com as mãos de maneira desesperada e me chamou até ela.

Inclinei minha cabeça para o lado. Sionna também percebeu, com as sobrancelhas franzidas.

Bem, é melhor eu descobrir que crise me esperava. Não poderia ser mais terrível do que este café da manhã dolorosamente embaraçoso. Levantei-me, minha cadeira raspando de maneira ruidosa no corredor, alertando a todos sobre minha partida iminente e assustando aqueles que haviam adormecido em seus lugares.

Limpei minha garganta.

— Peço desculpas, mas tenho negócios a tratar. Por favor, continuem a desfrutar do seu desjejum.

Então me virei e saí, Sionna bem atrás de mim.

— Merry? — Sionna chamou com uma voz gentil quando passamos para o outro lado da porta. Ela pegou a mão de Meredith na dela. — O que está acontecendo?

Merry. Chega a ser nojento de tão fofo.

— Acho que fiz algo errado — Meredith começou com os cílios molhados.

— Tudo bem. Faço coisas erradas o tempo todo — a acalmei, forçando um sorriso. — Eu sou o rei, então não é como se não pudéssemos consertar seja lá o que você tiver feito.

Meredith não se confortou com as minhas palavras. Na verdade, elas pareceram chateá-la ainda mais.

Sionna me lançou um olhar furioso.

— Basta nos contar o que aconteceu.

— Estava na cozinha. E fui chamada à biblioteca para levar um pouco de água e vinho para o Lorde Matt, já que ele... não estava se sentindo bem.

Todo o meu ser gelou. Era sobre Matt.

— Matt está bem? — perguntei devagar, mas um pouco apavorado.

Ela não respondeu e mordeu o lábio enquanto me fitava com os olhos arregalados.

— Eu sinto muito.

Respirei fundo.

— O que aconteceu?

— Estávamos conversando e ele parecia muito distraído.

Fiquei tenso.

— Mencionei como o baile foi maravilhoso, como todos se divertiram e sobre todo o vinho que bebemos. E eu lhe disse que estava feliz por ele, já que você e ele... — Ela estremeceu.

Meus joelhos ficaram fracos. Cambaleei e me inclinei na parede, a parte de trás da minha cabeça batendo contra a pedra.

Sionna agarrou meu braço, me firmando.

— Arek? O que perdi?

Esfreguei meu peito.

— Ele não se lembrava do que tinha acontecido. Quando acordou de manhã. E não contei a ele.

— Oh, Arek — Sionna suspirou.

O rosto de Meredith se contraiu.

— Ele ficou chateado e escreveu um bilhete. Lorde Matt me disse para esperar uma hora antes de entregá-lo a você, ele me fez prometer. Mas eu... eu não acho que deveria esperar tanto tempo. Então, esperei só metade do tempo.

Ela enfiou a mão no bolso do avental e tirou um bilhete para mim. Peguei o pedaço de pergaminho dela com as mãos trêmulas e desdobrei.

Arek,
Sinto muito. Eu não posso.
Preciso de tempo e espaço. Voltarei quando puder.
Seu amigo,
Matt

Oh. Não. Não. Ele não podia ir embora. Ele não iria embora. Ele não iria embora sabendo que eu não poderia ir atrás dele. Iria?

— Arek — Sionna chamou —, o que está escrito?

Não respondi. Esmaguei o pergaminho em meu punho suado e me afastei da pedra. Corri. Evitando servos e convidados, corri pelo castelo. Eu tinha que explicar pra ele. Tinha que lhe contar toda a verdade. Se ele quisesse ir depois disso, eu não o impediria. Mas não queria ser como a princesa. Eu não queria viver o resto da minha vida me lamentando. Com Sionna atrás de mim, entrei no quarto de Matt. Ele não estava ali. Seu cajado não estava apoiado na cômoda. Sua bolsa não estava pendurada na cabeceira da cama. Seus cobertores estavam amarrotados. Atravessei o pequeno espaço e abri o guarda-roupa. As roupas não estavam ali, assim como a capa pesada que ele vestia.

Eu encontrei o olhar preocupado de Sionna.

— Matt se foi — eu sussurrei.

Ele havia ido embora. Matt foi embora. *Porra.* Lágrimas escorriam dos meus olhos. Meu coração afundou. Eu tropecei, tonto, sem fôlego e bati na cama. Seu bilhete estúpido ainda estava na minha mão e eu o rasguei. Eu o rasguei em uma dúzia de pedaços minúsculos porque havia estragado tudo. Arruinei a nossa amizade. Não deveria tê-lo beijado. Eu deveria tê-lo beijado antes. Eu deveria ter dito algo há muito tempo. Eu não deveria ter dito nada. Eu não deveria tê-lo afastado na biblioteca. Eu deveria tê-lo segurado mais perto. Qualquer coisa teria sido melhor do que me afogar neste anseio interminável, nesta meia-vida de esperar que a magia ou o destino me empurrasse na direção certa. Finalmente estava pronto para assumir o comando, mas era tarde demais. E perdi Matt por causa isso.

Com a respiração acelerada, minha ansiedade aumentou. A única pessoa que sempre quis, minha alma gêmea, tinha fugido, e, a menos que encontrasse uma substituta em alguns dias, seria o rei com menor tempo de governo no século.

Uma lágrima deslizou do canto do meu olho.

— Oh, Arek — Sionna disse, me envolvendo com seu braço —, vai ficar tudo bem.

— Espero que sim.

Ela me apertou.

— Eu sei que vai. Não desista.

Engoli o nó na garganta e confirmei com a cabeça para acalmá-la. Eu a segui do quarto de Matt para o corredor. Dei apenas alguns passos e então o mundo girou sob meus pés. Cambaleei, meu corpo inteiro formigou. Não apenas minhas mãos ou pés, mas todo o meu ser tremia e vacilava, e caí de joelhos.

— Arek? — A voz de Sionna estava distante; era como escutar um som através da água.

Ela agarrou meu braço.

— Arek?

Não respondi. Pelo contrário, meu mundo virou. Uma pontada de dor perfurou minha cabeça e eu caí para o lado. Entre uma respiração e a seguinte, desmaiei.

29

Acordei no meu quarto.

Tive *flashbacks* do dia em que tentei abdicar. Desta vez, a dor não foi tão imediata ou aguda. Mas ainda era uma merda.

Rolei para o lado e gemi, meus músculos com cãibras sob meu cobertor. Ok, não importa, isso era tão ruim quanto antes. Ai.

— Arek?

— Bethany?

Sua mão segurou minha bochecha e abri meus olhos vendo seu rosto preocupado.

— Aí está você, seu imbecil. Como está se sentindo?

— Como se tivesse levado uma surra com um bastão.

— É bom saber que seu talento para o drama não foi afetado quando você desmaiou.

Fiz uma careta.

— Não tem graça.

— Não — ela concordou. — Nem um pouco. Ainda bem que a Sionna estava com você e evitou que você deixasse seu cérebro na pedra.

— Ótimo. Sempre posso contar com a Sionna. Há quanto tempo estou dormindo?

— A maior parte do dia. Já escureceu. — Ela colocou o braço em volta dos meus ombros. — Você consegue se sentar?

— Acho que consigo. — Era mentira, eu não fazia ideia. Tudo tremia.

Ela me acomodou em uma posição sentada e empilhou travesseiros atrás de mim.

— Fique quieto e não faça nada estúpido.

Minhas mãos tremeram quando peguei o copo que ela me entregou, o que fez um pouco de líquido cair enquanto eu bebia. Estava exausto. Meu espírito estava fraco, esticado, como se eu estivesse vazio, sem substância. Eu me *sentia* transparente. Não achava que isso fosse acontecer tão rápido, eu ainda tinha alguns dias, mas, pelo visto, a magia era uma cadela instável.

— Uh... quem sabe que desmaiei?

— Oh, todo mundo — Bethany respondeu com falsa empolgação. — A curandeira da cidade te examinou e explicou que você passou mal porque não tinha comido. — A testa de Bethany franziu. — Mas eu sei que você tomou café da manhã, então isso não pode ser verdade. Mas pouco sono, muita bebida e as danças na noite passada podem facilmente ter sido os culpados. — Ela falou a última parte com sarcasmo.

— Essas são todas coisas que eu fiz — confirmei com um aceno de cabeça.

Sua expressão era o ápice de alguém que não ficou impressionada. Ela pigarreou.

— Você também teve um choque em seu organismo ao descobrir que Matt havia partido. Isso não deve ter ajudado.

Evitei seu olhar e puxei um fio solto do meu cobertor.

— Sim. Isso... pode ser verdade.

Bethany me analisou.

— O boato é que ele deixou o castelo com uma missão especial para o rei.

Mordi meu lábio. Matt. Matt. Matt. Meus pensamentos eram apenas uma ladainha do seu nome e meu coração batia no mesmo ritmo. *Se algum dia eu sair daqui, vou confessar que a amo.* Ele foi embora. Mas talvez... talvez fosse melhor assim? Já que ele obviamente me rejeitaria, *de novo*, talvez fosse melhor se mantivéssemos a distância um do outro. Seria muito difícil vê-lo todos os dias quando estivesse ligado a outra pessoa; seria como cutucar uma ferida aberta.

— Arek? — Bethany cutucou meu braço.

— Hã?

Sionna deve ter inventado um boato para esconder o que realmente aconteceu.

Bethany cruzou os braços.

— Arek, todos nós sabemos que essa tarefa especial é uma besteira. Sionna nos contou o que aconteceu. Ela disse que Matt lhe enviou um recado e, em seguida, você correu para o quarto dele e ele havia ido embora. Matt nunca iria embora. Matt nunca deixaria *você*. Especialmente depois de vocês terem se beijado na noite passada.

Pensar nele doía. Lembrar do gosto dos seus beijos doía. Sentir carícias fantasmas dos seus dedos doía.

— Podemos não falar sobre isso agora?

Bethany arqueou uma sobrancelha. Minha exaustão e desespero devem ter transparecido na minha voz porque ela concordou com facilidade. Ela mordeu o lábio.

— Tudo bem. Mas depois que descansar, conversaremos sobre isso.

— Tudo bem. — Eu teria que contar a eles em algum momento. Eles eram a família de Matt tanto quanto eram a minha, e tinham o direito de saber por que ele foi embora. Que ele disse que voltaria. Faríamos o nosso melhor sem ele até que voltasse. Eu poderia estar morto quando isso acontecesse, dependendo de quão epicamente havia estragado tudo no baile.

— Arek? Acho que você deveria descansar.

— Há?

— Você está sonhando de olhos abertos.

— Oh.

Com incentivo, ela me fez beber o último gole de água que tinha em minha taça, reorganizou meus travesseiros e me joguei neles com um suspiro de satisfação. Bethany puxou os cobertores até meu queixo e depois me ajeitou.

— Não conte para ninguém que afofei os seus travesseiros.

— Nunca — eu concordei.

Aquecido e exausto, caí no sono outra vez.

30

DORMI ATÉ O FINAL DA MANHÃ DO DIA SEGUINTE E SÓ ME MEXI QUANDO Harlow me acordou para me sentar no trono e dizer adeus a vários dos nossos convidados que estavam partindo. Apesar do momento estranho do beijo no baile, o banquete foi um sucesso, pois várias famílias nobres deixaram seus filhos no castelo para serem escudeiros e treinarem para se tornarem cavaleiros. Gren estava entre eles, assim como Petal.

Sentei-me no trono e fiz o meu melhor para projetar nobreza. Sionna era o único membro do conselho ali comigo, a única que não tinha inventado uma desculpa para pular fora; eu não os culpava. Apesar de dormir o dia inteiro, estava cansado até os ossos e desejava o conforto da minha cama.

— Eu gostaria que pudéssemos ficar mais tempo — o Lorde de Autumnhill declarou, curvando-se em frente ao estrado. — Mas devemos viajar antes que caia a primeira neve.

— Compreendo. Obrigado por virem e saibam que o castelo sempre estará aberto para sua família.

— Isso é muito generoso, Rei Arek — o Lorde comentou, mostrando sua família enquanto falou: —, nossa família aceitará essa oferta na primavera. Até lá, por favor... — ele fechou a boca quando se endireitou, encarando-me com as sobrancelhas estranhamente perfeitas.

— É... há algo de errado? — Perguntei quando o rosto do Lorde perdeu a cor e sua expressão se tornou algo que eu poderia descrever como quase horrorizada.

— Sua orelha... — sussurrou.

Meu corpo formigou durante a maior parte do dia e, embora notasse o zumbido crescente em meu ouvido, pensei que era outro efeito colateral infeliz de estar exausto e ter que me sentar para vários encontros com lordes e ladies. Aparentemente, não era.

— ... se foi.

— O que é isso? — Oh, má hora para essa pergunta. — Se foi? Sem dúvidas, você está brincando. Hilário, meu lorde. — Limpei a garganta e tentei bloquear minha orelha de um jeito despreocupado sob o pretexto de ajustar minha coroa repentinamente torta.

Sionna me fitou com olhos arregalados e balançou a cabeça de maneira quase imperceptível.

— Não, majestade. Não estou. — Sua voz vacilou, como se tivesse medo de me contradizer.

Ok. Poderia usar isso a meu favor.

— Você está questionando seu rei? — Indaguei, enquanto Sionna se movia da sua posição para onde Matt normalmente ficava e bloqueava a visão.

— Não, majestade. Eu não estou.

— Bom. Acredito que é hora de sua comitiva partir.

— Sim, majestade.

— Tenha uma boa jornada. — Acenei minha mão e percebi que ela também estava translúcida. Eu a enfiei de volta ao meu lado, entre meu quadril e o trono, e esperei que a minha manga escondesse o fato de que minha palma estava transparente. — Espero vê-los na primavera.

— Sim, majestade. — O Lorde de Autumnhill espiou em torno da figura imponente de Sionna, franziu a testa, balançou a cabeça e saiu da sala.

— Há mais alguém? — Perguntei a Harlow.

— Sim, vários.

— Merda.

Sionna se virou para mim.

— O que está acontecendo, Arek? Por que posso ver através da sua orelha e da sua mão?

— Bem, parece que estou desaparecendo. Exatamente como a lei declarou que faria.

— Merda! — ela repetiu.

— Exatamente.

— Você está muito calmo — ela reparou com as mãos nos quadris. — Você já sabia.

— Ah, sim. Já está acontecendo há um tempo.

— Arek!

— Olha, nós temos... — Eu virei minha cabeça para Harlow. — Quantos?

— Mais cinco famílias, majestade.

— Mais cinco desses encontros para aguentar — eu falei, dirigindo-me a Sionna. — Ajude-me e eu explicarei tudo depois.

Ela estreitou os olhos.

— Harlow, chame Bethany.

— Sim, general.

Poucos minutos depois, Bethany apareceu com a harpa na mão, usando um espartilho e vestido justos, tão bonita quanto na noite do baile de máscaras. Ela passou um dedo ao longo dos lábios, limpando o batom manchado.

— É melhor que seja importante. Petal e eu estávamos... uh... conversando.

Excelente. Lá se vai outra pretendente. Mas parabéns para Bethany. Fique com ela.

Ela parou na base do trono, seu olhar brilhante me varrendo por inteiro, e eu vi o momento em que ela notou minha orelha transparente.

— Arek!

Levantei minha mão.

— Sim, eu estou desaparecendo. Estou ciente disso e preciso que você me ajude a esconder essa situação.

— Esconder isso? — Ela acenou com a mão em seu próprio rosto. — Como faço para esconder que você está translúcido?

— Eu estou?

— Eu posso ver o trono através do seu pescoço!

— Bem, isso não é nada bom, não é? — eu retruquei.

Sionna colocou a mão no meu ombro enquanto eu despencava para frente. Tentei pegar minha testa com a mão, mas não funcionou, já que a minha mão estava quase toda transparente. Acabei caindo para frente e quase quebrando a cabeça com o meu joelho.

— Ugh.

— O que exatamente você deseja que eu faça? Não sou o Matt, não posso te consertar com magia.

— Não, mas você pode encantar as pessoas para que elas não vejam.

Ela jogou o cabelo para o lado.

— Ah, sim. Isso eu posso fazer. — Ela dedilhou sua harpa. As cordas reverberaram e a magia na sala cresceu.

— Mas vamos ter uma conversa depois que tudo isso acabar.

— Já suportei uma das suas conversas.

— Você aguentará outra — ela retrucou, a voz se transformando em um grito. — Porque isso está errado!

Ela dedilhou um acorde bem traiçoeiro em sua harpa, e a magia cintilou no ar vibrando ao longo da minha pele.

— Sim. Tudo bem. Ok. Vamos acabar com isso.

— O senhor está pronto, majestade? — Harlow perguntou de seu lugar na entrada. — Os convidados estão esperando.

— Sim — eu me contorci no trono, segurando os braços com tanta força que os nós dos meus dedos, ou o que sobrou deles, ficaram brancos. Engoli em seco. — Estou.

Harlow abriu a porta.

Conseguimos passar por todas as cinco famílias, apesar de a família Summerhill ser bastante tagarela, especificamente sobre o quão incrível Gren era na luta e na diplomacia. Cada vez que achei que tivesse sido pego sem uma parte essencial do meu corpo, Sionna entrou na linha de visão do lorde ou da lady que fez uma cara confusa ou horrorizada e o dedilhar de Bethany aumentou em frequência e som.

No final, estava tão exausto que desejava tirar uma soneca no trono mesmo. Com a cabeça inclinada para trás, meus olhos se fecharam e fiquei molenga.

— Arek! — Bethany chamou, os dedos batendo na minha bochecha sem parar. — Vamos. Acorde.

Gemendo, abri um olho.

— Mais um minuto.

— Não.

Animando, bocejei tanto que minha mandíbula estalou.

— Desculpa. Estou cansado.

— Talvez devêssemos deixá-lo descansar. — Sionna jogou meu braço por cima do ombro e me ergueu do trono. Minhas pernas formigaram, mas tinha quase certeza de que era só por ter ficado sentado por tanto tempo. Eu olhei para baixo, e sim, elas estavam lá, na maior parte.

— E perder mais tempo? — Bethany apoiou meu outro lado. — Não podemos esperar mais, temos apenas quatro dias e temos que encontrar alguém com quem Arek irá se unir ou ele morrerá.

Sionna franziu os lábios.

— Um de nós fará isso se não conseguirmos encontrar alguém.

— Você quer dizer eu — Bethany disse categórica. — Rion e Lila têm um ao outro, e você tem Meredith.

— Vocês duas podem parar de falar como se não estivesse aqui, obrigado. — Andamos em direção à saída, embora andar fosse um termo muito vago. Na maior parte do tempo, eu fui arrastado, já que meu equilíbrio havia sumido. — Ninguém vai se sacrificar para ser minha outra metade. Prefiro desaparecer do que fazer alguém desistir da própria vida e das suas chances no amor.

— Rei Arek, o Bondoso — Sionna murmurou.

— Pare com isso. — Bufei. — Não sou bondoso. Só não quero ficar preso a nenhum de vocês por mais tempo do que o necessário.

Bethany franziu a testa, mas não fez comentários. Voltei para os meus aposentos com a ajuda das duas, que me jogaram na cama.

Eu adormeci antes da minha cabeça bater no travesseiro.

— Ei, Rei Arek, o Idiota — Lila gritou quando minha porta se abriu com um estrondo. — Acorde! — Ela empurrou as cortinas. — Você dormiu o dia todo e agora só tem três dias até virar ar.

Forçar-me a sentar foi uma tarefa monumental. Afastei o cabelo do rosto e semicerrei os olhos por causa da luz.

— Vá embora.

— E deixar você morrer em paz? Nunca. — Ela abriu as janelas. — Além disso, não estou sozinha.

Uma fila de criados seguiu Lila em meu quarto. Com uma onda de movimento ao redor da mesa que ficava ao longo da parede, bandejas foram colocadas, taças foram enchidas, guardanapos colocados, então eles marcharam para fora da porta, apenas para serem substituídos por Rion, Sionna e Bethany.

Sionna chutou com o calcanhar para fechar a porta.

— Como você está se sentindo?

Como eu estava me sentindo? Como carne estragada. Como água salobra. Como se tivesse trabalhado muito tosquiando e perseguindo ovelhas por todo o campo, tivesse caído de uma colina rochosa, voltado para casa para dormir no chão e acordado com o corpo dolorido e sem propósito.

— Horrível — consegui responder. Pelo jeito, minha força, motivação e desejo de viver também foram afetados pelo desaparecimento. Eu franzi minha sobrancelha. — Vazio.

— Isso é pior do que pensávamos então — Sionna disse.

Rion encheu um prato com comida e o trouxe para mim. Ele se sentou na beira da cama.

— Você está desaparecendo de verdade? — ele questionou com suavidade.

Levantei minha mão e Rion observou com os olhos arregalados.

— É real. Estou em apuros. — Peguei um morango entre os meus dedos e pensei no jardim de Matt. Então pensei em Matt e meu estômago deu uma cambalhota. — Tudo começou há algumas semanas com meus dedos das mãos e dos pés sumindo e voltando. Não era grande coisa, mas então comecei a perder uma mão inteira ou um pé. E agora... — gesticulei para o meu corpo. — Eu inteiro sou o alvo da magia.

— No pátio de treinamento — Rion lembrou, apontando o dedo em minha direção —, quando suas pernas cederem, enquanto Lila e eu... — ele corou — ... nos beijávamos pela primeira vez.

— Sim. Essa foi uma reação.

— Você é um pateta — Lila berrou. Ela se levantou e bateu as mãos na mesa. — Por que não nos contou antes? Por que você manteria algo tão importante em segredo?

Dei de ombros, escondendo minha surpresa com o seu fervor.

— Não havia nada que pudéssemos fazer. Não até eu encontrar uma alma gêmea.

— Bem, obviamente você não pode ficar encarregado de seu próprio bem-estar. Nós estamos no controle agora!

— Concordo — Bethany falou.

Procurei apoio em Sionna, mas ela apenas tomou um gole de sua bebida.

— Gren é fofe — ela comentou.

— Eu voto em Gren. — Bethany disse. — Elu é gostose e tem habilidades de luta.

— E quanto a Petal? — Lila se jogou na cadeira. — Ela é recatada e pode ser capaz de equilibrar os traços mais irritantes do Arek.

— Sua impulsividade ou suas dificuldades para se comunicar? — Rion indagou sereno.

Essa doeu.

— Eu estava pensando mais na sua tênue noção de autopreservação.

— Ela também beija bem — Bethany acrescentou, sorrindo.

Rion lhe lançou um olhar indiferente.

— O quê? Oh, relaxem. Foi só por diversão.

— Vocês são horríveis. — Esfreguei minha têmpora, uma dor de cabeça crescendo atrás dos meus olhos. — Queria que Matt estivesse aqui — resmunguei. Minha alma doeu com o pensamento.

— Bem, ele não está. Ele fugiu porque você descobriu que ele estava apaixonado por você. Falaremos sobre isso também. — Bethany estreitou os olhos para mim por cima da borda da sua taça. — Porque você não é cruel, então seja lá o que for que você fez deve ter sido horrível para ele ir embora e nos abandonar assim.

Meu cérebro parou.

— *O quê?*

— Matt seria ótimo para opinar nisso — Sionna disse.

— Não, ele não seria. Ele está apaixonado por Arek, mas é óbvio que Arek não o ama, ou ele não estaria metido nessa confusão. — Lila espetou um pedaço de fruta com o garfo. — Ele está muito envolvido para ser capaz de pensar com clareza.

Rion suspirou.

— Matt iria querer o melhor para Arek e escolheria alguém digno.

— De novo: o quê? — Eles devem estar confusos. Ele demonstrou estar desinteressado em todos os momentos, deixou claro que não queria ser cortejado. Não foi?

— Vocês sabem o quão grande foi o incidente quando eles se beijaram durante o baile de máscaras? — Bethany mexeu no cabelo. — Fiz tanto charme naquela noite e na manhã seguinte que deveria ser chamada de departamento de controle de danos. Vocês não têm ideia de quantos desses nobres apareceram para tentar seduzir Arek e adquirir uma coroa. Foi uma bagunça.

— O quê? — Perguntei mais uma vez.

Lila e Rion trocaram olhares de culpa.

— Não estávamos exatamente presentes nas últimas horas do baile — Rion falou de modo diplomático. O rosto de Lila ficou vermelho. — Mas ouvimos os rumores depois.

— Ei, nós fizemos a nossa parte. Empurrei Petal pro Arek. Rion o apresentou a Enzo e Rami. Mandamos qualquer pessoa um pouco bonita pra ele. Nós tentamos.

— Enzo também não seria uma escolha ruim — Sionna comentou de maneira diplomática. — Eu também gosto de Giada, ela é muito bonita e doce. Ah, e tem também aquele tal de Declan, embora ele seja um pouco mais velho. Mas é robusto. Ele tomaria boas decisões e amenizaria as partes mais irracionais do nosso amado rei.

Os três continuaram conversando, mas eu não consegui discernir nada além do que Lila havia dito.

— O que você quer dizer com Matt estar apaixonado por mim?

Lila revirou os olhos; Bethany fez um barulho de desgosto; Sionna estremeceu; e até Rion resmungou algo depreciativo.

— Você não sabia? — Bethany perguntou. — Você está falando sério? Como você não sabia?

— Não tenho ideia do que vocês estão falando.

— Arek — Sionna expressou com suavidade. — Ele queria você o tempo todo.

De novo: o quê?

— Me queria?

— Ele realmente não sabe — Lila comentou com o grupo. — Pensei que você apenas não estivesse interessado.

Sionna suspirou.

— Matt te amava muito antes de nos encontrarmos na taverna. Antes de você começar a missão. Imagino que tenha começado quando vocês moraram juntos na aldeia.

Peguei minha taça da mesa de cabeceira com a mão trêmula e molhei minha boca repentinamente seca.

— Ele me ama — falei mais com uma afirmação do que uma pergunta.

— Hum... sim! — Lila fez uma careta. — Desde sempre.

— Por que ele não me falou nada?

— Você está perguntando por que Matt não professou seu amor por você? Matt, a pessoa que pesquisa tudo antes de agir para saber o resultado com antecedência?

— Todo esse tempo...

— Ele pensou que você não estava interessado — Sionna completou sem rodeios. — Ele preferia passar a vida ao seu lado em silêncio que arriscar dizer uma palavra e ser mandado embora.

— Eu não o teria mandado embora!

— Então por que ele foi embora? — Bethany perguntou com calma.

Abri minha boca e a fechei.

— Ele disse que não podia ficar comigo, que queria espaço.

— Ahá — ela retrucou com ironia.

Eu puxei meu cabelo.

— Você não entende. Eu quero Matt ao meu lado, mais do que tudo. Para sempre.

Sionna franziu a testa.

— Isso pode ser verdade, Arek, mas se você soubesse que Matt o amava, você teria se distanciado. A intimidade casual que vocês dois desenvolveram ao longo dos anos teria evaporado.

Bati meu punho na cabeceira da minha cama.

— Isso não é verdade! Porque eu o amo!

Bethany engasgou.

— Você *ama* o Matt?

— É claro que amo! É o *Matt*.

— Então por que você tentou nos cortejar? — Rion perguntou, apontando entre os quatro.

— Porque eu confessei meu amor para o Matt e ele me rejeitou, ok? *Duas vezes*! E, ei, por que vocês estão gritando comigo quando foi ele quem foi embora?

— Não estamos gritando! — Lila gritou. — Ok, talvez eu esteja. O que você quer dizer com ele ter rejeitado você?

Levantei minhas mãos na defensiva diante do ardor de Lila.

— Na primeira vez, falei para ele que havia alguém por quem eu queria confessar meus sentimentos e ele me cortou dizendo que essa pessoa não estava interessada.

— Bem — Bethany opinou acenando com a mão —, isso não significa muita coisa.

— Na segunda vez, depois que nos beijamos, ele disse: "Não posso", e então fugiu. Eu não sei vocês, mas isso parece uma rejeição bastante clara.

— Oh. — Ela mordeu o lábio. — Tem certeza?

— Sim! Tenho certeza.

O grupo trocou um olhar tenso.

— Talvez tenhamos entendido errado o sentimento do Matt? — O tom de Rion era inseguro.

— Sem ofensa, Rion — Bethany falou com a mão no quadril —, mas por mais que eu te ame, você não entende de pessoas. Isso é com a Sionna.

Sionna piscou.

— Eu... eu pensei que Matt amava Arek — ela afirmou. — Ele escondeu sob camadas e camadas de sarcasmo e aborrecimento, mas estava lá.

Suspirei e esfreguei minha testa.

— Talvez ele não amasse. Ou talvez ele tenha amado, crescido e deixado de amar. Talvez não estivesse mais lá. Não sei.

Lila bateu com o punho na mesa.

— E daí? Tudo bem, não sabemos quais eram os sentimentos do Matt. Mas sabemos o seu. Você o ama. E se a sua pequena façanha do pólen da luxúria...

— Não era pólen da luxúria!

— ... me ensinou qualquer coisa é ir atrás do que você quer. Então, por que você não foi atrás dele?

— Eu desmaiei! — Apontei para Sionna. — Pergunte à Sionna! Ela estava lá! Quando acordei, quem sabe a que distância ele poderia estar... ou quanto tempo poderia levar para alcançá-lo. — Puxei o fio solto do meu cobertor até que se desfez. Abaixando minha voz, continuei: — Além disso, eu não poderia pedir a Matt para se unir a mim. Porque ele teria feito isso por algum estranho senso de lealdade, e eu o condenaria a ficar preso a mim pelo resto das nossas vidas.

— Eu ainda acho que você deveria ir buscar o Matt. — Lila estendeu o braço e derrubou sua própria taça. — Saia daqui e vá atrás dele.

Se fosse tão fácil assim.

— Como nosso pequeno experimento confirmou, estou ligado ao trono, não importa o que aconteça. Nem sei se posso sair do castelo. A magia é tão contra qualquer um estar no trono — exceto eu — que quase me matou quando tentei abdicar. Lila pegou a coroa apenas de brincadeira e queimou a mão. A magia pode não me deixar andar para lá dos muros. Além disso, ele foi embora porque queria espaço e estou tentando muito honrar isso. — Engoli o nó na minha garganta. — Mesmo que isso signifique que ele não seja minha alma gêmea.

Lila grunhiu aborrecida e cruzou os braços.

— O que o recado dele dizia exatamente?

— Ele dizia que sentia muito, mas que não podia ficar, e que voltaria.

Ela estreitou os olhos para mim.

— Bem, isso não é muito específico.

— Arek — Sionna chamou baixinho —, você realmente falou pra ele que o amava? Ele sabia disso sem sombra de dúvida? — Eu me encolhi quando a memória da conversa matinal que eu nunca tive com Matt voltou à tona. A expressão em meu rosto deve ter sido resposta suficiente para todos eles.

Lila estendeu a mão e deu um tapa no meu braço. Doeu e provavelmente deveria doer mais, mas eu estava apenas com parte do meu corpo.

Rion franziu a testa.

— E se ele não ficou porque não suportaria vê-lo com outra *pessoa*?

Eu… eu não tinha pensado nisso. A pequena chama teimosa de esperança acendeu-se mais uma vez.

— Tentei dizer a ele! Eu estava pronto para isso na manhã depois que nos beijamos. Mas quando ele acordou, não se lembrava de nada; Harlow tinha vindo me buscar para o café da manhã e não tínhamos tempo para conversar sobre tudo isso. E então Meredith falou antes de mim, e ele decidiu ir embora. Olha, eu sei que todos vocês estão tentando ajudar, mas Matt se foi e precisamos superar isso. Se não… provavelmente vou morrer.

Assim que disse isso, uma onda de tontura me atingiu, minha cabeça girou e eu afundei de volta na pilha de travesseiros, respirando com dificuldade.

— Tudo bem, mesmo que Arek quisesse, ele não vai a lugar nenhum —Bethany declarou. — Ele está fraco e precisa descansar.

Sionna me observou com olhos castanhos tristes.

— Talvez Matt volte.

— Sim — Bethany concordou, forçando um sorriso. — Ele vai recobrar o juízo, voltar para o castelo e vai ser muito romântico.

— Vamos apenas esperar que ele volte logo. — Lila espiou carrancuda pela janela. — A primeira neve chegará em breve e só temos até o aniversário de Arek.

Meu aniversário. O prazo. Três dias.

Abri minha boca para rebater, mas a fechei. Um formigamento se espalhou do topo da minha cabeça até as solas dos meus pés. O cômodo oscilou e meu estômago embrulhou. Não conseguia explicar, mas me senti totalmente transparente. Eu me inclinei para o lado.

— Arek!

— Estou bem.

— Você não está.

Quatro pares de mãos me movimentaram sobre o colchão. Eu me joguei para trás e respirei fundo encarando o teto. Esse pouco de esforço me deixou sem fôlego e todo o meu corpo enrijeceu, do pescoço aos dedos dos pés.

— Um de nós precisa ficar com Arek o tempo todo. — Bethany colocou a mão no meu peito e seu calor me varreu por inteiro, afrouxando o aperto dos meus músculos. — Eu farei o primeiro turno. Ainda temos alguns hóspedes no castelo e precisamos apressá-los para saírem daqui antes da primeira neve, ou eles serão testemunhas de tudo o que vai acontecer nos próximos dias.

— Cuidarei disso — Sionna avisou. — Vou chamar Harlow para me ajudar.

— Arek, você tem... uma segunda escolha? Ou uma terceira? — Rion perguntou, sempre prático.

Fazendo uma careta, estremeci.

— Gren — respondi, com os dentes cerrados. — Se não, Petal.

— Arek? — As mãos de Bethany pousadas gentis no meu braço. — Tem certeza?

— Se não puder ser o Matt... — eu disse, e meu espírito se contraiu com o pensamento — ... então pelo menos que seja alguém bom de se olhar.

Risos forçados se seguiram à minha declaração. Espíritos, eles estavam se esforçando tanto para permanecer positivos. Uma lágrima rolou do canto do meu olho.

— Eu tenho um treino de combate marcado com Gren hoje. Eu vou... conversar com elu sobre as coisas. Avaliá-le.

Ergui uma sobrancelha e virei minha cabeça para o lado.

— Você?

Rion levantou o queixo.

— Posso ser sutil quando preciso ser.

— Não seja tão sutil — pedi. — Queremos que ele pense que estou interessado, mas não muito interessado.

Com os lábios pressionados em uma linha fina, Rion disse:

— Eu posso fazer isso.

— Excelente.

— Posso fazer Meredith conversar com Petal, elas se deram bem no baile.

Dei um sorriso fraco para Sionna.

— Obrigado.

Estava exausto. Meus olhos se fecharam por conta própria, e apenas o som da porta abrindo e fechando sinalizou a partida de Sionna e Rion. Bethany se sentou na cama ao lado do meu quadril e falou baixinho com Lila, mas eu não consegui entender a conversa. Cochilei e sonhei com Matt.

31

DOIS DIAS SE PASSARAM EM UM BORRÃO. PASSEI A MAIOR PARTE DO TEMPO dormindo, deslizando entre a consciência e a inconsciência, sem conseguir distinguir os momentos intermediários. Nas poucas vezes em que saí do meu quarto, Bethany espalhou maquiagem no meu rosto e partes visíveis só para prevenir, e eu usava roupas que cobriam o máximo possível do meu corpo.

O grupo ficou ao meu lado a maior parte do tempo, alternando entre ser minha babá e suas tarefas regulares. Eles liam para mim alguns livros da biblioteca quando estava na cama e me ajudavam quando precisava andar dos meus aposentos para a sala do trono.

Não recebemos nenhuma notícia de Matt, não que eu estivesse esperando alguma, já que seu bilhete havia sido claro. Mas, à medida que meu tempo diminuía, me deparei com uma escolha horrível: vida sem Matt ou morte. Mas ele não estava ali e, com sua partida, havia feito a sua escolha.

Meu aniversário amanheceu cinzento e nublado. Pela primeira vez, levantei-me antes que o galo cantasse, sentindo-me mais desperto e vivo do que estive em dias. Rion estava dormindo no quartinho ao lado do meu e fiz o possível para deslizar para fora da cama sem acordá-lo. Abrindo minha porta, coloquei minha cabeça para fora para encontrar um servo esperando ali.

— Ei — sussurrei.

Ele se assustou.

— Rei Arek?

— Sim. Sou eu. Gostaria de um banho.

— Feliz aniversário, majestade.

— Obrigado. E café da manhã para mim e Sir Rion.

— Certamente.

— Ótimo, obrigado.

Fechei a porta devagar, e, em seguida, resisti ao desejo de me deitar novamente sob os lençóis. Eu apenas voltaria a dormir e queria ficar acordado no meu último dia. Em vez disso, sentei-me no banco ao lado da mesa e ergui o diário da princesa. Foi uma das poucas coisas da biblioteca que Matt não tinha levado quando saiu, e eu o encontrei no chão onde o havia deixado na última noite em que estivemos juntos. Estive lendo nos momentos em que estava acordado, procurando por algum conselho, mas não encontrei nada. E não foi a primeira vez que desejei que Matt estivesse ali desde que havia ido embora. Mesmo que ele não me amasse e que não optasse por estar ligado a mim, qualquer decisão além dessa seria mais fácil com ele presente.

Em poucos minutos, os servos entraram com água fumegante e despejaram na banheira perto da lareira.

— Está nevando, majestade — um dos servos avisou.

— Está?

Olhei pela janela e vi alguns flocos flutuando com o vento. Nevou no meu último aniversário, um dia antes de o mago aparecer na minha casa e enviar Matt e eu em uma grande aventura.

— Sim, majestade. É boa sorte nevar no aniversário.

Huh. Eu nunca tinha ouvido isso.

— Aceito de bom grado qualquer sorte que o universo queira colocar no meu caminho hoje.

O servo deu uma risadinha. Em pouco tempo, a banheira estava cheia, o fogo aceso e forte, havia uma bandeja com comida e uma jarra de água estava sobre a mesa.

Afundando na banheira, minha pele ficou vermelha com o calor, e pela primeira vez em dias eu estava completamente aquecido. Talvez as coisas estivessem melhorando. Eu me sentia mais descansado do que antes do baile de máscaras e estava um pouco otimista. Levantei minha perna e estiquei meus dedos do pé e... minha perna inteira estava translúcida.

Ok. Ainda desaparecendo. Nada bom.

Depois do meu banho, eu me arrastei para fora da banheira, vesti calças e botas de cano alto. Puxei a túnica de gola mais alta que tinha pela cabeça e chamei o mesmo criado para entrar no cômodo e me ajudar com os laços. Ele os puxou até que o tecido pressionou contra minha garganta e a gola sob o meu queixo. As mangas escorregaram sobre os meus pulsos, os laços apertados em meu punho. Depois de vestir as luvas, coloquei minha coroa brilhante e polida no cabelo úmido. Chequei no espelho. Aos olhos de qualquer outra pessoa, eu poderia ser a clássica imagem de um rei em vez de um menino assustado.

Desejei que a princesa tivesse uma anotação no diário para me ajudar nesse momento. Eu me perguntei o que ela pensaria de mim lendo seus pensamentos privados. Eu esperava que ela não se importasse, mesmo que fossem feitos para outra pessoa.

Huh. Eu nunca havia considerado essa outra pessoa antes. A princesa pode não estar viva, mas e a sua lady? Se sobrevivesse a isso, talvez pudesse cumprir pelo menos o último desejo de alguém.

APÓS O ESFORÇO QUE FIZ PARA ME VESTIR E TOMAR O CAFÉ DA MANHÃ, MINHAS forças anteriores haviam desaparecido. Eu parecia um gatinho recém-nascido, deixei o diário de lado, cruzei os braços e descansei a cabeça na dobra do cotovelo. Eu adormeci por um tempo, muito mais do que esperava.

— Arek?

Eu me levantei com um ronco.

— Oh, ei, Rion — falei, esfregando a palma das minhas mãos sobre os olhos.

— Você acordou mais cedo do que o normal. — Ele passou a mão pelo cabelo despenteado, parecia angustiado, com círculos sob os olhos e a pele mais pálida do que o normal. — Você deveria ter me acordado.

Meu estômago se retorceu com o preço que a minha situação havia cobrado dos meus amigos.

— Bem, você sabe, tenho que aproveitar ao máximo o meu último dia. — Eu falei com a minha voz mais animada possível.

O sorriso de Rion foi hesitante, na melhor das hipóteses.

— Fico feliz em ver que você está de bom humor.

— Você me conhece, faço piadas em situações tensas. — Eu limpei minha garganta. — Pedi café da manhã para nós dois. — Peguei um pedaço de torrada da bandeja e mordi um canto. — Está um pouco frio agora, mas não está ruim.

Rion sentou-se ao meu lado no banco. Ele encarou a bandeja do café da manhã com intensidade.

— Você vai... — ele parou.

— Pode ser? — respondi encolhendo os ombros. — Eu tenho algumas horas.

— Seria melhor se você não esperasse, não queremos testar a magia.

— Você está parecendo o Matt.

— Existem pessoas piores para se parecer.

— Verdade — concordei com um aceno de cabeça. Então apontei para minha coroa. — Mas eu sou o rei. Tomo minhas próprias decisões.

— Sim, você decide. — Rion cutucou uma linguiça com o garfo. — Quanto tempo você vai esperar?

— Uma cerimônia ao pôr do sol parece romântica. Vou chamar Gren, se não elu, Petal, Enzo, Declan, ou espíritos, Bethany, se ela me aceitar.

— E se for tarde demais?

— Então eu desaparecerei. — Com a sua expressão tensa, agarrei seu ombro sob o pretexto de dar conforto quando na realidade eu precisava me firmar. — Há coisas piores, Rion, e nós as vivenciamos. Nós encontramos uma alma que foi presa em uma torre por um ditador malvado que roubou a monarquia da sua família. Nós lutamos contra um monstro do fosso. Passamos dias sem comida e água potável. Porra, passamos semanas sem uma boa noite de sono. Fomos perseguidos por todo o reino. Nossos amigos foram feridos por minha causa. Cortei a cabeça de um homem com uma espada que me foi dada por um pântano mágico. Um pântano para o qual fui conduzido por uma pixie que tentou roubar a energia vital do meu melhor amigo. — Suspirei profundamente. — Eu fiz o que foi planejado para mim. Não pedi para ser rei. Não pedi para ser ligado a um trono. Não pedi para estragar meu relacionamento com o meu melhor amigo. Mas eu sou. Eu fui. Eu estraguei.

Se tenho que viver uma vida em um papel que eu não queria com alguém que não amo, então quero pesar essa decisão de verdade.

— Arek, nós entendemos. Sabemos que você fará o que for melhor para você e para o reino. Não temos dúvidas disso.

Apertei o ombro de Rion e deixei minha mão cair.

— Bom. Obrigado. Agora, tenho certeza de que há pessoas esperando e escutando do lado de fora desta porta.

— Como ele sabia? — A voz de Bethany estava fraca do outro lado da madeira.

— Porque você é previsível — gritei.

A porta se abriu. Bethany, Lila, Sionna e Meredith entraram.

— Alguma novidade? — eu perguntei.

— Nenhuma — Lila respondeu com um suspiro. — Sem pássaros. Sem mensageiros.

— Certo. — Esfreguei minhas mãos. — Então, qual é a programação para hoje?

— Há bolo na cozinha — Meredith avisou. — Chocolate. Me disseram que é o seu favorito.

— Bem, então vamos comer bolo.

Comemos bolo. No chão da biblioteca, rodeado pelo que restava das coisas de Matt, em frente à lareira para que o glacê derretesse. Eu esperava que ter comida ao redor de seus preciosos pergaminhos pudesse invocar Matt até nós como se ele fosse um demônio, mas ele não veio. Não quando o sol mergulhou no céu atrás das nuvens de neve e meu tempo ficou curto.

Comi a maior parte do bolo, e no final da minha terceira fatia, estava nauseado. Enquanto eu ria com meus amigos, o início da tarde fugiu de mim, assim como os últimos vestígios da minha força. Meu corpo inteiro formigou. De repente, era hora de tomar uma decisão. Eu sabia o que tinha que fazer.

— Mandem chamar Gren — pedi em um dos momentos de silêncio entre nós.

Sionna se aproximou e pegou a minha mão.

— Ok, Arek.

— Prefiro falar com elu na sala do trono. — Minha voz estava baixa, derrotada. Eu não podia falar com elu aqui, não no cômodo que se tornou do Matt, e só do Matt.

Eu me firmei entre Rion e Sionna, e com meus braços jogados sobre seus pescoços, cheguei à sala do trono em um ritmo de tartaruga.

— Você está um pouco — Bethany avisou enquanto eu me contorcia no assento — hum... pálido. — Ela passou um lenço de maquiagem no meu queixo e ao longo da minha mandíbula. — Isso. Perfeito.

— Ei, antes que elu chegue, se desaparecer, um de vocês três deve pegar a coroa. Qualquer um de vocês seria um governante magnífico e, se quiserem, peguem-na. Mas entrem nisso sabendo quanto custará. Não sejam como eu e fazendo isso por diversão.

Sionna pigarreou.

— Já discutimos isso entre nós — ela falou. — Nós temos um plano. Apenas por precaução.

— Bom. — Olhei pela janela. O sol iria se por dentro de uma hora. Realmente estava sem tempo.

— Você mandou me chamar, majestade? — Gren perguntou quando entrou pela porta lateral da sala do trono. Elu cruzou o cômodo com passos rápidos e determinados para ficar na frente do trono.

Eu não podia negar que Gren era linde. Elu tinha cabelo castanho, mais claro do que a cor mais escura de Matt, e era mais alte e mais musculose do que ele ou eu. Gren era lutadore, com ombros largos, bíceps e coxas enormes, e minha boca ficou um pouco seca quando elu fez uma reverência curta.

— Sim — afirmei. — Tenho algo para discutir com você. É, bem, é... — Apoiei minha cabeça na mão e respirei fundo. — É estranho.

O sorriso de Gren não sumiu, mas passou de radiante a curioso, e elu ergueu uma sobrancelha em minha direção.

— Pelo que percebi no pouco tempo que estive no castelo, você é um rei não convencional.

— Você não está errado.

— Se posso ser tão ousade, isso tem a ver com o desbotamento?

Bem, foda-se. Eu franzi meu nariz.

— Você está sabendo sobre isso?

Elu se mexeu no tapete felpudo, suas botas deixando marcas.

— Ouvi rumores.

— Excelente. Realmente ótimo. — Joguei minhas mãos para o alto. — Bem, sim. — Encarei a janela. — Eu preciso de uma... uma... — Alma gêmea era uma frase difícil de dizer para alguém que eu mal conhecia. — De um corregente.

Gren se aproximou do trono. Elu se ajoelhou aos meus pés, os olhos de mel virados para mim, claros e brilhantes, colocou sua mão em cima da minha, as pontas dos dedos deslizando por baixo da minha manga para tocar a pele do meu pulso, e a promessa de calor passou por mim. Eu não tinha percebido o quanto havia sido drenado de mim até que senti o toque da sua mão cobrindo minha pele gelada.

— Majestade, eu ficaria honrade em ser seu corregente.

Engoli em seco. Deveria ter me sentido aliviado — e fiquei — mas havia uma boa dose de culpa misturada, bem como uma quantidade enorme de apreensão.

— Sou um bom rei — deixei escapar. Eu me surpreendi quando disse isso, e minhas amigas também, a julgar pela forma como as sobrancelhas de Lila ficaram tortas e Sionna colocou a mão sobre o coração. — Quer dizer, eu sou... eu sou... você sabe o quê? Foda-se. Eu sou um bom rei. — Uau. Isso não foi tão difícil de declarar na segunda vez. — E por mais que eu não quisesse ser rei três meses atrás, me sinto muito bem com o trabalho que meu conselho e eu temos feito. Estamos tentando ao máximo governar bem este reino. Para continuar sendo um bom rei, tenho o dever para comigo e com meu reino de seguir em frente com as leis mágicas desta posição. O que significa que tenho que ligar minha alma à de outra pessoa. Não posso prometer que não vou estragar tudo, porque basicamente faço isso o tempo todo, mas posso prometer que vou fazer o meu melhor.

— Isso é tudo que qualquer um pode pedir para seu parceiro.

Mordi meu lábio. Isso não parecia certo. Podia ser porque a pessoa na minha frente não era o Matt. Podia ser porque a pessoa na minha frente não tivesse ideia no que estava se metendo e eu realmente não tinha tempo para explicar. Mas também podia ser porque meu próprio ser havia *murchado*.

— O reino vem primeiro, sempre. E não posso te prometer amor. — Gren deveria estar preocupado que isso, aparentemente, devia ser o "meu melhor". Eu vi no canto do meu olho Bethany bater no rosto com a palma da mão. — E isso... — eu gesticulei entre nós — é para a eternidade. Não deve ser considerado de maneira leviana.

— Entendo — Gren respondeu de modo solene, seus dedos arrastando suavemente sobre minha pele. Estremeci. — Devo tirar o dia para pensar nisso?

— Não! — O grupo berrou.

Eu lancei um olhar furioso a todos eles.

— O que meu conselho... meus amigos... estão tentando dizer é que meu tempo acabou. Eu poderia dar uns quinze minutos para se preparar?

— Não preciso. — Gren se levantou. — Quando minha família recebeu seu convite, pensamos que você poderia estar procurando um cônjuge. Já tinha planejado ficar no castelo como cavaleiro ou pretendente.

Pretendente. Forte. Bele. Inteligente. Eu poderia fazer pior.

Acenei com a cabeça e forcei um sorriso para não chorar.

— Ok. Tudo bem. Sim. — Fiquei de pé. Gren segurou meu cotovelo para evitar que eu caísse. — Vamos fazer isso.

Meus amigos se juntaram enquanto Gren e eu juntávamos nossas mãos. Harlow apareceu ao meu lado com uma longa fita de seda vermelha na mão que envolveu em nossos antebraços. Ele a amarrou com um nó firme.

— Bethany — eu chamei, olhando para baixo, onde meu braço pressiona-va com força o de Gren —, isso precisa ser feito com magia. Você está pronta?

— Sim. — Sua voz estava tensa, quase infeliz. Ela dedilhou as cordas de sua harpa.

Fechei meus olhos, engoli em seco e me recompus. Soltei um suspiro e ergui meu olhar para encontrar o de Gren. Eu poderia pelo menos lhe dar a cortesia de olhar para elu enquanto faço os votos.

— Eu escolho vincular...

A entrada principal para a sala do trono se abriu, as portas batendo forte contra a pedra. A neve formava redemoinhos com um vento cortante. Uma figura escura entrou na sala, um grande pássaro, com penas pretas e um bico de terror. Corvo voou numa corrente que subia, depois circulou e pousou no alto do meu trono. Estufado como um demônio, ele sibilou.

Gren cambaleou para trás surprese, puxando-me com elu até que nós caímos emaranhados no estrado.

— Corvo? — Lila chamou, estalando a língua. — Você deveria estar vigiando o parapeito por... — ela parou.

Uma figura encapuzada apareceu na porta e entrou com pressa, seu cajado brilhando em sua mão. Seu cabelo escuro estava úmido, caindo em seu rosto, flocos de neve derretendo depressa em suas mechas. Suas boche-chas estavam rosadas com o frio e o esforço. Seu peito arfava, mas caminhou com determinação pela fita do tapete. Ele balançou a mão sobre o ombro e as portas se fecharam.

— Matt! — Eu saltei para ficar de pé. Minhas pernas tremeram. Travei meus joelhos para não cair. Meu coração batia em um ritmo acelerado, uma batida de tambor tão forte e alta que soava em meus ouvidos.

Ele continuou marchando sem diminuir o passo, até que cruzou a sala inteira, subiu as escadas e parou bem na minha frente.

Seu lábio inferior estava rachado pelo frio. Seus olhos castanhos estavam avermelhados. Quando puxou o capuz para trás, seu redemoinho na parte de trás do cabelo estava arrepiado.

— Matt — falei suavemente.

Ele fitou Gren e a amarração entre nossos braços.

— Cheguei tarde demais? — ele sussurrou.

— Não — Sionna respondeu puxando uma faca. Ela cortou nossos laços, a fita de seda vermelha caindo no chão em pedaços. — Você chegou bem na hora.

Atordoado, agarrei sua capa, minha mão enluvada cravada no tecido.

— *Matt.*

— Você foi sincero? — perguntou. Ele abriu a bolsa, enfiou a mão dentro dela e tirou um pedaço de pergaminho. Eu o observei confuso, até que entendi. Era a carta que escrevi para ele na noite em que nos beijamos. Lágrimas de alívio inundaram meus olhos quando percebi que tinha conseguido, involuntariamente; ele soube cada pedaço da verdade sobre o quanto eu o amava.

— Eu achei isso preso no pergaminho da profecia. Você falou sério, Arek?

Minha pulsação batia tão forte que pensei que iria estourar na minha pele, embora o resto de mim parecesse um fantasma. Concordei com a cabeça.

— Cada palavra.

— Eu te amo — ele disse isso de forma tão simples, tão prática, sem nenhuma dúvida no que anunciou. Uma afirmação. Uma declaração. — Eu te amo desde que você deu aquele soco para me defender que fizerem os nós dos seus dedos sangrarem. Eu sempre amei você.

— Eu te amo — suspirei com meus olhos se enchendo de lágrimas. — Eu te amo muito.

Suas sobrancelhas se juntaram.

— Então por que você não me contou? Por que você não... — seu olhar se desviou para o nosso público e ele se inclinou, com as bochechas coradas — ... quis me cortejar?

— Pensei que você não queria que eu te cortejasse. Você nunca demonstrou interesse. Eu não sabia.

— Eu segui você no meio da noite, no auge do inverno, da nossa vila para uma missão perigosa porque um mago potencialmente bêbado o convenceu de uma profecia. Como você poderia não saber?

— Pensei que você estava sendo um bom amigo? — Espíritos, adorei seu maravilhoso olhar fulminante. — Tudo bem. Sou desatento. Mas por que você foi embora depois que nos beijamos?

Matt empalideceu. Ele desviou o olhar, fechando os olhos com força.

— Eu não me lembrava do que tinha acontecido até que Meredith me contou e então… tudo voltou. Que basicamente me atirei em você no meio do baile enquanto você tentava ir atrás de outras pessoas. Mas Bethany havia me falado algo sobre ser honesto com você, e eu, bêbado, decidi seguir o conselho dela.

— Espere, foi isso que você quis dizer?

Matt acenou com a cabeça.

— Estava tão envergonhado. Eu não poderia encará-lo sob a luz sóbria do dia, não quando sabia que você me rejeitaria. Não quando teria que assistir a você ficando com outra pessoa. Não poderia fazer isso. — Ele encolheu os ombros. — Então eu fugi. Não é o momento da minha vida de que tenho maior orgulho, admito.

— Matt, eu pensei que você estava tentando se forçar a ter sentimentos por mim. E se você não percebeu, eu te beijei de volta. Tipo, muito.

— Pensei que você estava sendo um bom amigo? — ele implicou com leveza. — Eu já tinha passado por algumas cidades quando finalmente parei para passar a noite e encontrei sua carta na minha bolsa enrolada com a profecia. Dei a volta o mais rápido que pude, mas a neve me atrasou. Usei muita magia, mas — ele estendeu a mão e deslizou os dedos ao longo da minha mandíbula — não pensei que voltaria a tempo.

— Sinto muito. — Um nó ficou preso na minha garganta. — Lamento ter feito você pensar que não te queria. — Pressionei minha testa na dele, a base da coroa apertando a minha testa foi um pequeno desconforto. — Eu escolho você, Matt. Você é a outra metade da minha alma.

A risada saiu leve e alegre de Matt, a força dela foi uma rajada em meus lábios. — Você não poderia ter dito isso antes de sair? Você teve que escrever uma carta para eu encontrar? Por que você sempre tem que ser tão dramático?

— Eu? — indaguei sorrindo. — Eu estava planejando contar tudo que coloquei naquela carta, mas você foi embora antes que pudesse fazer isso! Foi você que deixou a chegada para o último minuto. Quase tive que me unir a outra pessoa. — Olhei por cima do ombro de Matt e murmurei *desculpa* para Gren.

— Está nevando, majestade. — Matt disse, torcendo o título honroso em um insulto familiar. — Fiz uma viagem de dois dias em um só. Por você.

A tensão esvaiu-se dos meus ombros.

— Eu esperei o máximo que pude. Por você.

Dando uma risadinha estridente — e essa foi a única palavra que pude usar para descrever o som que saiu de mim — e eufórica, pressionei minha boca na dele e o beijei profundamente. Ele retribuiu o beijo, com a mesma determinação que tinha feito na noite do baile de máscaras. Meu coração disparou. Todo o meu ser aqueceu, um sentimento que havia sentido muita falta. Eu era de Matt e ele era meu.

— Não quero ser a idiota que interrompe as coisas — Lila interrompeu, a voz alta no silêncio — mas, Arek, você é praticamente um fantasma.

Os olhos de Matt se arregalaram e ele se afastou.

— Porra!

Oh. Isso era ruim. Tirei minha luva com os dentes e, sim, minha mão estava toda translúcida. Foi como se as palavras de Lila dessem permissão à magia para agir com vingança. Minhas pernas cederam e eu teria caído se Gren e Sionna não tivessem me pegado e me conduzido até o trono. Uma dor de cabeça surgiu com intensidade atrás dos meus olhos. Meu corpo inteiro formigou, como se tivesse sido apunhalado por milhares de pequenos alfinetes e agulhas, eu soltei um grito estrangulado quando um brilho iluminou a minha coluna. Meu coração batia forte, então parou, travado em um aperto doloroso que era diferente de tudo que eu já havia sentido e, oh, merda, estava desvanecendo. Eu estava *morrendo*. Naquele instante. Bem ali. Respirei fundo e o ar ficou preso nos meus pulmões que estavam desaparecendo. Engasguei, tentando desesperadamente expirar.

Matt agarrou o que restava da minha mão e pressionou nossas palmas, entrelaçando seus dedos nos meus.

— Alguém tem corda, barbante ou...

— Aqui! — Bethany puxou uma fita do cabelo e correu.

— Enrole em torno das nossas mãos unidas. Rápido. Rápido.

— Aqui! — Lila exclamou. Ela puxou a fita da sua bolsa de moedas. — Acrescente isso.

Sionna quebrou um cordão de couro do cinto da espada.

— E isto.

Para não ficar de fora, Rion rasgou a ponta da sua capa em uma longa tira de tecido. Entre os quatro, Matt e eu estávamos ligados por nossos antebraços, sobre nossos pulsos e em torno das nossas mãos.

— Bethany — Matt chamou. — Você está pronta?

— Sim. — Ela dedilhou os acordes. — Vamos fazer isso.

Eu caí para frente. Minhas respirações eram inspirações estridentes e expirações trêmulas e contraídas. Pressionei minha outra mão no peito, mas ela havia desaparecido. Engoli em seco e engasguei como um peixe fora d'água. Meus pulmões se foram? Manchas escuras nublaram a minha visão.

Matt tocou o meu rosto com a ponta dos dedos, inclinando-o para cima.

— Arek, eu te amo. Você é a outra metade da minha alma e eu escolho me unir a você nesta vida e na próxima.

— Eu te amo — declarei em uma voz áspera, com o pouco ar que me restava. Mãos em meus ombros me empurraram para eu me sentar, e inclinei meu pescoço para trás, procurando desesperadamente por ar. Meu peito pesava. — Outra metade... unir a você... nesta vida e na próxima.

Assim que as palavras deixaram minha boca, um flash de luz irradiou de dentro das nossas palmas pressionadas. Ele iluminou a sala com um raio ardente e um som como o estrondo de pratos ou o bater das ondas em uma praia, ecoou. A magia se rompeu sobre nós, varreu meu ser, expulsou o frio e o substituiu pelo calor e o reconhecimento da outra metade da minha alma, de Matt. O aperto em volta do meu peito afrouxou. O ar invadiu meus pulmões e dei profundas inspiradas. A dor fugiu em uma onda de adrenalina, e cedi em um alívio feliz conforme retornava. Vigor e luz se infundiram em mim, e não era mais metade de mim mesmo. Estava inteiro. Finalmente, *finalmente*, desde o dia em que coloquei a coroa na minha cabeça, eu estava completo.

Eu ainda não achava que conseguiria ficar de pé, mas não importava. Eu simplesmente puxei Matt para o meu colo.

— Arek! — ele guinchou.

Ele caiu de lado; suas pernas dobradas sobre o braço do trono.

— O que você está...

Eu o beijei. Engoli todas as palavras que ele murmurou contra meus lábios e provei cada uma. Sua boca e corpo estavam quentes e eu tremi embaixo dele quando minha forma corpórea voltou. Ele me beijou de volta, ansioso e desesperado.

— Isso foi quase — ele declarou, mais uma vibração contra minha boca do que palavras reais. — Pensei que tivesse perdido você.

— Você não perdeu. — Eu o puxei para mais perto. — Você não perdeu. Estou bem aqui.

Matt se separou e enterrou o rosto na curva do meu pescoço. Seus ombros tremeram e ele deixou escapar um soluço lamentável. Eu o agarrei.

— O que foi? — Ele não respondeu, mas suas lágrimas encharcaram minha camisa. — Matt?

— Me desculpa — ele disse, a voz embargada. — Me desculpa... Eu... quase não consegui voltar. Pensei que o beijo no baile era o único que daria em você. Saí daqui pensando que era egoísta, tão egoísta por arruinar nossa amizade com uma estúpida declaração de amor que você nunca quis.

Passei meus braços o mais forte que pude em torno dele.

— Você não fez isso. Você não estragou nada. Se tivesse dito que me amava, eu teria dito o mesmo, porque eu amava. Porque eu amo.

Matt murchou, a tensão de seu corpo diminuiu e ele afundou tanto em mim que não pude dizer onde ele terminava e eu começava.

— Você me deixou ir embora — ele falou em voz baixa.

— Eu deixei.

— Quando teria sido mais fácil me fazer ficar.

— Teria sido, sim. Mas não faria você ficar em um lugar que não desejava estar.

— Mas eu queria — ele retrucou. — Eu quero estar aqui.

Meu alívio era palpável.

— Bom. Estou feliz.

Ele suspirou.

— Rei Arek, o Bondoso — ele sussurrou.

Eu bufei.

— Por você, eu posso ser qualquer coisa.

Matt deu uma risadinha fraca; seu hálito quente no meu pescoço. Um arrepio desceu pela minha espinha. Os minúsculos pelos dos meus braços se arrepiaram.

— No entanto, acho que concordamos que temos que trabalhar em nossa comunicação.

Matt caiu na gargalhada e se contorceu no meu colo e no meu aperto; se continuasse, haveria uma situação de ereção inadequada. Contudo, seria realmente inadequada? Estávamos unidos agora. Hipoteticamente falando, seria uma ereção apropriada. Exceto por estarmos em público. Então, talvez ainda seja inadequada, e talvez não seja mais tão hipotética.

Alguém pigarreou. Ergui minha cabeça de onde a apoiei no cabelo de Matt e oh, sim, certo, nós tínhamos uma audiência. E não era pequena. Lila estava encostada ao lado de Rion, sua boca inclinada em um sorriso suave e os olhos de Rion estavam úmidos. Sionna e Meredith apertavam as mãos uma da outra. Harlow estava parado junto à porta, severo e solene como sempre, mas pude ver o alívio em sua postura. Corvo nos fitava de cima, o pescoço dobrado, os olhos redondos sem piscar e aterrorizantes.

— Por mais felizes que estejamos por vocês — Bethany começou sorrindo — talvez vocês prefiram ir para algum lugar mais privado.

— Ótima ideia, Lady Bethany, maravilhosa barda mágica de toda a terra.

Ela deu um sorriso malicioso.

— Bajulação o levará a todos os lugares, majestade, mas eu tenho um encontro com uma senhora chamada Petal e, potencialmente, também com um indivíduo chamade Gren? — Sua voz ficou alta em uma pergunta e ela piscou para Gren.

Elu corou.

— Oh, bem, isso seria delicioso.

Oh, quão rápido elu seguiu em frente.

Rindo, ajudei Matt a se levantar. De maneira surpreendente, consegui me firmar com facilidade. Minha força havia retornado. Matt, por outro lado, apoiou-se cansado ao meu lado. Com as mãos ainda amarradas, descemos o estrado e, com um aceno estranho para nossos amigos, saímos da sala.

A cabeça de Matt pendia no meu ombro enquanto eu o guiava para os meus aposentos.

— Eu preciso de um cochilo.

— E nós tiraremos um.

— Bem. — Nós chegamos até a porta e foi trabalhoso abri-la com nossas mãos amarradas. — Você sabe — Matt falou, não ajudando em nada a abrir a porta dos meus aposentos — estamos tecnicamente ligados agora.

Eu bufei.

— Se você acha que vamos escapar de uma cerimônia real, gostaria que você contasse isso para Bethany.

Matt empalideceu, mas riu.

— Não. Não. Não acho que seremos capazes de nos contorcer para escaparmos dessa.

Sua escolha de "contorcer" me fez pensar nele no meu colo no trono, meu rosto corou. Por sorte, consegui abrir a porta e puxar Matt para dentro, fechando-a com o pé.

— Agradeça aos espíritos por minha destreza em escrever cartas de amor. Caso contrário, seria um fantasma agora.

Matt ergueu a sobrancelha.

— Ou estaria trazendo outra pessoa para os seus aposentos.

Desviei o olhar.

— Última opção, Matt. Última opção.

— Ei — ele tocou a minha bochecha. — Eu sei e não te culpo por isso.

Com a garganta apertada, inclinei-me para receber seu toque.

— Obrigado.

— O que estava dizendo — prosseguiu, umedecendo os lábios — é que tecnicamente estamos ligados e esta é nossa primeira noite juntos.

Huh. Ele estava certo. E se mantivéssemos a tradição, isso significava, bem, atividades no quarto. Meu pulso disparou e todo o sangue renovado em meu corpo foi para o sul.

— Você não está muito cansado?

O olhar de Matt focalizou a minha boca. Ele se aproximou até que seu corpo estava nivelado com o meu. Ele colocou a mão livre em volta do meu pescoço.

— Esperei anos para te tocar. Você acha que poderia esperar mais um segundo agora que tenho você?

Ok, então. Peguei Matt pela frente da sua camisa e, juntos, caímos na minha cama.

32

MATT ENCOSTOU NA CABECEIRA DA CAMA. SEU CABELO ESCURO ESTAVA UMA bagunça por causa dos meus dedos, a parte de trás dele espetada. Sem camisa e com um lençol dobrado em volta da cintura, ele segurou um pedaço de pergaminho familiar entre os dedos: minha carta.

Matt me lançou um sorrisinho pretensioso. Ah, não. *Ah, não.*

— Sinceridade total. Realmente achei que você fosse ler isso e então me rejeitaria. Eu não estava em um grande estado de espírito.

Seu sorriso cresceu, seus olhos enrugando nos cantos. Ele limpou a garganta e desenrolou a carta.

— Meu querido Matt — ele começou. Eu a puxei para o meu lado do colchão, mas ele a arrancou da minha mão estendida. — Temo nunca ser capaz de confessar isso a você, mas eu te amo, ferozmente, com todo o meu coração, o qual você então riscou e substituiu com "ser", o qual você riscou de novo e substituiu com "alma".

Grunhi, rolei e descansei meu queixo no peito de Matt.

— Você poderia parar, por favor? Eu te imploro.

— Ah, não. Isto é uma obra de arte.

— Você é um idiota.

— Bem, eles dizem que os casais assumem as características um do outro.

Revirando os olhos com o maior carinho, cutuquei Matt na costela.

— Tudo bem. Você leu a minha carta. É sentimental e piegas e a gramática é ruim. Mas você sabe o que está sob a mancha de vinho na profecia e nunca me contou.

O rosto de Matt ficou vermelho. Ele desviou o olhar, seus cílios curvando-se sobre as maçãs do rosto — maçãs do rosto que as garotas da vila sempre desdenhavam como sendo desperdiçadas nele. Se ao menos elas pudessem vê-lo agora, banhado pela luz suave da manhã, desgrenhado e bonito. Mas elas não podiam, porque ele era meu e nunca o deixaria partir.

— É embaraçoso.

— E você acha que todo um tributo ao seu rosto que eu literalmente escrevi na carta, não é?

Suspirando, ele jogou a carta na mesa de cabeceira.

— Tudo bem. Diz: "E o mago amará o escolhido de longe e ficará ao seu lado pelo resto dos seus dias".

— É isso?

— O que você quer dizer com "é isso"? Essa profecia basicamente me denunciava por ansiar por você e afirmava que estaria com você e te amaria para sempre! — Matt agitou as mãos. — Não falava nada sobre você me amar. Eu não poderia deixar você ver isso. Não poderia deixar ninguém ver isso.

— Espere — eu me sentei. — Você não derramou o vinho por acidente, não é? Foi de propósito! — As orelhas de Matt ficaram vermelhas. Eu me sentei reto. — Seu mentiroso nojento! — Eu cravei meus dedos nas costelas de Matt, que gargalhou e se contorceu, sentindo cócegas.

— Sim, eu derramei o vinho de propósito.

— E eu aposto que você poderia ter limpado a mancha com magia.

Matt olhou para o teto.

— Sim. E pensei que você havia percebido isso na noite em que Meredith derramou o vinho em cima da gente. Eu limpei direito. Achei que você notaria.

— Eu sou desatento!

— Sim. Percebi isso.

— Você vai me contar o que aconteceu com o filho do dono da taverna? Matt fez uma careta para isso.

— Vamos deixar isso para outra hora.

Com a curiosidade aguçada, quase forcei o assunto, mas, bem, eu tinha tempo. E então me ocorreu: eu tinha tempo; eu tinha tempo com Matt; eu o tinha e ele me tinha para o resto das nossas vidas — e para além dela — porque estávamos ligados para sempre. Rapidamente, enxuguei uma lágrima que escapou.

— Tudo bem. Eu acho.

Matt me fitou.

— Tudo bem? — Ele deslizou a mão sob meu queixo e enxugou a umidade com o polegar. — Você está chorando.

— Estou emocionado — confessei, sorrindo com ternura e carinho. — Estava pensando em como nós temos um ao outro para sempre.

— Para sempre — ele afirmou com um aceno de cabeça. — E sempre.

Minha alma concordou. Eu me inclinei em direção a ele e o envolvi para um beijo firme e cheio de promessas, com esperança, amor e reconhecimento de que haveria mais a seguir. A profecia declarava isso.

E a paz veio sobre a terra e permaneceu por mil anos.

EPÍLOGO

NOS TRONOS GÊMEOS DE ERE, NO REINO DO CHICKPEA, EU, O REI AREK, O Bondoso, e meu consorte real, Lorde Matt, o Grande, sentamos e examinamos a sala do trono. Nossa celebração oficial de casamento estava a todo vapor, e todos os convidados rodopiavam pela pista de dança em vestidos brilhantes e trajes elegantes como confetes ao vento. A música cresceu e ecoou. A risada resplandeceu. Bebidas derramaram enquanto brindes eram feitos. Alguns meses haviam se passado desde o meu aniversário. Era primavera, quase verão, e os lordes e ladies de todo o reino tinham viajado para se juntar a nossa celebração.

Bethany se superou com o planejamento. Lila equilibrou o orçamento, embora tivesse que suportar muitas horas dela reclamando sobre como era difícil controlar as ideias extravagantes de Bethany. Mas ela foi perdoada porque negociou tratados dentro da própria Ere e com outros reinos, incluindo com as faes. Várias delas tinham vindo para o castelo. Lila ficou de olho nelas, mas até agora, elas não tinham feito nada de preocupante, exceto perseguir Matt para descobrir sobre a magia de seu jardim.

Cavaleiros e guardas se espalhavam pelo perímetro, sóbrios e alertas, treinados pelo melhor Primeiro Cavaleiro em todas as terras, Sir Rion, e pela melhor general que o reino já havia visto: general Sionna.

Rion e Lila, apesar de suas diferenças e desentendimentos, ainda estavam juntos, assim como Sionna e Meredith. Bethany teve um caso com Petal, outro com Gren e outro com os dois. No momento, porém, ela se declarava solteira, embora uma nova recruta recentemente tenha chamado sua atenção e Bethany estivesse dançando com ela pelo salão agora; vestido balançando, cabelos presos em um estilo elaborado e rindo como sempre.

Nossos amigos estavam felizes. Nós estávamos felizes. Eu estava feliz. Trouxe a mão de Matt à minha boca e beijei seus dedos. A multidão expressou *aww* em uníssono, o que me assustou. Havia esquecido que era uma celebração em nossa homenagem e que estávamos sob uma vigilância excessiva, tão envolvido em Matt e em tudo o que ele era. Ainda estávamos firmes em nossa fase de lua de mel, como muitos dos nossos amigos gostavam de apontar, e me deliciei com a liberdade descarada de encará-lo, de memorizar os contornos do seu rosto e os sons dos seus suspiros.

Matt riu, e meu coração deu um salto.

Lendo minha mente, o sorriso de Matt se tornou malicioso.

— Esta noite, meu amor — falou, inclinando-se sobre o braço do seu próprio trono para sussurrar em meu ouvido —, será a nossa segunda primeira noite juntos.

Um rubor subiu do meu pescoço até as minhas bochechas. Eu me contorci no meu trono porque ereções inconvenientes ainda aconteciam de vez em quando.

— Hum, com licença?

Eu desviei meu olhar da outra metade da minha alma e percebi que uma mulher mais velha havia se aproximado. Ela usava um vestido simples e tinha rugas no canto dos olhos e linhas de sorriso ao redor da boca. Seu cabelo era grisalho, longo e caía pelas costas.

— Lamento interromper. Meu nome é Lady Loren e não tenho certeza de por que fui convidada para sua festa, mas o convite dizia para encontrá-los pois vocês tinham algo meu.

— Oh! — Eu me levantei e desci o estrado. Meu coração acelerou quando peguei sua mão na minha e me inclinei, beijando os nós dos seus dedos. — É você.

Sua boca se curvou em confusão enquanto ela fazia uma reverência de volta.

— Desculpe-me, não estou entendendo. Como o senhor me conhece?

Eu não sabia como responder. Eu a conhecia por causa de como a princesa a descreveu. Eu a conhecia por causa de como ela agiu na sala de arreios, no piquenique e durante as aulas de dança. Eu conhecia sua teimosia e orgulho, seu amor e sua beleza.

Matt se juntou a mim e me salvou do meu constrangimento.

— Nós não nos conhecemos — ele interpôs com suavidade. — Bem, nós te conhecemos, mas apenas por escrito.

Ela olhou entre nós.

— Desculpem-me, ainda não entendi. Por meio da escrita?

Matt agarrou um livro familiar em suas mãos e com muito cuidado entregou o diário da princesa a Loren.

— Nós o encontramos na torre com ela.

Observei enquanto a compreensão surgia. Suas mãos tremeram quando ela pegou o diário de Matt. Ela alisou os dedos sobre a capa e, quando o abriu, lágrimas rolaram por suas bochechas.

— É o diário dela.

— Ela escreveu principalmente sobre você — falei, com um sorriso triste. — É a sua história de amor.

— Sabemos que no final ela te afastou — Matt disse com voz suave e reverente. — Mas ela escreve o motivo.

— Quase cometemos o mesmo erro. — Enrolei meu braço em volta da cintura de Matt, colocando-o ao meu lado. — Mas conseguimos consertar a tempo. Lamento que você nunca tenha tido essa chance.

Lady Loren fitou o diário, sua expressão de espanto, seus lábios entreabertos, seus olhos brilhando com lágrimas.

— Eu nunca a esqueci — sussurrou. Ela pressionou o livro contra o peito e seus olhos se fecharam. — Sempre a amei. Mesmo quando minhas obrigações me forçaram a seguir em frente, nunca amei ninguém do jeito que a amei.

— Eu sei como é isso — Matt disse olhando para mim. — Espero que ler isto lhe traga paz.

— Obrigada — ela respirou fundo, olhando para nós dois com gratidão. — Oh, obrigada.

— De nada. — Curvei-me para ela, Matt também.

— Você é bem-vinda aqui pelo tempo que desejar — anunciei. — Aproveite a celebração.

— Sua reputação é verdadeira, Rei Arek. Fico feliz que tenha sido você quem assumiu o fardo da coroa. Nosso reino está em mãos maravilhosas.

— Está — Matt concordou. Ele se inclinou a meu lado. — Está mesmo.

Conversamos um pouco mais, mas ela logo se afastou, segurando o livro e folheando as páginas.

— Foi uma coisa boa isso que você fez — Matt comentou alguns momentos depois. — Convidando-a para vir aqui. Entregando o diário para ela.

— Lembra daquela carta que escrevi para você?

Ele sorriu.

— Como eu poderia esquecer?

— Eu fiz isso por causa de algo que a princesa tinha escrito. "Se algum dia eu sair daqui, vou confessar que a amo". Ela nunca saiu daquela torre. Mas nós saímos e cabia a nós transmitir sua mensagem final.

Matt me fitou com olhos arregalados.

— Eu amo você.

— E eu amo você.

Ele beijou minha bochecha.

— Dança comigo, majestade? — disse cheio de amor e ternura.

— Pensei que você nunca pediria, Lorde Matt.

Eu o abracei, puxando para perto, e quando a música atingiu seu ápice, nós entramos no meio da multidão e dançamos.

Leia também

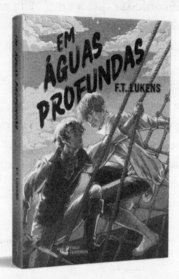

ASSINE NOSSA NEWSLETTER E RECEBA
INFORMAÇÕES DE TODOS OS LANÇAMENTOS

WWW.FAROEDITORIAL.COM.BR

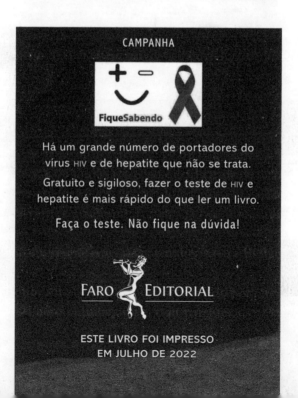